叶晓 著

YANYU

宴遇

团结出版社

图书在版编目（CIP）数据

宴遇 / 叶晓著. -- 北京 : 团结出版社, 2020.11
ISBN 978-7-5126-7923-8

Ⅰ. ①宴… Ⅱ. ①叶… Ⅲ. ①长篇小说－中国－当代
Ⅳ. ①I247.5

中国版本图书馆 CIP 数据核字(2020)第 091063 号

出　版：团结出版社
　　　　（北京市东城区东皇城根南街 84 号　邮编：100006）
电　话：（010）65228880　65244790　（出版社）
　　　　（010）65238766　85113874　65133603（发行部）
　　　　（010）65133603（邮购）
网　址：http://www.tjpress.com
E-mail：zb65244790@vip.163.com
　　　　fx65133603@163.com（发行部邮购）
经　销：全国新华书店
印　装：三河市东方印刷有限公司

开　本：153mm×220mm　　16 开
印　张：20
字　数：229 千字
版　次：2020 年 11 月　第 1 版
印　次：2020 年 11 月　第 1 次印刷

书　号：978-7-5126-7923-8
定　价：48.00 元

　　每个人的味觉记忆中，都有一种味道，能让自己泪流满面。

　　这是我给一个 App 写的推广广告语。这句话不但让这个 App 的拥有人老邢拍案叫绝，当即选用，还让我自己感动了好几天。从此以后，只要有饭局，不管与我有没有关系，老邢都尽可能地带上我。

　　这个 App 从定位到 UI 风格，我都事无巨细地参与其中。除了老邢之外，对它最了解的人非我莫属。有人打听，我一句话就能说明白：这是一个靠味觉感动而建立关系的陌生人社交软件。换句话说，吃货们的网络社交工具——这就是"宴遇"。

　　不过"宴遇"的初始创意和商业模式，全都是老邢的主意。用户通过"宴遇"指定厨师和菜品，平台则进行撮合，把有相同口味的食客们聚合在一起，品尝他们共同心仪的厨师的手艺。这种模式与那些私家菜客户端完全不同。说句良心话，真是很有创意！自打年初上线以来，这款 App 的下载量与日俱增，在京城吃货们当中形成了不错的口碑。

　　当然，这几个月我跟着老邢蹭了无数饭局，也大饱口福。

　　"今天这个局，是反着约的。"听到老邢这句话时，我愣了半晌。

壹

今天是周五。

算上去美国自驾以及回来后继续休假的时间，我已经整整两个月没来公司了。所以当我推开办公室的门，看到老邢反客为主迎接我时，吓了一跳。

"哎哟，老邢！"我喊道，"你怎么知道我今天会来上班？"我从美国回来后一直没上班，主要原因是身体觉得难受，时差也总倒不过来。但是噩梦不断，十分困扰，我在家也憋闷，索性强打精神来公司看看。这段时间我俩也没有联络，所以我很纳闷老邢怎么掐准了日子到公司来会我。

"老叶你没事吧？怎么去了趟美帝像是受虐了呢？"老邢不解地问我。

看着老邢关切的神色，连日不断的梦境又浮现在我眼前：苍白的脸庞，飞扬的红色裙裾，那一双凌乱黑发中透出的冷眼，似乎认识我……

我不由自主打了个冷战，强打精神冲老邢摆摆手："没事儿，没睡好而已。"

"好吧。"老邢不再追问，"今天有个饭局，很有意思。我特地来请你，必须去啊。"

果然是老邢，这么多年的哥们儿。这简直就是为我量身打造的接风饭局嘛，还连带着压惊解乏。

老邢见我连问都没问就点头应承了，又开心又失落。他一脸神秘地低声道："老叶，虽然你没问我今天什么口味，但我也得提前告诉你——"他故意拉长了声调，顿了一下才接着说："我也不知道。"

这就怪了。按照平台惯例，每一次通过"宴遇"约的饭局都必须按照食客的要求，预约指定的厨师和指定的菜式，所以吃什么菜系、什么口味一定是提前安排好的。例如你在北京饭店曾经吃到过一例美味的烤鸭，想要指定当时的厨师为你做这道菜，你就可以通过"宴遇"来预约。而 App 平台收集了食客们的预约需求之后，再安排厨师和地点，撮合饭局。这样，有着相同口味爱好的食客们就被集合在一起，共同享用美味，彼此交流。

我没想明白这次为什么提前"不知道"口味，老邢不忍心再让我猜，主动道："今天这个局，是反着约的。"

反着约的？那就是……有厨师，或者饭馆老板，主动邀约指定的食客聚餐？

"下班时我再过来，搭你车。"老邢扔下一句话就走了。

老邢比我瘦，大我三四岁。他是个标准的吃货，天上飞的、地下跑的、水中游的，据他说几乎吃遍了。但老邢可不是让人闻之色变的广东佬，而是地地道道的山西人。老邢有个我没有的优点，他十分爱钱，并且毫不掩饰。做业务出身的他，专业差强人意，脑子倒很灵活。这十几年来，老邢一会儿做销售，一会儿做购买，一会儿跟人合伙儿开公司，一会儿又自己炒点儿期货什么的，总之怎么赚钱怎么来，所以赚得了一个不错的身家。而我从一个文案助理做起，二十年后变成了资深创意总监。从成功学的角度上来讲，老邢和我都算是成功人士，老邢有钱，我有名。从世俗的角度来看，老邢才是真正的成功人士，因为有钱能换来不少真正的实惠。我老娘来京看病，我得托老邢帮忙找人，才能住上院。老邢也有羡慕我的地方，他经常抚摸着自己花白过半的头发，对我的满头黑发艳羡不已。

有晚上这个饭局的诱惑，拉动着我鼓起干劲儿，顺利而充实地熬过了一个白天。日程表上有一个行业峰会的安排，"2015 中国理想品牌论坛"，地点在建银大厦。我想了想，安排手下替我去参加。

老邢搭我车，我很开心。因为都快两周了我的时差还没倒好，睡眠严重不足，傍晚时老犯困，有个人坐旁边说说话挺不错的。下午五点半，我俩出发前往饭局的地点。

"往什刹海那边走。"老邢指挥道。

北京的晚高峰，煞是折磨人。一脚油门一脚刹车，比走路还累。我曾听一个泰国导游调侃道："听说你们北京也很堵车，那可比我们曼谷差得远了。我们曼谷每天要堵两次车，早高峰一次，晚高峰一次。而你们北京呢，每天只堵一次车——"不等质疑，导游自己笑着道："——从早堵到晚哦！"每次在路上堵得很闹心时，回忆起这个泰国导游的玩笑话，我总是不由得笑中带酸——酸楚的酸。不管怎么说，坐在车里吹空调，总比暴露在外边四十摄氏度的高温下要舒服很多。

虽有美食当前诱惑，也挡不住汹涌而来的睡意，我又有点犯困。老邢见状，就没话找话，东一句西一句地回忆起这半年来吃过的种种美味。我说老邢你算是个美食家，天南地北吃过的山珍海味怕是比我见过的都多，那么你有没有一个能让自己感动到哭的味道体验呢？说来听听吧。

老邢认真地看了我两眼，轻轻叹了一口气。他伸手摸了摸自己的下巴，用虎口使劲蹭了蹭道劲而出的胡茬儿，低沉地说：

"老叶，你知道你那句口号——'每个人的味觉记忆中，都有一种味道，能让自己泪流满面。'——有多好吗？！听你一个字儿一个字儿蹦出这套词儿，我当时都想抱着你亲一口。真的！完完全全、彻彻底底地说到哥们儿心坎儿里去了。

"'民以食为天'，吃对咱中国人来说确实是天大的事儿，我绝对相信，每个人都有能把自己感动到哭的味觉记忆。我特别喜欢吃，你要说我是美食家，我觉得也勉强算吧。也的确，咱吃的花样比较多，各种。但是真的有一种味道是让我想起来就能掉眼泪儿的，怎么说呢？是那种又带着感慨，又带着美味，又带着故事的味道。哎呀，那是十几年前，大冬天，天寒地冻的晚上，一碗又辣又香的……"

"刀削面？"我抢着说，带着一丝打趣的意味。我听得出来，老邢有点动情。老邢喜欢用很强烈的气声说"哎呀"，用来表达复杂的情绪。

"不。"老邢慌忙摇头，"那是一碗湖南牛肉米粉。"

"米粉？"我对老邢的答案有点奇怪，不过心底里更觉奇怪的是，能让老邢感动的味道，来自湖南。也，来自湖南。

老邢打住不说，我倒真来了兴趣，问老邢能不能具体讲一讲。老邢犹豫了一下，说："我的故事现在先不说，以后有机会呢我单独跟你聊，全都讲给你听，好不好？我忘了告诉你，今天晚上除了吃饭，估计还会有故事听。"

"故事会？"

"还是饭局，不过我早上跟你提过，这次是反向约的。买单的是厨师方，指定邀约了十个人来品尝美食。厨师方提了个附加条件，好在这些人都答应了。"

"什么条件？每人讲一个关于味道的故事？"

"差不多，但没那么简单。条件是这么说的，如果哪个人吃了哪道菜，被感动得流下眼泪的话，那个人就得讲一个味道故事，说明白那道菜为什么能让自己感动得流泪。"老邢说得很慢，像是拎不清楚"哪个""那个"的指代关系。

我听明白了。"这倒挺有意思。那就是说，有可能会听到几个故事，也有可能一个故事也没有。"

我并非故意挑刺儿。吃饭吃菜吃到感动，甚至流下泪来，说起来不是不可能。但是现实环境中却很难见到，更难预见。再说要指定给某个人做一道菜，让他或者她感动流泪，简直几无可能——除非，在菜里可劲儿放辣椒。

老邢无语，也许他跟我想的一样。

我把着方向盘，拐上了平安大街。困意再次袭来。飘扬的红色裙裾，眼睛……

飘扬的红色裙裾……

"小心！"老邢突然大喊。我一惊，一脚刹车跺在当地。

回过神来，我才发现自己的车已经从第二条车道偏到了第一条车道，而一辆银灰色的沃尔沃也被迫紧急刹车，被我别在了左后方。

前面不远处就是红绿灯路口。一丝烟火味道从车窗飘进来，让这闷热的傍晚显得有些诡异。

没听到碰撞的声音，我用询问的眼神看了看老邢，老邢也摇摇头。我探出头去往后看，发现那辆沃尔沃的右前方与我的左后方几乎紧紧地——但没有——贴在一起。小车里的司机好像是个年轻男子，他没有下车，也没有任何表示。我犹豫了一下，也决定不下车查看了，于是朝他做了个抱歉的手势。

还是没有任何表示，那人似乎根本没有在意。我打起精神，重新开动，看到马路对面有两个人蹲在路边烧纸。

"今天几号？"我问老邢。

"28号。"老邢一边回答，一边伸着脖子观察逐渐卷来的雨云。天色开始变暗。

在这之后，我没敢再犯困。一直到当晚的饭局临近结束时，才毫无抵抗地睡了过去。

贰

可能是即将到来的雷雨抑制了人们的外出热情，行到什刹海附近时，道路并没有之前那么拥堵。六点刚过，我们就拐进了一个小胡同。顺着胡同走，不远可以看到恭王府。绕过恭王府，向东，路过梅府家宴——这地方我不止来过一次，但印象中这条胡同我最远就到过梅府家宴——继续往湖边走。老邢指挥着我掠过梅府家宴往前开，左转两下右转两下，再路过一家门脸很小的寿司店，一直开到了湖边。

湖边的微型停车场总共只有六个车位，已经停放了五辆车，其中包括一辆白色的宾利欧陆。我把车开进最后一个空位，一扭头就吃了一惊——那辆停在旁边的银灰色沃尔沃非常眼熟——不就是刚刚差点被我剐到的那辆吗？这一小段路上，我们俩谁也没看见它是什么时候超过去的。

天色愈加阴沉起来，一场暴风雨即将降临。

我们俩左顾右盼，看到旁边有个院子。院门门楣上嵌着四个门簪，对开门朱漆剥落，配一对儿暗淡无光的铜质门环，下方五级青石台阶，两只石狮子蹲守左右。青砖门垛上钉着小铁牌，上写"浅井胡同50号"。这个破旧的院落在密布的阴云下，透着一种压抑、冷清的年代感。"就是这儿了。"老邢拉着我往里走。

　　我发现这并不是一个规整的四合院。院门开在西北角，院内两面墙，两面房。北墙外是停车场，西墙外是隔壁院落。围墙有一丈多高，青砖灰瓦，上面覆着厚厚的苔藓。也许是最近雨水多的缘故，墙头上的苔藓颜色深绿，泛着油光，感觉阴森森的。南侧坐落着一排三间瓦房，中间门向里凹进去一块儿，门槛很高，里面黑洞洞的，什么也看不到。左右两间，两门互对，各挂着一副白门帘子，似乎还是冬天挂上去的厚棉门帘，风吹不动，中间的部分有黑色油污。两门再左右，各有一个高高的小窗，窗扇向上半开，用木棍支着。我站在院内观察了一会儿这三间瓦房，注意到院内多半竟是泥土地，几棵石榴树随便站着，枝杈凌乱。泥土地上，从院门延伸进去一条青砖小径，再一分为二，一头走向大瓦房的台阶，另一头向左蜿蜒，跨过一个横亘在小渠上的小木桥，通往东侧的另一幢房屋。

　　那是一幢二层高平房，木雕围廊，黑漆高门，青砖红柱，显得又崭新又高大——但墙上没有窗户，感觉与这个院落甚至这条胡同的风格完全不搭调。平房的黑漆大门蓦然打开了一边，从里面闪出两个脚步轻盈的女郎，向我们微笑。

　　我们俩沿着青砖小径，通过小木桥，在女郎的指引下走进门内。我一边走一边想，看样子这边是湖景餐厅，而院落南侧的三间瓦房，应该是后厨和办公住宿的地方。以前竟然不知道，在湖边还有这样一家餐馆，果然低调。经验告诉我，越是隐藏在胡同深处，越是低调的餐厅，口味越是独到。当然，价格也越贵。

　　进得门内，才发觉这并不是两层的平房，而是一间层高五米多的大房子。几根红色大柱子直通到房顶，没有屋架，只有几道横梁，大面积的紫色纱幔从横梁上垂下来，把一张大圆桌遮挡在后面，影影绰绰。进门右手边似乎有一个小门，从位置看应该是通往南侧那三间瓦房的连接门。绕过纱幔，眼前豁然开朗。原来室内靠湖的一侧竟然是顶天落地的大玻璃窗，整整一面，高足五米，宽达七八米。湖景一览无余。

我和老邢来不及细细欣赏，便发现大圆桌边已经几乎坐满了，只留下东首左侧和西首左侧的两个位子还空着。原来我们俩是最后到的。我们俩没得挑，老邢背窗而坐，我就坐在进门后左侧的下首位置。

坐在老邢左手边的，是一位三十多岁的眼镜男，分头夹杂着几根白发，黑框眼镜下一双浓眉大眼，肤色有一点黑，身穿浅蓝短袖，领口微脏——一望而知这是一个未婚的理工男。顺着过去是一位腰身颀长的银发老太太，眉眼间残留着年轻时的精明坚韧，白皙的面庞肌肉微弛，眼袋下垂，看上去六十来岁。接下来又是一位男士，体态庞然，巨大的光头直接安放在厚实的肩膀上，大大的酒糟鼻子下面配上一双猩红肥硕的嘴唇，身体活像一摊肉，压得椅子吱嘎作响——油光满面的，十有八九是位厨师。接下来就是我的右手位，文弱瘦削的平头男子，圆领体恤，牛仔裤，一双似笑非笑的眼睛正在巡视打量着大家——跟我一样。他这个座位正正地面对着大落地玻璃窗。在我的左手位是个年轻姑娘，苗条纤细，一身 OL 打扮，素雅的连身短裙，涂成棕褐色的指甲，皮肤白皙，脚蹬一双红色细跟皮鞋。迎着我观察的视线，这姑娘竟不躲避，目光直直地迎了上来，还冲我微微一颔首，眼神流动，倒让我有点不好意思了。她的左手边坐着另一位年轻男子，全身黑绸缎，中式对襟上衣，腕上套着一副金丝楠木佛串儿，正襟危坐的样子让我不得不多看了他一眼，一双深邃的眼睛不喜不悲，也不似其他人那样偷偷地打量别人，只是沉静地坐着。他手边的一把车钥匙提醒了我：原来此人就是那辆沃尔沃的主人。然后是老邢的右手位，端坐一位四十多岁的中年妇女，淡棕色波浪卷儿，珍珠耳钉，面容略显疲倦，半透大襟纱衬衣，短短的袖子遮不住滚圆的一对儿小臂，一边戴着萧邦腕表，一边套着卡地亚钻石手镯。她的座位和老邢一左一右，正好形成对称的角度，斜背对着玻璃窗。

老邢也打量了一圈，对上我的目光，有些疑惑不解。可能他也数了一下，围坐在这张大圆桌边的共有九个人，并非他之前告诉我的十个人。这一桌人中，看起来也只有老邢和我是互相认识的。我暗自揣测了半天，也看不出哪一位是今天这场夜宴的东家。嫌疑最大的应当是那位胖光头，看起来就像个厨师；其次是那位穿对襟绸衫的小伙子，一副波澜不惊的样子；再则是坐在我右手位的平头瘦弱男子，他目光平静如水，似笑非笑，绝对是那种气场大过实际年龄的早熟男人。

我正在揣测，右边这位平头瘦弱男子开口说话了，瞬间使他在我心里的嫌疑上升到了最大。

"各位，除了我左手边这位叶总和我对面的邢总是一起来的，想必大家互相之间并不熟悉。"

我心下断定他就是今天的东家，同时想到可能只有他认识在座的所有人。一桌人齐齐地把目光聚焦在这个瘦弱书生身上。只听他接着说道：

"首先感谢邢总创建的'宴遇'这个约饭应用，让我们大家聚在这里，共享一顿晚宴。当然，我知道你们并不都是这个 App 的用户……"

哦？

对面的理工男、高个阿姨、胖光头纷纷点头，表示同意。高个阿姨说道："我从来没有听说过这个 App，我是两天前接到电话通知的。"胖光头也说："我倒是听说过，可是没用过。打电话给我的人说，保证有一道菜能让我哭出来——我就奇了怪了，倒要看看什么菜能让我哭。"

什么菜能让这位满脸横肉的家伙哭出来呢？——如果我猜得没错，他肯定是个大厨。作为大厨，油烟里讨生活，能让他哭出来的菜弄不好得是极难吃的吧？我促狭地想着，饶有兴趣地看瘦弱男子如何应对。

"我先做个自我介绍吧，我是西阳日报的记者，姓迟，迟到的迟，单名一个远，远近的远。各位就餐期间有什么疑问，可以随时问我。"瘦弱男子原来叫作迟远。我没有听说过西阳日报，但听说过西阳这个地方，那是地处中原的一个三线城市。"不过呢，有些问题我未必能回答得了。"迟远又说道，"留点儿悬念也好吧，这也是东家的要求。"

这么说，东家另有其人，而迟远，仅是一个代理人。

"既然人到齐了，我们就开餐吧。"迟远说，"今天算上邢总和我一共是九位，东家已经预备了凉菜和红酒。待会儿热菜会一道一道地上。"他的话确认了今天是九位食客。要么是老邢弄错了，要么是少来了一个人。

说话间，六道凉菜已经端了上来。上菜的是两位玄衣女郎，外罩黑纱披肩，衣裾飘飘，脚步轻盈，点地无声。我们大家心下明白，这六道凉菜并非号称可以叫人流泪的主菜，而是一个铺垫。随着一盘一盘凉菜上桌，我心里凉了半截，原来这六道凉菜，不仅全素，而且极为普通、常见。

第一盘：老醋花生。第二盘：蓝莓山药。第三盘：凉拌苦瓜。第四盘：炝拌藕片。第五盘：凉拌洋葱黑木耳。第六盘：果蔬沙拉。外加两份开胃小碟，油炸花生米和腌萝卜干。除此之外，还有一份调料组合，盐、胡椒粉、辣椒面儿、酱油和醋一应俱全。这些无非就是我们平日里下馆子常点的小凉菜而已，下个酒，开个胃。心里话，就凉菜来看，家常到了极点。而且，就这些菜，配红酒显得有点不伦不类。

布置停当，三个中型醒酒器分别鼎立于桌面上，酒体颜色稍显黑红。迟远介绍道："这是来自澳洲的西拉。"

原来是西拉，这酒不需要特意醒，开瓶就可以喝。根据过往的印象，澳洲的西拉入口比较醇，后味比较清淡。结合全素的凉菜来看，今天的热菜可能是比较重口味的，我猜想道。

大家纷纷瞧着这些凉菜，有的端起酒杯轻轻晃动着，观察酒体和色泽。胖光头笑了，憨声说道："凉菜有意思哈，苦辣酸甜咸，五味俱全这是。"说完大大咧咧地拿起酒杯喝了一大口，夸张地漱了漱，咕咚一声吞了下去，随即撇撇嘴，咕哝道："淡！"银发老太鄙夷地瞥了胖光头一眼，环顾着我们轻声说："五味对应五脏，苦辣酸甜咸分别对应心肺肝脾肾，在养生上是有说道的。"

迟远轻轻一笑，并不接话，却转向我说：

"叶总，您尝尝这酒。"

我想即便这酒不好喝，出于礼貌也不能当面贬损。于是我轻轻抿了一小口，稍作品味，然后咽了下去。这一口酒进肚，竟然让我怔了一怔。虽是西拉没错，但不同于往常我所喝过的西拉口感。单宁很轻，后味几乎没有，但是咽喉回味偏甜，连鼻腔里都充斥着果香。入口虽然也比较淡，但比一般的西拉更有厚度，不腻、不烈，这种醇度恐怕得是好年份的精酿才出得来。

"好酒！"我不禁脱口而出，"这是我喝过的最好的西拉。"

胖光头闻言，瞪了我一眼，却忍不住再次拿起酒杯，也轻轻地抿了一小口，徐徐吞下。这一回，他似乎有所改观，晃动着大脑袋不停地咂摸嘴，不再说什么。

其他几位这才纷纷小口品酒，同时观察着别人的反应。迟远探过身子，小声对我说："叶总，今天这个晚宴，还想请您帮个忙。"

我看向他，迟远接着说："应东家的要求，在座的客人吃到能让他（她）落下泪的菜时，需要讲述自己关于这道菜的故事。我想请您把这些故事记录下来。您看可以吗？"

迟远的要求正中我的下怀。我连忙点头应允，并且问道："那我可以录音吗？"

"当然可以。"迟远道，"不过有时候电子设备并不可靠——您还是集中注意力比较好。"

我拿出手机，打开了录音功能。手机没有网络信号，但我没太在意。当时我更好奇的是，真的会有人被味道感动落泪，讲出什么值得记录的故事吗？

当初我写的那句推广口号，其实是过度使用了夸张手法。在我的认识里，并非人人都可以被味道触动以致落泪。芸芸众生中的绝大多数，都是麻木而且愚蠢的，忙着生，忙着死，却从没有体验过生活。即便有些人因食物的味道而触动落泪，也必须有恰好的环境、氛围，恰好的心境。像这样大张旗鼓地聚齐一桌子互不相识的人，声称用某道菜就让你落下泪来，简直不可思议。

就我的亲身体验而言，因为食物而触发泪点的事情，有生以来也只有一次。虽然事情已经过去很久了，不过仍是历历在目，殊难忘怀。

叁

　　那是 1997 年夏天。我办完毕业手续，回到家里仅待了两天，看完香港回归的直播，就急急忙忙赶回北京，到分配的单位报到。作为一个刚刚毕业踏入社会的大学生，那真是两眼一抹黑。然而新单位并没给我任何适应的时间，报到第一天就通知我，次日我就得跟着客户总监一起出差，陪同客户下市场搞走访调研。

　　"小叶啊，像你这样的科班人才，我们很重视。"分管业务的王副总拍着我的肩膀，两眼热情地盯着我，看得我很不自在，"虽然说，融入集体是需要时间的，不过为了让你尽快适应，我就不安排你从擦桌子扫地做起了。你呀，先同客户一道跑跑市场，半个月之后回来出一份调查报告给我。怎么样，有信心没有？"

　　跟现在的 90 后不同，我们这一代人要骄傲得多，刚上班第一天，就算明知前边有刀子也不会吭一声。我根本没好意思问东问西，当天住进了公司安排的集体宿舍，第二天一早就茫茫然地跟着客户总监出差去了。

　　可走了三天下来，我就想撂挑子了。

　　那时候，广告是个新兴行业。我们这些学专业的，在学校时倍儿受羡慕。虽然平时也有走街串巷搞个调查、派发什么的辛苦活儿，但远未体会到行业的艰辛。大学后两年专业课学得差不多了，也时不常通过老师或者其他渠道，做些实践。虽然是闭门造车，但随随便便坐在宿舍里，依葫芦画瓢写份策划书，就能很容易挣到个千儿八百的，感觉很高大上。同学之间谈起专业和未来，都有着相当美好的憧憬。有的同学常常有豪言壮语，立志进入行业五年之后必成大腕儿；有的同学自信满满，总说这个行业发展那么快，挣钱容易，一毕业必须进个大公司，吹着空调，配个汉显，月薪至少五千起。但现实是，一毕业，我们这些所谓"科班"出身的，就面临着各种不适应。首先是基本都得从公司的底层做起，端茶倒水，擦桌子扫地，在公司、单位里谨小慎微，而且，无一例外，互相一谈起薪水，都只有唉声叹气的份儿。

说多了，都是泪。我进入社会的第一次出差，最不能适应的，就是吃饭。

北京飞往长沙的飞机上，第一次坐飞机的我饱受耳压疼痛的折磨。那种疼痛不是钻心，而是像锥子直刺脑仁儿，欲罢不能。如果不是自尊心提醒着我无论如何也要坚持下来的话，我可能会大叫着"停车"，落荒而逃。压力一点一点增加，一两一两加重，一丝一丝往中心点聚集，我能感觉到自己的头骨被压力撕扯着，一分一分扩大。飞机起飞之后的半个小时，对于我来说就像一年那么漫长。直到某一个临界点到来，就在我感觉即将死去的时候，"嘶——"的一声长鸣，右耳穿孔，一股凉气从耳朵冒了出来。接着是左耳。然后，飞机客舱里的嘈杂声和机上广播声一下子变得十分遥远，几不可辨。

飞机平飞之后，空姐们开始发放早餐。虽然我很饿，但是经受了之前的惊吓和疼痛，心里一直在担忧我的耳朵会不会就此失去听力，没心思吃饭。

客户总监姓蔡，白白净净的圆脸，分头一丝不乱，自然飘逸，此时在靠窗的座位上闭目养神。我也不知道蔡总这是睡着了没有，眼看空姐发早餐和饮料，拿不定主意要不要叫醒他。我正犹豫呢，空姐落落大方地先给了我饮料和早餐之后，很自然地顺手推醒了蔡总："先生，请问您吃早餐吗？"

蔡总睁开眼睛，看到我面前已经有了早餐和饮料，随即白了我一眼，没好气地说："你让他先吃吧。"

……

我只好尴尬地坐在那儿，早餐纹丝未动，直到后来空姐回来把它收走。当时我就意识到，跟着蔡总出差可能还不如在办公室里给其他同事端茶倒水呢。但那时的我尚且年少单纯，当蔡总指着我对接机的人介绍说，"这是我们公司新来的专业人才、广告科班毕业的大学生"，我还体会到了油然而生的自豪感，和对蔡总这一番褒扬的感激之情，对其他人投过来的复杂眼神毫无警觉。

当天的接风宴，安排在长沙市某条古老街道的一个破旧不堪的老馆子里。饿了半天，又被桑塔纳颠得七荤八素，一闻到餐馆的油香辣气，我顿感饥肠辘辘。一行十多个人走进包间，礼让叙座折腾了半天。做东的是客户方面长沙分公司的总经理李总，自然上首落座，他右手边是蔡总，然后拉着拽着让我坐了李总左手边，其他人等分别落座，依次是几个经销商、几个客户分公司的办事员工。

李总待众人落座，就向蔡总征询："蔡总，好久不见了，咱们喝点白的吧？"

蔡总悠然一笑，嘴角微微一动，目光向我这边瞟了过来：

"小叶，听说你酒量不错啊……"

众人的目光一齐投向了我。

于是，接下来的三天时间，我都是浑浑噩噩的，带着满身的酒气和呕吐物的臭味儿，沐浴着各色人等各怀心思的目光。近二十年来，我都没能忘记蔡总当时的嘴脸：一头自然飘逸的细发，纹丝不乱地顶在一张白白净净的团脸上，眼角含着芊芊的笑意……

直到第四天，"酒精考验"的我终于吃上了一顿清醒的饭。

那是在民主垸的一间乡野餐厅。

带队的经销商介绍说，新中国成立后泄洪区很少启用，经过连续多年合垸加堤，久而久之稻田连片、村落兴旺。这个家庭餐厅就开在田野之间，店主一家人平时住在这里，种地之余开餐厅贴补家用。说是餐厅，其实就是农家的几间平房，屋外就是垃圾堆，苍蝇乱飞。店里没有白酒，给我们供应的啤酒也没有冷冻过，是常温的。店里只有一张圆桌，菜式也不多，我们五六个人也就五六个菜，不论荤素几乎全是黑乎乎油汪汪的端上来，各种盘、碗、盆，掉漆的、磕边儿的摆在脏乎乎油腻腻的原木桌子上，简直就如贫困农家的一顿家常饭。可是那些地道的农家做法的菜，盘盘猛火大油、道道干辣咸鲜，正对我的胃口，我吃得有滋有味。经过连日锤炼的我，两瓶啤酒也不在话下了。

摆在桌子中央的，是一个黑漆漆的铁锅，架在一个土制的小炉子上，炉子里燃着一块蜂窝煤，呼呼地冒着蓝色的小火苗。老板矮瘦精干，光着膀子、肩头搭着汗巾，他先把炉子摆好，再把铁锅端上来，一边用浓重的湖南乡音介绍道："这是锅仔黄鸭叫。"

锅子本来是煮好的，一放到炉子上就开始重新沸腾。五六条完整的小鱼躺在浓白的汤中，巨大的姜块若隐若现，白汤表面还漂浮着两片紫苏叶子。热气腾腾中辣香四溢，闻之让我精神为之一振。一桌人对这个锅子都很感兴趣，蔡总微微皱了皱眉，笑道："这炉子不错啊，非常有创意。"

老板尴尬地赔笑道："几位老板，这是我家最拿手的菜，尝尝吧。"

不过可能是因为卖相太差，或许没得到蔡总的赞许，那道锅仔黄鸭叫好半天无人问津，大家的注意力都在其他菜和啤酒上面了。陪着喝了两瓶半啤酒之后，三天以来首次能够踏实吃饭并且没喝醉的我，伸出了筷子，指向黄鸭叫。

"黄鸭叫"是湘楚地带的叫法，东北叫作"嘎鱼"，其他地方也有叫"黄辣丁""黄骨鱼""黄刺公"的，都是一种鱼，淡水野生，体长3—6寸，扁嘴无鳞，肉质细嫩鲜美。我们老家那儿把它叫作"黄刺公"，听说活着的时候叫起来像鸭子一样"嘎嘎"的，所以东北人第一次说"嘎鱼"我就明白指的是什么。

小时候不很常见这种鱼，所以家里并不常吃，但是用它煨出来的汤，搭配几颗小尖椒和香菜末，口感记忆非常清晰。

我用筷子小心翼翼地夹回一条黄鸭叫，略一检视，就明白这做法跟我妈妈的做法是一模一样的。葱姜爆锅，油煎至半熟后，再加开水稍炖几分钟，鱼皮乃至鱼肉的外部略呈焦黑，入口脆软香辣。就是这个味儿。

一边细细品味，我一边称赞，招呼其他人尝尝，说这个真好吃。蔡总略微不满地瞥了我一眼，也夹起一条开始品尝。一经入口，大家便交口称赞这个菜做得地道。

老板搓着手，在旁边期待地看着，看到大家尝了他的拿手菜之后都很满意，自己也开心地笑了：

"老板们喜欢吃就好，不够还有。啊——差点搞忘记喽——"

　　说着一拍脑门，转身进了厨房。再出来时，手上捧着一个木桶，打开盖在上面的屉布，放到了桌上："推荐你们一下，吃了鱼，再用那个鱼汤泡这个锅巴饭，试试看！"

　　用鱼汤泡饭我是尝试过的，但是泡锅巴饭还是第一次吃。我以为只有锅巴，细看木桶里才知道是把锅巴混搅在米饭里。

　　一桌人此时都把老板的话听进去了，只不过蔡总和另一位啤酒已经喝得胀肚了，所以放下筷子也不再盛饭。我给自己盛了大半碗锅巴饭，然后浇上鱼汤，浓白的鱼汤沿着破旧的铁勺豁了口的边缘缓缓流淌在锅巴饭上。浇好汤，我忍不住端起碗先喝了一口汤，一股香辣浓郁的热流进入喉咙，略微有点呛，但是香溢口鼻，还略带一丝甜意。真让人陶醉啊！

　　重新拿起筷子，扒拉一口泡得半酥软的锅巴饭入口，我一下子就沉浸在美妙的味道里了。

　　湘鄂地区所产的大米，一般都是两季或三季稻，米质偏硬，干涩，缺乏光泽，不够饱满。我自小吃的就是这种大米，由于肠胃不大好所以常常用西红柿汤泡饭。这一口锅巴饭，依然是这种米，但是混入了锅巴的柴香，鱼汤的肉香，用现在的话说，还带着锅气，一下子就俘虏了我的味蕾。

　　咂摸着，细细品嚼着这一口锅巴饭，我突然感到牙根略有发痒，舌根似乎醉倒。米香和鱼香的强烈刺激，不仅让我口舌生津，甚至让我感到这个房间也变得空旷起来，那油污黢黑的墙壁和锈迹斑斑的铁窗栅，渐渐变薄、变轻，似乎在不停地远去。同桌吃饭的人，包括蔡总，包括陪同的经销商、开车的司机，和侍立在一旁听候招呼的餐馆老板，都在这蒸腾的白雾中退后、渐远，四周的嘈杂声也隐隐约约起来。整个感官世界里，只剩下这一口鱼汤泡锅巴饭了。

一口接一口……这种不可言说的美味，不但占领了我的感官世界，而且直入大脑，麻醉了我。

在这种麻醉里，我看到了高考前夜的漫天星光，带着对未来的幻想和希冀，带着对过去的留恋和不舍，伴着夏夜徐徐的凉风，幽幽舞动、眨眼，遥不可及，又仿佛触手可及。我听到了大学操场上整齐的步伐，球场边上莺莺燕燕的助威声、惋惜声、惊呼声、喝彩声，老眼昏花的教授在黑板前一个一个地点名，毕业聚会之后回荡在校园里的如泣如诉的歌声，时远时近、朦朦胧胧。房间里瞬间充满了田野的气息，有花香，有果味，有鸟鸣，有狗吠。我试着回回神，用心再品咂下一口饭——我尝到了，这是一种熟悉得不能再熟悉的味道。

妈妈的味道。

不知不觉间，两碗锅巴饭已经下肚，饱腹感给我的幸福增添了一层砝码。这时我再也抑制不住奔涌的情绪，放下碗，故作镇定地漫步出了餐馆的门。转到门外一个别人看不到的角落，我深吸一口气，试图平复自己。

然而，泪水却不由自主地淌了下来。

我偷眼看看四周——并没有人。于是，我闭上眼，任凭泪水继续流淌。这一瞬间，什么委屈，什么辛苦，什么舟车劳顿，什么宿醉之后的头痛，全都离我远去，统统烟消云散了。

不知道过了多久——也许一分钟，也许十分钟，等我微微一睁眼就吃了一惊。

一个十六七岁的女孩子，臂上挎着菜篮子，站在我的面前，怔怔地看着我。她身穿碎花衬衣，牛仔裤，脚蹬一双帆布鞋，梳着整齐的短发，微圆的脸，肤色略黑，圆圆的鼻头，大大的眼睛圆睁着，就这样呆呆地望着我。

我感到窘迫——有些羞赧，也有些恼怒。这样被人盯着看，还是在情不自禁流眼泪的时候，我觉得被她的目光一直看到了心里。她有些尴尬，但更多的是吃惊。我不知道当时的自己给她带来了多大的冲击，后来回想起来，我一定是把她吓到了。

迷迷糊糊中，我下意识地侧开身子，飞速抹去泪水，强自镇定下来。她好奇地看着我问："你怎么了？"我不知该如何回答。她又问道："你是不是想家了？"我更加窘迫了，恼怒地吐出两个字："辣的！"

房间里传来老板的声音："丑丑，像么样搞的？快点洗茄子，等你等不到！"她低下头匆匆地从我身边绕了过去。

周遭的声音又都回来了，我站在原地，回到现实。听起来那个姑娘是老板的女儿，送茄子来得晚了。

"哎！"我喊道，"你家的菜太好吃了，真的！"

她停下脚步，回头认真地盯着我看了一会儿，露出了开心的笑容，转身走开。"锅仔黄鸭叫太好吃了，我一辈子也忘不了！"我冲着她的背影又喊了一句。

那顿饭之后，我的首次出差之旅变得不那么痛苦了。倒不是蔡总对我的态度有所改变，也不是接下来的行程变得轻松，而是我自己的心情放松了、通透了，不再介怀别人，也不再忐忑紧张。

那一天的记忆，就是我给"宴遇"写广告语时的灵感源头。而那个叫"丑丑"的女孩儿，此刻回想起她的样子，我一定在某个场合又见到过。

肆

"珍珠圆子。"

上菜女郎温柔的声音把我从走神状态中拉了回来。我观察了一下迟远的表情，无法判断他是否提前知道今天的菜单。

珍珠圆子，是源自湖北沔阳的一道传统蒸菜，历来是荆楚人家待客宴宾的主角之一，它的做法、口感早已成熟定型。这道菜我也很喜欢吃，去湖北菜馆时经常点。不知道今天这道珍珠圆子将有什么独到之处，也不知道这开宴之后的"头牌"会不会让我们当中的某个人感动落泪……

出乎我的预料，这道菜的容器——竹屉比常见的大一倍，放置在一个超大的瓷盘上。上菜的女郎掀起笼盖，崭新的屉格还冒着热气。蒸屉上面并没有屉布，而是一张大小刚刚好的整片荷叶，碧绿森森，好像绿绒毯一样。一颗一颗晶莹透亮的圆子饱满充实，闪烁着钻石一样的光芒，整齐地排列在绿绒毯上。每一颗圆子都形态一致，唯其各自蒸腾出来细细的淡淡的白烟，透迤盘升，姿态各异。不多不少十八颗，静静地躺在那里被检阅，等待被品评。

大家都在观察，欣赏这道菜的"色"。我迅速环视了一下大家，留意每个人的表情，试图判断这道珍珠圆子的目标对象会是谁。我看到迟远面沉似水，胖光头面露赞许，斜对面的银发老太、老邢、老邢右手边的中年妇女以及开沃尔沃的年轻男子都一脸平静，我左手边的姑娘则嘟起嘴唇，无声地"哦"了一下，微微点头，貌似在赞赏这道菜的卖相。只有一个人除外——坐在老邢左边的理工男，他皱起了眉，面露疑惑。我心里一动，看来要特别留意他。

在观赏的同时，好几位不免微闭双目，用力翕动鼻翼，去捕捉那迅速弥漫的似有似无的香气。我的目光逡巡了一圈之后，也闭上眼睛，调动嗅觉。

油香、糯米香，略微有那么一点点酒味儿，我只能分辨出这些。再看胖光头，他收起赞许的表情，闭起眼睛，举起一只胖手微微在口鼻前扇动，深深地、悠长地徐徐吸气，似乎要把空气中的每一个气味分子都收拢进去。只见他一边吸气，一边嘴角上翘露出微笑；吸到中途突然顿了一下，笑容敛了起来；继续吸气，眉头却又皱了起来；然后，他睁开双眼，再次注视那盘白嫩的珍珠圆子，似乎有些不解。

我揣摩着胖光头的表情变化，被他弄得云里雾里。

迟远拿起筷子，环视大家说道："我们是不是可以开动了？"

除了理工男，每个人都拿起筷子，各自夹起一颗圆子，小心翼翼地送到嘴边。我心里跟明镜似的，这道菜很可能以美味触动我，但不至于感动到我，更不可能使我流泪。于是我把那颗圆子放在面前的骨碟里，心思却放在观察其他几人上。

并无异常。几乎每个人都是品尝了一口珍珠圆子之后嗯嗯点头，紧接着再咬一口，来不及发出感叹。胖光头却是一口干掉那颗圆子，整个儿放在嘴里咀嚼，不住点头，含混不清地急着说道："不错不错，好！有想法，有想法！"

有想法？我忍不住咬了一口自己的圆子。

最先扑入的自然是糯香，混杂着黄酒的气息，以及淡淡的荷叶香。一口咬到里面的肉，微微的油香味冒了出来，但是一点也不带肉腥，也没有瘦肉的干柴感，鲜香自然，比我之前吃过无数次的珍珠圆子清淡不少。我看了一眼咬下的缺口，的确就是裹着糯米的肉丸，可能是把其中的肥肉比例降低了，或者加了一道处理肉丸的工序，让口感不那么油腻浓郁。再一品嚼，花生碎大小的马蹄清晰可辨，脆凉可口，让圆子的口感又增加了几分清爽。然而在各种味道之中，我慢慢意识到应该还有一种极淡的香味儿，似有似无，时现时隐，却透彻口鼻。我有点疑惑了。

迟远不动声色地吃下一半圆子，放下筷子看向理工男。理工男默默地盯着那只大笼屉，丝毫没有动筷子的意思。

"王男先生？"迟远叫出了名字。原来他叫作王男。

理工男迟疑地看了一眼迟远，身子往后缩了一缩，表情黯淡，口中嗫嚅道："我……我从来不吃这个。"一口地道的京腔，有气无力。

老邢笑了，略带揶揄地说："这么好吃的珍珠圆子，不吃可就亏了啊。再说你要是不吃，怎么知道会不会让你哭呢？"

王男又往后缩了缩身子，两眼畏惧地盯着这第一道热菜，像是没有勇气回答老邢的话。

我心里咯噔一下，暗想："这厨师果然有道！"看样子这道菜就是冲着这位其貌不扬的理工男来的。

大大咧咧的胖光头吞下了第一颗圆子之后，迫不及待地伸出筷子，去夹第二颗，嘴里嘟囔着："真是怪了，真有想法！"好几个人一齐看向他，只听他接着感叹道：

"这桂花用的，真是绝了，有水平，有想法！"

桂花？

没错，就是桂花。我也醒过味儿了——就是桂花！

迟远突然道："王男先生，我们的规则是事先讲好的！"

我再看王男，只见他颓丧地靠着椅背，双眼紧闭，黑瘦的脸上，两行清泪正悄无声息地淌下。

其余八个人震惊了！胖光头的筷子悬在半空，那夹起的第二颗圆子不知该放进嘴里还是放回笼屉里。

气氛一时略有凝滞。

老邢是开朗人，也许是感到他刚才的话不妥，他尴尬地笑了两声，试图转移话题："好吃是真好吃，这个……这个桂花的改良手法也真是别出心裁。来来来，咱们趁热再品尝一下。"说着又拿起筷子。

我目不转睛盯着王男，见他身子微微一动，睁开了双眼，有气无力地说：

"这道菜，桂花珍珠圆子，我很多年没有再吃到过……"

迟远冲我使了个眼色，我反应过来，看看手机正在录音。只听王男继续说道："我真不知道，你们——"他一边捡起桌上的纸巾，擦拭着泪水，一边环视一周，却不知道具体这个"你们"该是指谁，"你们是怎么打探到我这个秘密的？"

秘密？

"一言既出驷马难追，我是怀着好奇心接受了这个邀约，也答应了遵守规则。既然如此，我不得不遵守承诺，向……在座的各位讲讲我的这个秘密，其实是一件埋藏在我心里的往事。这件事，左右了我的人生，改变了我的家庭，让我刻骨铭心——十六年了，我都不愿意回忆这件事。

"我想，既然大家同桌吃饭，也算是缘分。既然大家彼此陌生，我也不必在乎面子。既然……"他踌躇着，好像意识到前边已经说过"既然如此"的话了。

迟远道："你说得没错，规则咱们都要遵守。你需要向大家说明这道菜跟你的渊源，为什么触动了你。把来龙去脉讲清楚，让大家能明白就好了。如果涉及你的个人隐私，或者其他人的隐私的话，你可以选择忽略掉细节，或者用化名指代一下。"

话说得滴水不漏。震惊之余，我们都不由自主对迟远的这番话表示赞同。

王男略带感激地冲迟远点了点头，想了想，他还是缓慢地拿起了筷子，夹了一颗圆子，放到了自己面前的骨碟里。他又环视了一下大家，定了定神，缓缓开口说道：

"我爸和我妈离婚后，带着我住在单位分的房子里，跟我妈几乎不再联系。不过我有时候会给我妈打电话，偷偷见见她。我们住在木樨地附近，长安街边上，那是七机部的宿舍。

"我爸叫王洪运，老家在湖北沔阳。他非常爱吃蒸菜，经常在家自己做，从小到大，我吃过不少他做的拿手菜，可以说口福远远超过院儿里的其他孩子们。

"这道珍珠圆子，本来是我爸的拿手菜之一。但是我从小肠胃就不大好，害怕油腻，稍微一吃油点儿就闹肚子。所以，我爸做的珍珠圆子，虽然我很喜欢，但从不敢多吃。

"那年，嗯，1998 年的 8 月份，开学前一周的周日，我们家里来了一个……客人……"

说到这里，王男停顿下来，神情肃然。他把面前的那颗圆子用筷子夹起来，放在嘴边犹豫了一会儿，又放回骨碟中。王男继续缓缓讲述：

"为了备战高考，我们高三毕业班提前两周开学，但我因为得了红眼病在家里多待了一周。就在我收拾好课本书包，准备第二天开始面对艰苦的高三生活时，她出现了。

"说是客人，其实算是远房亲戚吧。那天我去同院的同学胖刘儿家里抄课程表，一回家就看见过厅里坐着一个陌生的女孩儿，脚边放着两个行李箱。女孩儿看起来跟我一样大，留着齐刘海儿，眼睛大大的，正在跟我爸说话。

"我爸指着我说这是你表弟小男，这是你表姐……嗯……妮妮。在此之前我还从来没听说过有个叫妮妮的表姐。妮妮赶忙站起来，跟我互相点点头算是打招呼了。我注意到表姐——妮妮大大的眼睛中透着疲惫，头发有点脏，穿得挺土气的，暗自猜想着这个表姐的来历。我爸又说，你表姐考上了北京的大学，来得早了点儿，学校还没有开始新生报到，所以先在我们家住两天。我爸介绍完，又絮絮叨叨地跟妮妮说一些注意事项：这个……过马路要走人行道，要看灯，绿灯了才能走……从这儿去你们学校就在木樨地坐地铁转大1路，或者直接坐大1路、57路、4路，到郎家园再转312……北京天气干燥，一定要多喝水……一开学就要军训，不要怕吃苦，听说也不会太苦，就是走个过场……

"我爸喋喋不休没完没了，我想着他一次说那么多事，表姐肯定记不住，再看表姐一副昏昏欲睡的样子，我忍不住插嘴说：'表姐你肯定累了，要不先洗个澡休息休息吧？'

"表姐再一次把那双大眼睛转向我，微微有些放光，她盯着我，眼角弯了弯，没笑出来，马上又转头去看我父亲。这时父亲才停住嘴，指挥我帮表姐拿行李。我们家长期空着一间房，所以很快就帮表姐安顿好了。

"表姐进房间收拾去了，我回到自己房间，拿出刚抄回来的课程表发呆。我很想问问这个表姐是从哪儿来，考上了哪所大学，但是我不会去问父亲这些问题。因为我跟父亲之间除了默契的沉默之外，并没有太多话可说。

"我跟我爸之间的隔阂，从他俩六年前离婚时就开始了。我不恨他们，也谈不上理解，我除了被动地接受现状，别无他法。跟我爸这六年，他对我的照料无可挑剔，一日三餐、换洗衣服、定期理发，就像钟表一样有规律，即使有时候他出差不在家，也都会提前给我钱，让我自己买吃的，不会饿着。但我妈走了，这个家里只有烟火，没有生活。

"我正在发呆，突然听到背后有轻轻的敲门声。回头一看，表姐站在门口，她冲我一笑，露出了两颗白白的小虎牙，说：'小男，你家厨房我不熟，你能帮帮忙吗？'略微带了点口音，但是我听不出来是哪里的。'好啊。'我一跃而起。

"其实我家厨房我也不很熟悉，能帮到的忙很有限。我向表姐指点着案板、刀、煤气阀门等位置和我所能知道的注意事项。我想到表姐可能没用过管道煤气，还特意告诉她煤气阀门转动的方向，关火之前要关掉主阀门等等。表姐认真地听我讲解完，就在厨房里忙活起来。

"我爸买完葱姜回来，看到表姐在张罗着做饭，还客气地拉扯了一阵子，最终拗不过表姐，只好随她了。看到这个表姐这么能干，我倒没觉得有啥不好意思的，因为我觉得外地人跟我们北京人不一样，都是从小就会做饭洗衣服。

"那天表姐做的饭，就有一道珍珠圆子，但我还是没敢多吃。那是我第一次见到表姐。没想到的是，一年之后，准确地说是十一个月之后，发生了一件让我至今无法面对的事情……"

王男说到这里，又拿起筷子，夹起放在面前的那颗珍珠圆子，放到嘴边，习惯性地吹了吹——其实那圆子在我看来早就不烫了——轻轻地送进口中，咬了一口。然后，他的表情凝固了，不解地看了一眼左边隔座的胖光头，又轻轻咬了一口，再次迟疑着，把目光缓缓地移到了迟远的身上，死死地盯着迟远，一句话也说不出来。我注意到，在他呆滞、惊讶、疑惑、悲伤的眼睛里，两串清澈的泪水汩汩而出，长流不止。

偌大的落地玻璃窗外，一道闪电划过湖面，随之而来一连串沉闷呜咽的雷声。雷声清晰入耳，看来这大落地玻璃窗隔音效果一般般。

"是她……"王男声音低沉哽咽，如同呓语。

伍

　　"表姐……"这是王男每次接电话时迫不及待的问候语。每一次打了寻呼之后，表姐都是三分钟之内就回过来的，没有意外——除了那天，1999年8月6日。

　　"表弟——"电话里传来细声细气捏着嗓子的哂笑，王男一听居然不是表姐，愣了一下也没猜出是谁。"嗨，你心里除了表姐，还能有哥们儿吗？"这一句责怪的声音恢复了本真，是胖刘儿。

　　平时胖刘儿没少拿王男对表姐的痴迷来嘲笑他。到了高三下学期，几乎人人都有了对象，连胖刘儿都和隔壁班的"尤二姐"眉来眼去的，经常下学后结伴去喝酸奶、吃炒肝儿，偶尔串串胡同，趁着黑灯瞎火动手动脚。唯独王男见天儿放学就回家，又对所有的暗送秋波、纸条情书视而不见，的确让人费解，甚至有人怀疑他是Gay。其实胖刘儿知道，王男心里、眼里，除了表姐之外再无旁人。

　　那年夏天，在王男的记忆中，并不像别人描述的那么热。高考过后的一个月，他没有像其他同学一样到处疯玩儿，而是乖乖地宅在家里。至于高考志愿，他一律填了心中所向往的那座城市——长沙。

　　表姐暑假没有回家，而是找了一家餐馆打工。她的湖南口音慢慢消退，偶尔还蹦出一些儿话音，也会不恰当地使用诸如"闷灯儿蜜""倍儿"等一些北京方言词语。进入8月，电视报纸上关于南方水患的报道渐渐少了下来，王男依然每天给表姐打个传呼，等着表姐回电话来，闲聊几句。表姐都会回电话，话题离不开南方的事。但那段时间表姐没有收到她家里的任何消息，言谈之中除了焦虑、担忧之外再无其他。不过王男心想，没有消息也许就是好消息。

那天是星期五，王男照旧在午饭后给表姐打了传呼。127台是自动寻呼，不需要对话务员说传呼号，也不需要留姓名，缺点是对方只能接收到这边的总机号码，不能显示分机号码。不过表姐记得王男家的分机号，总是很快复机。那天王男刚拨完一连串号码，放下手柄电话就响了起来，迫不及待地接起，却没想到是胖刘儿。

胖刘儿给王男报了一个喜讯——让他马上去学校，找班主任石老师拿录取通知书。

王男心里"怦"的一声跳跃起来，震得自己耳膜发疼。他撂下电话就去找父亲，但是想起父亲没午睡就出门上班去了。王男想了想，是给父亲单位打个电话报告一声呢，还是等拿回通知书再说呢？犹豫片刻，王男决定，等表姐回电话，先告诉表姐。

但是五分钟过去了，十分钟过去了，表姐没回电话。王男忍不住又打了一遍自动传呼。又十分钟过去了，还是没回。王男打了126，用人工方式再呼一次，他语气急促以至于表达得有些含糊，话务员小姐反复跟他确认了好几遍姓什么和分机号，才算完成。

又半个小时过去了，电话机始终安静地躺在那里，一声不吭。

王男只能放弃等待，匆匆地换了长裤，套上T恤衫，先去学校。

临近立秋，路旁树上的知了们似乎知道来日无多，更加起劲地唧唧高鸣，汇成大合唱，听起来比大公共和电车的喇叭声都吵。王男顶着烈日卖力蹬车，心里想的是表姐为什么不回电话，会不会这会儿倒出空儿回电话而无人接听，那么表姐会担心吗？

"表姐，你会担心我吗？"那是前些日子的一个傍晚，王男倚着厨房的门框，壮着胆子问表姐。

"会的，你一直在北京，没去过南方，不知道南方有多热。"忙碌的表姐笑吟吟地说，"听说长沙啊是个大火炉，夏天的时候，你一出门就跟进了蒸笼一样，马上就汗透了……"表姐说着，掀起小笼屉的盖子，吹了吹白烟，轻轻嗅了嗅，圆圆的鼻头微皱，让王男不由得心跳加快。她接着说："还有啊，湖南菜油大、口儿味重，又咸又辣，你肯定吃不惯。"

"我就怕吃太油腻的东西，我爸做的珍珠圆子我都不敢多吃，一吃肚子就不舒服。"

"我知道的。"表姐微微皱了皱眉，瞥了一眼渗出白烟的笼屉，满意地笑笑，"今天你再尝尝我的珍珠圆子，看看敢不敢多吃。"

当王洪运下班进门时，等待他的，是两个半大孩子，一瓶"普京"，四道妮妮亲手做的菜——其中就有特意为王男进行过改良的桂花珍珠圆子。

那是王男吃过最好吃的珍珠圆子。他吃了很多，没有闹肚子。

还在暑假期间，学校门口十分冷清，平日里熙熙攘攘的小商小贩们也不见了踪影。因为学校东面紧挨着海子，所以没有东门，而西门迷失在错综复杂的大杂院儿里，真正能通行的只有南门和北门。南门是正门，王男径直把胯下的大二八蹬到了门前，才看见两扇大铁门已经从里面挂上了链子锁。透过大门两边的铁栏杆远远看去，主楼前的操场杂草丛生，不见一个人，唯有其中斜斜穿过的一条人踩出来的小径，透露了校园里其实是有人居住的。王男犹豫片刻，决定先去小卖部瞟一眼。

小卖部位于学校南门的斜对面，破落院子、破门破脸儿，一间原是祠堂的大屋子，里面挤满了货架，凌乱不堪。不过在学生们眼中，这里可是天堂——除了课本，几乎应有尽有：铅笔钢笔圆珠笔，作业本课外书连环画，报纸杂志 VCD，乒乓球橡皮筋小贴画，Walkman 卡带寻呼机，酸奶北冰洋老冰棍儿……不应有也尽有——烟、打火机和啤酒，还有从南方偷运来仅供男生们偷偷传看的录像带……同时，这里也是同学朋友们接头约会、谈判约架的枢纽，以及小道消息、谣言八卦的集散地。

远远可以望到小卖部门楣上的横匾，"四忠亭"——这明显是原先那座祠堂的名字，但是看不清楚开门了没有。王男一骗腿儿，准备蹬过去。

"嘿！"

突然一声大喊，把王男惊得跳了下来。那辆大二八兀自歪斜着向前冲去，眼看即将栽倒在地的一瞬间，旁边蹿出一个胖子，拉住了车尾架。

胖刘儿一脸坏笑看着王男，似乎在这里埋伏了很久，专为等着吓他一跳。一百五十多斤的他因为脑袋超出比例，显得足足得有二百来斤。同学之间，只有他是和王男从小学到高中一路同班，又在一个院儿里住，是真正的"发小儿"。

那段时间，王男不怎么愿意搭理胖刘儿。

"哟，这是小王吧……你怎么才来？"胖刘儿先发制人。

王男假装恼怒地抬起车把手去撞胖刘儿，笑骂道："你才小王八呢，是不是诓我呢？这不大门儿还锁着呢嘛。"

"哟，那你冤枉我了。刚才忘说一句话，我特地跟这儿等你半天。"胖刘儿故作委屈地笑着，"石老师要训话，让大家都在四忠亭集合。我这不顶着大太阳等你呢嘛。嘿，都给我晒冒油了。"

推开四忠亭半掩着的斑驳红漆木门，王男被吓了一跳。四忠亭里人头攒动，班里的人几乎都到齐了。虽然人很多，但是大家都很安静，除了个别的窃窃私语之外，没有人高声喧哗。每个人都怀揣着期待与兴奋、激动与不安，带着对未来的些微迷茫，或许还有高考之后彻底放松的情绪。两人一推门进来，正巧看见班主任石刚在人群中转过头来，随即，几乎全班的同学们都看向了王男和胖刘儿，瞬间，本就压抑着的窃窃私语倏地消失了，鸦雀无声。

胖刘儿有些茫然。有些人天生不适合在众人面前表演，不论他私底下多么活跃、多么机灵，一旦被置于聚光灯下，立马像抱着糖罐被抓现行的小朋友一样不知所措。王男看到，胖刘儿的额角迅速渗出汗珠，他感到自己的后脖颈也正在发热……

就在这时，石老师抬起双手，轻轻地，鼓起掌来，他的嘴角开始浮出一丝笑意，慢慢扩展成为关切的笑容。掌声逐渐密集，除了刚进门的两个人之外，所有的人都在鼓掌。几分钟之后，他俩才明白过来，这掌声其实是给王男的。因为，在他们这一班，九八届理科三班全部五十四名拿到录取通知书的考生中，只有王男一个人即将离开北京，其他人都选择了本地的大学。

班主任石刚请全体考上大学的毕业生每人喝了一瓶北冰洋，把录取通知书一一交到大家手中。然后简短地说了几句：

"同学们，首先祝贺你们考上了大学，拿到了录取通知书。我一再跟大家说，你们手上的这份通知书，很大程度上就是你们未来人生的分水岭。今天没能接到通知来这里的有四个人，人生道路从此不同。记住我的话，四年之后，你们还会面临下一个分水岭。十年之后，你们会深刻体会到——少壮不努力，老大徒伤悲。其次呢，你们已经是高中毕业生了，在进入大学报到之前，是自由人，没有学校和老师管着你们，替你们操心。这段时间好好放松一下，但是要注意人身安全，不要跑去郊区田里扎蛤蟆，不要瞎串胡同儿，平平安安地进入人生下一站。这就是我给你们上的最后一课！"

石刚说完话，转身推门离去。这些手拿通知书、喝着北冰洋的学生回味着石老师的话，突然心生悲凉，离别的愁绪前所未有地笼罩了这帮刚刚还沉浸在喜悦中的孩子们。王男感到，这些平素来往并不算多的同学们，看他的目光都带着同情，这让他很不自在。

"我们今天聚餐吧！"不知是谁喊了一嗓子，得到了大家热烈的附和。

王男不想去聚餐，他只想早点回家，因为他怕错过了表姐复机。肯定已经错过了。但他不能走。作为唯一即将离开北京的人，他才是今天散伙饭的主角儿。

五十多个高中毕业生从四忠亭鱼贯而出，个别手脚不干净的趁机顺了一些饮料和冰棍儿，小卖部老板根本看不住。走出四忠亭的老旧木门，王男注意到，刚才还晴热暴晒的天空这会儿布满了乌云。一团一团巨大又厚重的云彼此交错、层层叠叠，把太阳严严实实地藏了起来。

王男忍不住自言自语道："京北云密布密云北京。"

这是高考之前两天的事。王洪运让王男放下书本，看点课外书放松一下。表姐妮妮正好来家里，考了王男一个联句，上联是"上海自来水来自海上"。当时王男正好在看一则密云的社会新闻，说的是一村民为报复村干部霸占其妻，在某天暴雨之前的乌云笼罩下挥刀砍杀了村干部全家老小的残忍罪案。王男灵机一动，脱口而出："京北云密布密云北京。"王男清楚地记得表姐期待答案的表情，和随即而现的惊讶、佩服，那一双浓淡相宜的眉毛先是尾端挑起，瞬间弯了起来，牵动着王男的心怦怦直跳。

回头望去，四忠亭的朱漆大门和翘角垂脊，被压在密密的天空之下，厚重而憋屈。大门两边各有两块白墙，残存着四幅壁画像，分别是诸葛亮、宗泽、岳飞、史可法。不过可能因为这座四忠亭存在已久，如同理所当然的合理存在，绝大多数高中生对这些画像视而不见、不求甚解。

这一群兴奋不已的高中毕业生，浩浩荡荡向老莫开拔。王男被裹挟在其中，身体逐渐远离心神，甚至没有注意到，零零星星落下的大雨点在地面上炸出一个一个的小泥坑。

接下来的几个小时里，王男被包围在啤酒、红酒、格瓦斯和呛得令人窒息的香烟之中，但在耳边的聒噪声里，一直隐隐约约传来电话铃声。表姐到底回电话了没有？肯定是回了，但是王男错过了，他不能第一时间告诉她，自己拿到了录取通知书，可以去表姐的故乡上大学了。也可能没回，表姐或许在忙着打工赚钱，没顾上看呼机，或者看了但是一直没找到电话来复机……下这么大的雨，表姐下班后怎么回学校宿舍呢？想象着表姐下了班，挤上公交车，浑身湿透跑进宿舍大门，拧着湿漉漉的头发，拿起公用电话给自己回电话的场景，王男真想扔下手中的酒杯，冲进雨幕里面，也把自己淋个透心儿凉。有个瘦弱的同学凑上前来跟王男搭话，他挥舞着北方交大的录取通知书："哥们儿要学交通管理啦——我看好北京的交通发展！我昨天还劝我哥改行当交警去呢。你去长沙，是不是也算心想事成啊？"王男恍恍惚惚地没心思跟他聊，那人讨了个没趣儿，端着酒杯走开了。

"哟，你干吗呢，心不在焉的？"胖刘儿已经适应了今天的大场面，他端着两个小酒杯，满面红光地从人群中挤了过来，"茅台，快来尝尝。嘿，真不错！"

一股浓浓的酒香扑鼻而来。

万丈红尘三杯酒。啤酒、红酒再加上茅台，王男暂时忘却了表姐，忘却了大学录取通知书。等他清醒过来时，老莫餐厅里杯盘狼藉，已经人去屋空，只剩下胖刘儿守在他的身旁。

公交车是没有了，王男蹬来的自行车还在四忠亭门口，幸好马路边上还停着几辆黄色小面。胖刘儿半背半抱地把王男送到他家楼门口，看着他摇摇晃晃地爬上楼梯，才转身离去。

这是王男和胖刘儿见的最后一面。

陆

"我知道，胖刘儿一直看着我爬上楼梯，他才走。但我没有回头。"
王男低沉的嗓音已经有些喑哑，"他肯定没想到，从此以后，我再也没
跟他联系。"

我们静静地听着，胖光头有些不耐烦了，老邢也焦躁地盯着王男。
到底发生了什么事，难道是他的表姐那天出意外死了吗？我看了一眼
迟远，只见他面色平静，双目微闭，似乎也在等待一个早已猜到的悲
情结局。

然而王男却停了下来，半天沉默不语。我终于忍不住催促道："王
先生，你表姐那天发生什么事了？你为什么跟胖刘儿断了联系呢？"

王男看着我回答道："那天晚上，我就离开那个家了。我谁也不想
见，除了我妈，谁也不想联系。头几年胖刘儿一直在找我，写信、打
电话，大学开学以后他还跑到长沙去找过我，我都躲开了。因为……
因为我不想告诉他那天晚上的事情，不想解释为什么我从此不再回那
个家。"

"嗨，问你呢，那天到底出么事情了？"胖光头顶着粗粗的嗓门儿
嚷嚷起来。

王男痛苦地用手捂住了脸颊，两个小指紧紧地夹住自己的鼻梁，
上下揉搓，黑色镜框也随着手指的顶动上下晃动。良久，他抬起头来

望着迟远说："这不可能，我听说她已经死了。"

迟远问道："你表姐吗？她怎么死的？"

"她……我妈后来告诉我，表姐那天晚上跳河自尽了。"

"哦？她为什么跳河自尽？"迟远皱起眉，紧紧地盯住王男，"那天晚上见到你表姐了没有？"

"见到了。"

"你对她做了什么？"迟远的语气严厉起来，透着冰冷。

王男僵住了，他用力抿起嘴唇，把鼻子皱得像一颗丑陋的土豆。他缓缓摇头，说："我什么都没有做——就是因为我什么都没做，她才决定寻死。可是，可是我又能怎么做呢？那是我爸，我亲爹啊……"

我和老邢面面相觑，仿佛一瞬间明白了什么，可又不确定到底是什么。再看看其他人，都陷入了沉默。一道明晃晃的闪电从大落地玻璃窗前划过，迅即一道炸雷响起，我们面前的桌子都好像被震动了。迟远也不作声，若有所思地轻轻捻着响指，稍后微一点头，继续追问：

"王男先生，你父亲还健在吗？"

王男摇摇头，又低头苦笑一下，双拳紧握，下了决心似的说："我爸死了十几年了。既然人都不在了，我也得言而有信，话不能说一半，是吧？"无人回应。

他颤抖着拿起酒杯，轻轻抿了一小口红酒，在嘴里咂摸一会儿，吞下肚去，然后放下酒杯，看着面前的桌布，轻声道：

"那天晚上，我被雨浇得浑身湿透。爬上楼梯打开家门，发现过厅的餐桌上放着一个开口的信封，收信地址是北京广播学院，收信人是我表姐的名字，寄信地址是她的老家地址。我一看，就知道表姐肯定来过家里了。既然她收到了家里的来信，可是又没有及时回复我的寻呼，肯定有什么事情发生了。我急忙拿起信封，抽出信纸来看。

"信是当地乡政府寄来的，内容很简单，意思是说表姐老家的亲人，在半个月前的洪水中全部遇难了！"

原来是这样？

"那你表姐呢？"五六个人几乎同时发问。

"我看了信，酒醒了一半，愣在那儿了。拿起信封再看看，收信地址和收信人确实是我表姐，那就是说这封信是表姐带来的没错。我扔下信就去推我爸房门，结果，我看见……我看见表姐了，也看见我爸了，在床上，借着外面的闪电，我清清楚楚地看到，两个人抱在一起……"

似乎是为了配合王男的讲述，又一道闪电从窗外飞过，白亮白亮的光把我们每个人的面部轮廓瞬间勾勒了一遍，我们九个人好像泥塑木雕一般，纹丝不动。那一声雷，呜咽低沉、嘶哑难辨，仿佛被掐住了喉咙发不出来，反正我是听得不大真切，也许是震惊过度暂时失去了听觉吧。

"我去！"过了好一会儿，胖光头和老邢才异口同声地叫了出来。

迟远的呼吸声浑浊起来，他说话了，明显压抑着情绪："所以，你离家出走了，而你的表姐，后来投河自尽了？"

王男闭上眼睛，点了点头。

王男的表姐，是因为亲人全部遇难，还是因为被表舅性侵才寻的死呢？恐怕难解真相。而王男当时如果做点什么，他表姐会不会避免一死呢？我也说不好。我在脑子里来回转着这些想法，可没有意识到，当年的王男，只不过是一个十八岁的高中毕业生，一个情窦初开暗恋上了自己表姐的少年，他还是个未经世事的孩子而已。试着去想象一下，一个半大孩子，目睹自己暗恋的表姐与自己的父亲拥睡在床上，不亚于整个世界在他眼前崩塌。除了逃避，除了遗忘，你能指望他做什么呢？既然如此，事后诸葛亮一般去求全责备，又有何益？

第一道菜的故事讲完了。

这只是第一道菜，我们当中就有一个人还没动筷子已泪流满面。

如果当天晚上只有这一波重击的话，也许我还能慢慢忘却，以平常心去看待不平事。但是万没想到，这只是个序曲。那天晚上的惊雷，一个接着一个，震得我心胆俱裂。

桂花珍珠圆子（9人份）

主料：五花肉900克，脆藕100克，糯米400克，荸荠250克

辅料：鸡蛋3个，荷叶若干，干桂花25克

配料：精盐，葱碎，姜末，白胡椒粉，淀粉，生抽，芝麻油，花生油，料酒，热黄酒

做法：将糯米温水浸泡2小时以上，保持水温，沥干备用；荸荠煮水备用，切碎末；脆藕剁碎；将五花肉肥瘦剔开，肥肉切块焯水20秒去油，沥干后肥瘦混合剁馅，混合藕碎、荸荠末加入鸡蛋清和荸荠水，搅拌，再加生抽、葱碎、姜末、盐、白胡椒粉，同方向搅拌成泥；加入料酒少许，揉搓成团，浸入糯米和桂花末，滚粘均匀；笼屉下铺荷叶，抹花生油，隔水上锅蒸20分钟；揭盖喷洒黄酒出锅。

柒

"宫保鸡丁。"

伴随着轻声解说，第二道菜上桌了。

这道菜是冲谁来的呢？经过第一道菜的洗礼，我的好奇心空前高涨，用不怀好意的目光扫视着每一个人。

胖光头！

只有他神情大变，定定地看着刚端上来的这道菜出神。不只是我，其他人也都注意到了他的异样反应。

胖光头见大家都盯着自己，尴尬地晃了晃脑袋，脸上油光光的肥肉不由自主地颤动起来。他偏头睨了一眼隔座的王男，缓缓拿起了筷子，带着将信将疑的表情把筷子伸了出去。我屏住了呼吸。

出人意料的是，胖光头并没有夹起一块鸡丁，也没有夹起一块黄瓜丁或是一颗花生米，甚至连红辣椒、葱白都没碰……他把筷子深深地插进盘底，用筷头儿蘸了一些盘底的菜汁，放回嘴里吮了一下。一瞬间，他那张油脸溢出满足的微笑，嘴角翘了起来，眉毛弯了下去，甜蜜得令人无法置信，似乎这张油乎乎、肥腻腻、肉嘟嘟的脸，回到了童年时代的朦胧和青葱，也没那么招人厌恶了。

然而我却发现，胖光头那微笑着沉醉着满足着的胖脸上，出现了两道清澈的小溪，从两边眼角慢慢蜿蜒而下，画出了两道好似寿星眉一样的轨迹。胖光头仰面朝天，仍然沉浸在他自己的世界中，好像神游出窍了。太不可思议了。我和老邢对视了一下，我看到他的口型分明在说"哎呀，哎呀"。

迟远清了清嗓子，叫了一声："王光斗先生！"

我这才知道，这位胖光头名叫王光斗。

王光斗幡然回神，却不答话，急切地再次挥动筷子，夹起一块鸡丁放进嘴里，边嚼边品味；然后再夹起一块黄瓜丁，再然后是葱白、花生米……每一样主料和辅料都分别品尝了一个遍，边品咂边摇头，满脸不可思议的表情。然后，他把筷子重重地一顿，放在一旁，长长地舒了一口气，这才想起用手背抹去眼角的泪痕。

我们纷纷拿起筷子，来品尝这道不可思议的宫保鸡丁。我默想着刚才胖光头——也就是王光斗的步骤，也先用筷子头儿蘸了点底汤来吮一下，甜的！

果然是甜的！细一品应该是用冰糖熬的汁。

再尝鸡丁、黄瓜丁、葱白、花生米……真好吃！肉嫩、瓜脆，咸鲜酸辣甜五味俱全。不过口感似乎与平时吃到的宫保鸡丁确实不大一样，我想了想，除了第一口甜之外，一时还说不明白具体有什么区别。哦还有，这道菜中的花生米没有平时吃的那么脆，似乎未经油炸。

窗外的闪电一道接着一道，惨白的亮光闪烁在每一个人的脸上，四周紫色幔帐在强光下越发显得厚重。除了王光斗不再动筷子，其余八个人品尝着这道菜，大多像我一样摸不着门道。我仔细观察，发现老邢右手边的中年妇女应该是品出了什么特别之处，频频点头，一副恍然大悟的模样。我旁边的迟远好像也有所发现，眨巴着眼睛放下了筷子。迟远脸微右偏，对王光斗说：

"王光斗先生，看起来这道菜对你来说有特殊的意义，能给我们讲讲吗？"

虽是征询的语气，但大家有约在先——王光斗尝了第一口就流下了泪水，他不得不讲讲。我在心里祈祷：希望这胖子的故事不要太虐心。

王光斗认真地点了点头，坐直了身子，双手抚在桌面上，微微皱眉，似乎在思考怎么组织语言。

少顷，他睁大了眼睛，舒展了眉毛，向迟远道：

"你刚才说，你是西阳日报的记者，对吧？"

"没错。"

"迟记者，不瞒你说，作为一个厨子，我以前只跟记者打过一次交道，今天算是第二次吧。"王光斗环视着大家说道，——我猜得没错，他果然是个厨子，"上一次跟记者打交道的时候，我说了谎话，这一次，我必须说真话。再说事情过去那么多年了，老压在我心里怪难受的，我保证竹筒倒豆子，一颗不剩痛痛快快地把这事儿说出来……

"你们肯定想不到，我既是神仙居的行政总厨，又是神仙居的二股东。上一次记者问我哪儿来那么多钱入股神仙居，我没有说实话，也没法说实话。至于我怎么进的神仙居，怎么成了二股东，甚至我的身世，都跟这道菜有非常大的关系，同时牵扯到一个人。这道菜的秘密，得先从我的身世说起……"

"神仙居"是京城最大最有名的传统鲁菜和京菜馆，江湖地位高、经营规模大。王光斗不说，我无论如何也想不到，他竟然是神仙居的二股东，是个老板。王光斗停下来，低头闭目了一小会儿，然后接着说：

"我这个人，除了做菜，这辈子没有别的爱好，从小就喜欢。我们家在黄岛下面的一个镇子上开饭馆，我从记事起就跟着俺娘在厨房里泡着，俺娘做的菜，我全都学会了。俺娘也说，我天生就是当厨师的料。不怕你们笑话，我对做菜之外的事情真的都不感兴趣。学习成绩也不好，小学上完我就不去上学了，在家里饭馆帮厨。

"那个时候吧，觉得俺娘做的菜是全天下最好吃的，我特别佩服她。刚才说了，我把俺娘做的菜全都学会了，可是俺娘没做过的菜我就没学会，因为我只有俺娘这一个师傅。十七岁那年，俺娘给我拿了五千块钱，让我去济南的厨师学校学习，学好了回来就能掌勺了。那个时候，应该是我们山东的厨师技工培训学校刚刚起步的时候，去学厨都是包分配的。我在厨师学校里学了不少新菜，其中有一道菜就是宫保鸡丁。当然啦，厨师学校里教的宫保鸡丁，和你们平常在饭馆里吃到的是一样的，但和眼前的这道可不是一回事。

"学了宫保鸡丁的做法，我才知道这道菜原来是咱山东原创的，是鲁菜的一道名菜。我就想了，为什么俺娘从来没做过这道菜呢？"

听到这里，我忍不住插话："那不大可能吧，去你家饭馆吃饭的人难道从来不点这道菜吗？"

"你说得对，我也想，既然这是咱山东的名菜，不可能人家不点。可真的是没见俺娘做过，也没教过我这道菜。这个事儿一直搁在心里沤着，就等着回家问问俺娘。"

这时迟远问道："那时候的厨师学校，要学多久才能毕业？"

王光斗不好意思地笑了笑："哦，我忘了说，那个年代的事情跟现在不大一样。我们那个厨师学校，分不同的班，我上的是时间最长、档次最高的班，还包分配，五千块钱学一整年。这个班呢，按说是包分配到北京、广州、上海这几个大城市的五星级酒店，毕业就有来考试招工的，百分之百有工作，百分之百能上厨。

　　"俺娘给我报名的时候，说好的是等我毕业了，就回家掌勺。但是我在济南时间一长，越来越喜欢上大城市，有点不大愿意回黄岛了，我谋着想上北京上海这样真正的大城市去看看。毕业头前儿，我想回家跟俺娘商量商量，正好也问问她，为么从来没做过宫保鸡丁？

　　"那天天擦黑儿的时候，我下了长途车，直接往饭馆跑。我们家开的饭馆是那个镇子上最大、最豪华的，名字也很好听，叫'仙客来'。大门上面做了霓虹灯，'仙客来'三个字一到晚上就闪起来，很气派。我们那边秋冬季节很容易起雾，尤其是天将黑没黑的时候，弥漫的白雾笼罩着霓虹灯字，夹杂着清甜的苹果香，确实有仙气缭绕的感觉。虽然总共只有六张桌子外加两个单间雅座，但因为就在镇政府的旁边，所以一年流水也能有好几万。

　　"从国道边下了车，我背着行李，一路想着怎么说，好跟俺娘商量商量，让我先去大城市打两年工，见识见识再回家来帮他们经营仙客来。一路想一路走，远远地看到'仙客来'的霓虹灯字一闪一闪。

　　"可是越走近越感觉不对劲，我心里扑通扑通地有点儿不安稳，赶紧跑了起来，一直冲进饭馆的大门。里面灯火通明，玻璃窗上照样凝结着水汽，装饰什么都没变，可是——六张桌子都空着，一个客人也没有。我迈步冲进单间雅座，两个雅座也都空荡荡的，没有客人。我走进后厨，后厨也一个人都没有。

　　"我慌了，大喊起来：'娘，娘——'

　　"没有回答，平常热热闹闹的饭馆，虽然灯火通明的，却连一个人影都不见。我冲出后厨，又喊了几声'娘'，还是没人回答。我想起平时闷声不响待在收银台后面一站就是一天的俺爹，一边喊着'爹'，一边伸着头往柜台里面瞧。这一瞧吓我一跳，俺爹跟喝醉酒了似的，歪在柜台后边儿，闭着眼睛靠着柜台。听见我喊他，他支起眉毛睁开眼，糊里糊涂答应了一声，看见是我，又把眼睛闭上了。

"我说：'爹啊，这是怎么了，俺娘嘞？为么没有客人呢？'

"我把柜板翻开，把俺爹拽出来，一闻一身酒气。长这么大，我第一次见俺爹喝酒。我赶紧把行李扔下，找了暖瓶，倒了一点水，给他喂了几口。他坐在地下，迷迷糊糊地再睁眼看看我，还是不说话。我急得扳住他的肩膀，使劲摇晃，问他：'爹，俺娘嘞？怎么了这是？'

"过了半天，我都急坏了，俺爹才清醒过来。他仔细地看了我一会儿，长长地叹了一口气，对我说：

'孩儿啊，你回来得晚了，你娘，她走了……'

"一听这个话，把我吓得要死。俺娘身体好好的，怎么说走就走了呢？没有想到，俺爹接下来一句话，才真正地让我感到天旋地转，不敢相信这个世界——

"'你娘，跟你爹走了！'俺爹说。"

我们听到这里，都有点入迷，没想到这个五大三粗的胖光头口才这么好。老邢我们几个没有吃菜，也没有动酒杯，都在急切地等待着他继续说下去。只见迟远沉静不语，伸出筷子夹了一块鸡丁来吃，动作迟缓而醒目，似乎在提醒王光斗不要偏离主题。

王光头并没有不好意思，继续说："我的身世，和后来申奥成功那年发生的事情，就跟这道宫保鸡丁有很大的关系……"

随着他条理清晰的讲述，我们被带入十多年前的时光，都没有太在意窗外湖面上那一道紧催一道的闪电激起的荡漾。那湖面上闪耀着、跳动着的自然之火，一直都在提醒我们，这是一个不平常的夜晚。而当时，包括我在内，大家都没有留意到任何异常。

捌

王光斗继续讲道：

"那天晚上，我才知道俺爹并不是我亲爹，俺娘是怀了我之后嫁给俺爹的。因为俺娘在大城市里学过厨，两人就在俺爹老家的小镇上开了这家仙客来。俺爹说，头三天之前，镇上国道来了一大队车。不知道为什么，车队在仙客来饭馆门前停了下来，过了一会儿从一辆车上下来一个戴眼镜的书生，来到饭馆，指名点了一道菜，让送到镇政府去。

"俺爹谱着可能是市里来的大领导点菜，不敢不做，不敢不送。没想到俺娘听了要求之后，在后厨哭了起来，哭了半个小时也停不住。架不住俺爹一阵好哄，勉强把那道菜做好，做好之后，俺爹怕事，犹豫着不敢去送，好说歹说非得让俺娘去送。

"'孩儿啊，你娘去镇政府送菜，去了就再没回来呀！'

"俺爹巴巴地等了一夜，第二天镇长亲自来了，只交给俺爹一个信封就走了，么话都没说。

"'爹，是不是俺娘生了急病，人家镇上给送去看病了？'问出这句话，连我自己都觉得很不着边儿。

"俺爹递给我一个已经撕开了的信封，我一看，里面有两张纸。一张是一封手写的信，字写得很潦草。我先瞧那封信——是俺娘写给我的：丁丁我儿，娘去勿念，你可掌勺，照顾好爹，宫保鸡丁，此生勿碰。'丁丁'是我的小名。这封信一共24个字，看得我云里雾里莫名其妙，我反反复复看了十几遍，才想起去看另一张纸。那是一张书页，大概32开大小，正面是一幅黑白的图，有点像门神画，画的明显是一家饭馆的大厅，好几桌人热热闹闹地吃饭喝酒，正中间有个供桌，供桌上面又悬着一幅小画，记不得是什么了，小画上面有个横幅，上写三个字：神仙居。那小画的两边还有一副联句，这个我记得清清楚楚，上联是'入座三杯醉者也'，下联是'出门一拱歪之乎'。翻过来仔细看背面，原来是一道菜的菜谱。这道菜，我觉着不用我说，你们也该猜到是什么了吧？"

"宫保鸡丁。"我们七个人几乎异口同声地喊道。迟远不动声色，等我们喊完了，他却轻轻敲了敲桌面，凝视着王光斗说：

"王先生，好故事！你刚才说你父亲跟你说你娘，呃，你母亲跟你亲爹走了，又说镇长只交给你父亲这个信封，可是据你所说，这里面的信并没有提到你亲爹的事情啊……"

我觉得迟远问得有道理，同时又想起另一点，赶紧插话道："对了还有，车队里的领导秘书点的那道菜，是不是也是宫保鸡丁？"

王光斗分别看了迟远和我一眼，痛快地答道："对。那天他们点的菜，就是宫保鸡丁，那张菜谱上的，也是宫保鸡丁。"

我接着问道："你刚才还说，你们家这个饭馆，从来不做宫保鸡丁这道菜，你是到了济南厨师学校才了解这道菜的。"

"对的。我知道了宫保鸡丁是鲁菜的经典菜式之一，但是我们仙客来却没有这道菜，我一直都不明白为什么。俺娘信上说，'宫保鸡丁，此生勿碰'，她却又留了一张'宫保鸡丁'的菜谱，这不是很矛盾吗？

不过当时我没想那么多，我只想着迟记者刚才问的那个问题，为什么说俺娘是跟我亲爹走了呢？信上也没有说，镇长来了也没交代。我就问俺爹：'您为什么说俺娘跟着俺爹走了？您不是俺亲爹吗？'

"俺爹突然发了狂，一抬手把水杯扔出去老远，扯着嗓子对我嚷：'光斗啊光斗，你个二球，我不是你亲爹，你娘把我扔下了不要紧，她把你也扔下啦！你想想，能把你娘领走的，不是你亲爹还能是谁？！'

"喊完这些话，俺爹的嗓子都劈了，他一下子搂住我，大声哭了起来。我完全木了，也只能紧紧搂着他。那天，我们爷儿俩一场号啕大哭，鼻涕眼泪分不清谁是谁的。

"从那天起，俺爹就病了。看了多少医生，吃了多少药，都不中用，不到半年就去世了……"王光斗说到这里又哽咽起来，两颗亮晶晶的泪珠在他的双眼中打旋儿。

大家沉默了一会儿，我左手边的年轻姑娘低声啜泣起来。迟远仍然面沉如水，他闭目沉思，然后微睁双眼问道："那么，你是在你养父死后，学会了这道菜，来到北京神仙居工作的吗？"

老邢这会儿突然一个激灵，说道："我知道了，你肯定是为了找到你母亲，按照那幅画的指引，来北京工作，并且学会了宫保鸡丁的做法，希望能找到你母亲。"

王光斗听我们都说完，摇摇头道："我会做的宫保鸡丁，不是这个做法。俺娘给我的信上说让我'照顾好爹'，并没有说不让我找她，那张菜谱上的那幅画就是留给我找她的线索。俺爹死后，我把他下了葬，转让了仙客来，带着行李来了北京，到神仙居谋了份工作，一干就是二十五年。"

这时，坐在老邢右手边一直没说话的中年妇女突然开口了：

"王师傅，刚才我尝了这道宫保鸡丁，确实跟市面上的常见做法不一样，非常有特点。您能跟我们讲讲这种做法的来历吗？还有，既然您不会这个做法，为什么一吃就知道跟您那张菜谱是一样的呢？"她说话非常客气，但听得出来她的确吃出了一些门道，所以她的问话使得王光斗将目光在她身上停留了好一会儿。

我再细细回味刚才的口感，鸡丁确实嫩滑，黄瓜确实脆生，葱白确实爽口，除了花生不如平时吃到的那般香脆之外，还有那么一点点我苦思不明的特殊之处。我竖起了耳朵等着王光斗解读。

王光斗却不正面回应，他说："这个菜谱，经过我多年考证，应该是丁官保家传下来的。"

一语惊四座，我们九个人都"哦"了一声。

传说中的丁官保祖籍贵州，任山东巡抚时令家厨结合了家乡胡辣子鸡丁的做法，改良了原鲁系名菜酱爆鸡丁，后至四川再行改良，形成宫保鸡丁的基本做法，并流传开来成为一道川系名菜。后来这道菜进贡北京，继续改良进入了京菜的行列，是唯一同时进入了鲁、川、黔、京四地菜系的名菜。如果我们吃到的这道菜的做法确实是源出丁氏家传的话，那么毫无疑问的是，当今市面上几乎所有能吃到的宫保鸡丁，都没有达到当初丁家家厨的手艺水准。

那么，这一盘是谁做的呢？

王光斗接着道："我没有想到今天还能吃到这个手艺，真的非常非常出乎意料！"他突然激动起来，牢牢地盯住了迟远，道："这么说，她还活着！迟记者，麻烦你叫她出来见见，我要……"他说着竟然站起来，用腿往后一推椅子，恭敬地挺直而立——原来这位五大三粗的胖光头，其实个头很矮，仅仅高出椅背一个头而已——"我要向她正式赔礼道歉，请求她的原谅！"

迟远看起来有些意外，他略一沉思，说道："王先生，请不要着急。你先讲讲这道菜除了跟你的身世有关，还有什么原因让你流下眼泪。另外你为什么需要道歉，这究竟是怎么回事？"

听到迟远这么说，王光斗不禁面露失望。他愣了一小会儿，叹了口气，重新坐回去，拿起红酒杯抿了一小口，然后继续说：

"我背着包袱来了北京，找到了神仙居，好说歹说留在神仙居帮厨。我从打下手儿、切墩儿、配菜做起，熬了十年，慢慢做到了大厨的位置。

"说到神仙居，你们肯定都知道，我谱着你们也肯定都去吃过。不知你们注意到没有，神仙居也有一道菜是不提供的……"

"宫保鸡丁！"这时王光斗右手边那位银发老太太突然开口。其他也有好几位点头表示同意，看样子是去神仙居吃过饭，但没有吃到过宫保鸡丁这道菜。

那老太太喃喃自语般道："我去神仙居点过宫保鸡丁，但是他们说这道菜材料没有了，没法做。"

老邢接口道："那没准儿是碰了巧了，人家确实材料没了，赶上寸劲儿了。"

老太太摇摇头道："不能够。我去过三次，三次都点这个菜，都说没有。最后一次我问服务员，为什么这道菜老没有。服务员告诉我说，这道菜不在他们的供应范围内，菜单上根本没有。"

老邢右边的中年妇女皱起了眉头："可是神仙居主打的就是鲁菜和京菜，不提供这道菜真是没有道理。"

"说得没错。"迟远道，"王先生能跟我们说一说，为什么神仙居不供应宫保鸡丁这道菜吗？还有，您母亲留给您的那页菜谱，似乎就是神仙居的菜谱吧？"

王光斗苦笑一声，道："不瞒各位说，我在那里干了十年，都干到了厨师长的位置，也没闹明白为什么这家饭馆不供应宫保鸡丁。我娘留给我一张宫保鸡丁的菜谱，说明我的身世肯定跟这家饭馆和这道菜有什么关系。我私下里也找店长问过，可是店长也说不知道为什么，反正就是祖上传下来的规矩，不提供这道菜。另外，我娘信里说，'宫保鸡丁，此生勿碰'，我得听我娘的，谨慎一点，没敢把这菜谱拿出来给外人看。

"到了第十年头上，发生了一件事，这件事过后，我才算明白了……"

"发生了什么事？你明白了什么？"王男这时似乎有点缓过劲儿来，好奇地问道。

"这就牵扯到一个人。1999年国庆节不是有阅兵嘛，我们饭馆因为在戒严区里面，全部清空放假了。我去复兴商业城买了条毛裤，天黑之后到真武庙二条一家烤串儿店吃串儿。头些年那条胡同特别热闹，两边全是饭馆，但是烤串儿只有一家，叫什么名字早就忘了，味道很不错。那天我去的可能有点晚，将近八点半了吧，到了那小店门口，发现火已经熄了。但是炉子前还坐着个人，走近一看，是个土了吧唧的小姑娘，瘦瘦的、呆呆的。我问她：'嘿，丫头，烤串儿还有没有？还烤吗？'那姑娘抬头看看我，指了指旁边一个小纸箱子，不好意思地对我说：'大哥，烤串儿还有，不过老板说是要给别人留的，不能卖给你。'

"我心说这丫头不会办事儿啊！你直接告诉我没有不就行了？我就有些不得劲儿，那天也是肚子饿了，脾气有点大，说话就冒火：'我说你这个丫头，怎么说话的？！你说没有我就走了，你既然说有，凭么又不卖给我呀？'那小姑娘蒙了，看样子好像是刚出社会的，低着头不说话了。

"这时候从门里出来一个戴眼镜的北京人，说话细声细气的，赶紧来给我道歉：'哎哟不好意思啊哥们儿，这小丫头片子不会说话，您别跟她一般见识行吗？'我说：'行，那你这儿还有串儿，倒是卖我不卖？''卖！瞧您说的，哪儿能不卖呢？咱做生意做的就是一个买一个卖，您要买我有就必须得卖您，您说是不是这个理儿？'说着话，他还自己动手给我烤上了。六瓶啤酒，二十个串儿，还有一些鸡胗香肠儿什么的，吃完结账。这老板一手接钱，一边还叨叨，可是话听着就别扭了：'告您说哥们儿，我这确实是给电台的几个播音员留的，就音乐频道那几个，您要听广播您准知道，嘿，都是名人。今儿这些都卖您了，可不是我不想着他们啊！'我听着别扭就没理他。这时候他又对一直在旁边傻站着的小姑娘说：'嘿，你，明儿别来了，哪儿来的回哪儿去！连话都不会说，能干什么呀？一会儿人来了，我给人吃啥？！'

"你们听听，这话不就是挤对我呢吗？"王光斗说到这里，忍不住把大巴掌拍在了桌子上。加上窗外正好闪进来的一道光，把我们都吓了一跳。"这一下就把我将到那儿了。我这人一向喜欢直来直往，受不了这阴阳怪气的。当时我就不能走了，火上来，一脚把他那烤炉给踹翻了，指着那老板骂：'你算么东西？少拿话挤对人！我跟你讲，我敢叫你这店开不下去！'然后我伸手把那小姑娘拽过来，对她说：'你这丫头，不要在这里干了，跟我走，我给你安排工作。'不容她说话挣扎，我就拽着她走了。"

真武庙二条的夜市，曾经火爆过几年，的确有那么一家烤串儿店。我有个同学在电台音乐频道做主持人，曾经带我去过这家串儿店。同学告诉我说，这家店的老板经常会特意给台里的主持人留一些串儿，等他们下直播了来吃。不过后来我又带着别的朋友去吃的时候，发现那家烤串儿店已经关张了，门脸儿上的招牌变成了铜锅涮肉。

"店长挺给我面子，安排我领回来的小丫头在店里做服务员，包吃包住，每个月还给四百块钱。她也真老实，平时一句话都没有，就是忙来忙去，咋说呢，任劳任怨的吧……"

我们跟着王光斗的讲述，恍惚中来到了1999年冬天的神仙居。

"那年冬天，风沙特别大。如果我没记错的话，11月份北京下了一场黄土，好多人早上一起来，发现地面上一层薄薄的细黄土，车上也都是，就跟盖上了一层黄土被一样。整个冬天都不冷，除了年底那两天，阴冷阴冷的。快到世纪之交的时候，坏消息特别多，什么千年虫啊，什么世界末日啊，闹得人心惶惶，更觉得清冷清冷的。

"12月31号那天晚上，店里赶时髦也要开通宵。但是客人不多，十一点之后一个人都没了。我们几个当班的厨师耗着没事干，就躲在后厨的杂物间'扎金花'。我们当厨师的，平时很忙，整天在后厨泡着，偶尔闲一下也不好开溜，偷闲打打牌也算是个休闲。

"我们一边打牌，一边等着看电视，交零点的时候有直播世纪坛的焰火表演。就在倒计时的时候，小楚突然冲进来了，拉着我求我给做一碗面。我那天输得挺惨，没心情，也没空，嘴里答应着她屁股可没动窝。过了一会儿，电视里的仪式结束了，我才觉得有点过分，也怕客人等急了投诉我，得赶紧给人家做。

"结果我出来一看，你们猜怎么着？"

王光斗故意顿了一顿，才又继续道："小楚自己动手，开火煮着东西呢，我过去一瞧，还真是有模有样的，真不错。我就在边上看着，小楚煮好了，关了火，盛了一碗端着出去了。我心里想这丫头还真倔，行不行啊？我偷偷撩开后厨门帘往外看，没想到大厅里没见人，小楚端着那碗东西一直走出了店门……"

"等等，等等……"那头老邢突然叫了起来，"王……王师傅，您说那丫头端了一碗什么出去？是面条还是别的？"

王光斗转头直视着老邢，认真地回答："那丫头，小楚，她端的是一碗米粉，牛肉米粉。"

"米粉？"老邢声音颤抖了起来，"米粉？哎呀……哎呀，真的是米粉，老叶老叶，就是那碗米粉……"

玖

其余几个人都很诧异，老邢这内涵丰富的"哎呀、哎呀"，对他不熟悉的人自然难得要领。不过接下来耳边传来的轻声提示，如同窗外的惊雷一般响亮：

"湘西牛肉米粉。"九小碗米粉依次呈到了九个人面前。

九个小碗都是细瓷白碗，碗边极薄，几乎是半透明的。嫩白的碗映衬着碗中隆起的荷绿色的香菜，深褐色的大片牛肉，乳白色的米粉，以及漂着香油花的亮铜色的鸡汤，这观感就足以使人不由自主吞下口水。迟远第一个拿起筷子，轻轻碰了碰碗边，说道："看来我们的故事是有交集的。不如先尝尝这碗米粉，听听它背后的故事和人是不是有交集吧。"

迟远说的，正是我所想的。肯定有交集，但想不到与我相熟相知的老邢，跟这位胖厨师居然会有交集。人跟人之间，总有一些无形的牵连。有些事，有些人，会把看似不相干的人们联结在一起，不论他们是否愿意。

我还想起刚才路上老邢提到过湖南牛肉米粉，我牢牢地盯住老邢，看他究竟是什么反应。

老邢低头看着面前的那碗米粉，嘴角微微上扬，鱼尾纹聚拢，他笑了！一边轻声笑着，老邢嘴里还一边嘟囔着："哎呀……哎呀……哎呀……"听着他含混不清的絮叨，那银发老太太厌恶地皱了皱眉。而老邢右侧的中年妇女好像也有些不悦，转脸正要对老邢说什么。突然她的动作停顿了，愣在了那里。因为这时，她和我们一样，都看到了老邢微笑的双眸中，晶莹的泪花正在涌出眼眶。

老邢看着那碗牛肉米粉，微笑地哭着。他兀自陶醉了一会儿，拿起筷子，想了一下又把筷子放下了。

"这碗米粉，我不打算吃。"他说，"因为，我敢肯定，这天底下再也做不出跟当年那碗一模一样的米粉了。"

老邢看着我接着说："就在来的路上，我跟老叶聊起来，还说到了牛肉米粉。1999年到2000年的世纪之交那会儿，我吃过的那碗米粉，是我这辈子最难忘，也最好吃的一碗米粉。那个味道，我一想起来就非常非常感慨。"

老邢打开话匣子，讲述了一碗米粉的故事。这个故事我的确是第一次听他说起。

"我本来是做广告销售的，俗称做业务，早年跟老叶同事过。我们俩那时候都年轻，特别有冲劲儿。我和老叶虽然只同事过一年左右，但我们俩配合起来很默契，那真叫双剑合璧，出去谈客户十拿九稳。所以我们俩到现在还是好朋友。

"后来因为提成的事情跟老板闹翻了，我就辞职单干。本来想带着我的几个客户，另起炉灶，可是咱手里没有媒体资源，以前那老板也处处掐我，广告这个行业我是混不下去了。刚好有两个朋友，拉我一起做电脑生意，说白了就是走私。其中一个湖南人，有进货渠道，负责进货。另一个是北京人，有资金来源。我呢，靠着干过两年广告销售的经验，就负责对接客户。

"哎呀，那门生意真是好！头半年，我们就赚了一千万，兴奋得不得了。一年下来，我们仨每人分了五百万，还留了一千万的周转资金。本来应该赚了钱就把资金给人回本一部分，但是对方不要，说那钱他们拿回去也没有啥用，还想再追加两千万给我们，让我们把生意做大。哎呀，不瞒你们说，那边出钱的是东北的一个什么处长，给我们算的利息不太高，可是也不低，比银行贷款高一倍。我们仨商量了一下，不打算拿他的两千万，就本着这一千万做，再赚两年，连本带利还了人家拉倒。

"第二年，也就是1999年的春节吧，我们仨全都买房买车，风光得不行。我也有了女朋友，打算再干一年，金盆洗手然后就结婚。那时候我开个奔驰，满北京到处跑，闲了就拉上老叶打打牌，吃吃喝喝，桑拿按摩，日子过得别提有多爽了。是吧，老叶？"

我点点头，那两年还真是挺羡慕老邢的。不过后来，老邢突然销声匿迹了，好几年都没有联络。等过了几年又突然冒出来时，却顶着一头花白头发，形象老了不止十岁。

"后来呀，"老邢接着说，"真是叫'塞翁得马，焉知非祸'，哎呀，出来混总是要还的。1999年春节过后，进货渠道越来越紧，进货成本一直上升，这边呢去中关村买电脑的人们也精了。两头一挤，我们的利润空间就小了。五一前后，我们仨聚一起商量了一下，决定退出这个生意。湖南那小子，我们叫他历哥，跟我们说有点不大甘心，说如果现在退出的话，我们算下来也就挣了几套房和几台车，哥儿几个手里现钱都不多。那时候除了这个暂时也想不到转行能干啥，能多挣点儿就尽可能多挣点。我和北京那哥们儿——小伟——被历哥说动了，结果商量下来，我们决定再干最后一票，每人回本之外再分个大几百万也好。

"就这样，我们仨分别抵押房子、汽车，每人又拿出一千万，加上流动的一千万，一共是四千万。历哥揣着这四千万去了湛江。过几天历哥打回来电话说，货源充足，问我们要不要再追加点儿资金，多进点儿货。那时候是6月中旬，我这边接的中关村的订货量也噌噌地涨，盘算了一下觉得出路应该没问题。我和小伟商量好，我去落实那些新增订单，跟他们讲以后我不干了，要他们争取多拿点儿货。小伟则去找他的财源，再要两千万资金，说好国庆节之前连本带利全部结清。

"没想到的是，"老邢语气沉重起来，"贪心酿了大祸，我和小伟把钱给历哥汇过去之后，历哥就消失了。"

"报警了没有？"迟远问道。

"报啦！"老邢道，"三天没音信我们俩就慌了。小伟飞到广州，托人一起到湛江找历哥。我在北京报警，然后去湖南历哥家蹲守。一开始，我们还猜想历哥会不会被绑架打劫了，过了一个月之后，我们俩才明白，这孙子把我们坑了！他带着六千万，根本没去湛江，也没回湖南，他跑了。

"我们俩慌得呀，那叫一个六神无主。我们思来想去，重新报警，这回不是失踪人口，而是巨额经济诈骗。同时我托了在公安部工作的表舅，把这个案子给捅上去了，听说有大领导还给批示了。这样紧锣密鼓找人，找了两个月，快到中秋节，终于有了消息。我表舅打电话说，人可能在上海，经侦局要去人，问我们要不要一起去。我和小伟就买了火车票连夜去了上海。

"那天是9月24号，中秋节。我和小伟一起，跟着经侦局的人，和当地公安局经侦队、刑警队的人一起找到了历哥在上海租的房子。在一个曲里拐弯的弄堂里面，破门一进去，我俩就傻了。只见破烂不堪的屋子里面，只有一张床，床上躺着两个死人。一个是历哥，另一个女的，不认识。看样子是历哥把那女的掐死后，再吃安眠药自杀了。"

"钱找不回来了？"银发老太太听得聚精会神，这时插问了一句。

老邢摇摇头，神情落寞："六千万，一分不剩，没影儿了。"

我左手隔座的男子，就是开沃尔沃来的那位，问道："那你们欠的高利贷怎么办？"

"哎呀，自己的钱没了也就没了，本来也是不义之财。房子、车子被银行收就收了，也没办法。我女朋友见这情况，提出了分手，咱也没话说，随她去了。那三千万高利贷，让我们挠破头也想不出解决办法。我和小伟从上海又去了湖南历哥的老家，找到了他的父母，俩老人一问三不知，一个劲儿地捧着历哥的骨灰盒哭。我们没辙，给他们扔俩钱儿回北京了。老叶我记得你问过我，几年没见怎么头发全白了？我告诉你呀，就是那一阵子，那真的是一夜白头啊……

"到北京的第二天，就是阅兵的当天，十一，我和小伟被一群黑衣人绑了起来，扔到一辆汽车的后备厢里，连夜给拉到了东北。"

拾

　　乌青色的天空好似一具密不透风的蛋壳，严丝合缝地倒扣在大地上。一辆破旧的无牌桑塔纳裹着一身尘土，一个急刹车停到一座废弃的粮仓门口。后备厢打开，两个五花大绑的年轻人被拖了出来，正是老邢和小伟。

　　这一夜，小伟一直圆睁着眼睛，惶恐不安。他小声告诉老邢，这一定是到了吉林的某个地方。老邢很诧异小伟怎么确定是到了吉林，他可是好好地睡了一觉。老邢心里并不慌，一个是明白肯定是债主派人绑的他们，要的是钱不是命；另一个原因是他在公安部有人，多多少少有个倚仗。

　　老邢下车站定，环顾四周，发现除了这个大粮仓之外，四野一片荒芜，乡村土路两旁连一棵树也没有。田野里没有庄稼，不见一点绿，深褐色的土壤表面覆盖着一层薄薄的霜。小伟的分析没错，这里不是吉林就是辽宁，从行车的时间来看，应该还没到吉林。气温很低，老邢和小伟两人冻得牙齿打架。

　　那伙黑衣人推搡着老邢和小伟，拥进了粮仓。粮仓的顶早就没了，只剩下一大圈圆筒壁，聊以挡风而已。粮仓里面很空旷，正中央的空地上，摆着一把靠背椅，椅上端坐着一位中年男人，身着藏青色呢子中山装、灰西裤黑皮鞋。老邢端详这人，只见他偏分中长发，略掩眉梢，金丝框银腿眼镜，眼大耳阔，大圆脸翘嘴唇，胡须剃得溜光，一看就是一位经常坐在台上开会的庙堂人士。小伟见了这人，好似见了救星一样，连奔几步，带着哭腔喊道："马哥，马哥，你在我就放心了。这是误会，误会呀！"连冻带吓，小伟的鼻涕冒着泡流淌下来。

这位被小伟称作"马哥"的男子仍然端坐不动，嘴角微翘，浅笑不语，等着小伟和老邢被推到近前。两人站定，马哥悠悠起身，来回踱了几步，停在小伟面前。他一伸手，从口袋里掏出一方手帕来，凑上前去，亲自用手帕把小伟的鼻涕擦了擦。然后马哥用拿着手帕的手托起小伟的下巴，仍然微笑着，轻声问道：

"曹玉伟，还款日期我没记岔吧？"

小伟赶忙点头哈腰，赔着笑道："没，没，应该是昨天……啊不，前天把现金给您送来的。"

马哥佯作恍然大悟："呀——我还当我自己个儿记岔了呢。多少钱来着？"

"三千万本金，外加五百万利息，一共是三千五百万。"

"嗯，行，明白儿的。"马哥点点头，仍然微笑着，转头看向老邢，"日期没记岔，钱数也没记岔，那是我自己过岔了吗？"

老邢听得直腻歪，心说你要钱就说要钱的事儿，在这儿装什么大尾巴狼呢？他忍不住冲口而出："老板，不就是晚了一两天嘛，我们兄弟不会赖你的账。就这么把我们五花大绑地弄来了，饭也不给吃一口，衣服也不给加一件，你说说，有这么办事儿的吗？"

马哥愣了愣，一个粗壮的黑衣人早就冲了上来，嘴里骂道："啥玩意儿啊，冻着你了饿着你了？不还钱还扯啥犊子？！"一记响亮的耳光，扇到了老邢的脸上。

马哥脸上很快恢复了笑容，他信步踱到老邢面前，歪着头仔细端详了一下老邢。他轻轻一笑，仍然很温柔地问道："邢祝安，我没过错日子吧？"

老邢吃了亏，偏过头不理他。旁边的黑衣壮汉大声吼道："听着没有，问你话呢！"说着又要上来踹老邢。那边小伟大声喊道："马哥马哥，别生气，我兄弟脾气偏，但我们哥儿俩绝对不会赖账的！"

马哥挥手斥退了黑衣壮汉，回身坐到椅子上，伸手摸出一支烟，点上吸了几口。他想了一会儿，然后扔掉了半支烟，重又站起来，对小伟和老邢说："哼，我知道你们点儿背，关公面前耍大刀，让人给玩儿了。我告诉你们说吧，你们那小子，叫黄永历的对吧，带着四千万去了澳门，输得呀那叫一个盆儿干碗净！再拿两千万，又输光了，真他娘的瘪犊子！被他掐死那女的，就是赌场那边给他下的贴身套儿，哼，可惜榨得太狠了，那女的自己也陪了葬。放着好好的生意不做，这不是阎王催的吗？！"

这时老邢和小伟才明白事情原委，心里也很惊骇，马哥比他俩了解得还清楚。小伟垂头丧气地小声道："那这钱是回不来了？"马哥走到他跟前儿噼里啪啦给了他好几个耳刮子，骂道："你个虎玩意儿，干啥啥不行，吃啥啥不剩，把老子的钱败光啦！"

"回不来了。"马哥打累了，揉了揉自己的手，"我也不打算要了。就这么的吧。"说毕一挥手，身后的黑衣人趋步上前，递上来一件东西。

老邢和小伟一看，不由得双双倒吸一口凉气。

那是一把乌黑锃亮的手枪。

马哥接过手枪，掂了掂分量，似乎在确认有没有子弹。他的笑容早已不见了踪影。他转身看着老邢和小伟，语气沉重了起来："曹玉伟，邢祝安，实话告诉你们吧，我哥已经进去了，我也是早晚的事儿。这钱呢，拿不拿得回来，对我也没什么用了。今天叫你们来，就是要让你们用命来抵我这个债。怎么样，不算利息，一千五百万一条命，你们兄弟俩值了吧？"

小伟一听，腿都软了，牙齿打颤，咯咯响着却说不出话来。老邢也傻了，只觉得心里一下子空了，一股凉气从肛门直往上蹿，身子麻木动弹不得。

"你们俩谁先来？"马哥来回瞅着他们俩，挑选着受死的人。马哥身后那群黑衣人也齐齐聚拢过来，偌大的废弃粮仓显得越发清冷，寒气逼人。

小伟和老邢两个人身子都抖了起来，谁也说不出话。

"你先？"马哥把枪口对准了小伟的脑门。

小伟身子一软扑通跪地。马哥嘴角露出一丝冷笑。

"小伟，站起来！"老邢突然大吼一声，"马哥，我先来！哥们儿这条命，在您这儿也算是有个价儿了！"老邢悲壮地喊道。

马哥一愣，收起了笑容。他转动身躯，举着枪的手并没有放下来，转向老邢。老邢的腿直抖，身子一耸一耸，但是他鼓足了勇气，直视着马哥。

马哥没有马上开枪，他盯着老邢，讥诮地说："邢祝安，你挺有种。说吧，有什么后话？哥哥一定帮你办到。"

那边小伟缓过一口气，哭喊着："马哥啊马哥，钱没了，我们对不起您！可是我们的命不值那么多钱啊，求求您，求求您留下我们的命，我们活着，还有希望帮您赚点，我们死了，那钱就真的没啦！"

　　马哥眉梢一挑，没有应答，还是盯着老邢。老邢听了小伟的话，心思略微活络了一点，他清了清喉咙，强作镇定地说：

　　"马哥，小伟说得对，我们俩的命贱，值不了那么多钱。我俩一死，那钱就真成死账了，我们俩要是活着，没准儿还能多少捞回来点儿，您说呢？"

　　马哥似乎有点动心，但一转念又把枪口一抬："放屁不是？刚才都说了，我早晚也得进去，老子这条命能不能留得住还两说呢！留着你们有啥意义？！"

　　老邢一时语塞，马哥说得对呀，命都不一定保得住，还要钱干啥？

　　仍跪在地上的小伟突然受了启发，又喊道："马哥马哥，您能用这么多钱买我们的命，也能用钱买自己的命啊——"

　　马哥听了这话，转了转眼珠子，逐渐平静下来。他放下枪，冷冷地问道："你们俩上边有路子吗？"

　　"有，有，老邢他表舅是公安部的。"小伟答道。老邢赶紧点头，确认小伟没有胡说。

　　太阳的光芒逐渐从东方天际探出头，天色不知不觉间亮了起来。马哥来回踱起步子，小伟和老邢两双视线紧紧跟着马哥来回晃动。只见马哥的胖圆脸在朝阳照射下，逐渐红润起来，露出了一丝生气。马哥想了很久，终于拿定了主意，他把枪扔给手下，重新坐回到椅子上，又拿出一支烟点上，脸上恢复了早先那淡淡的微笑。

　　"这样吧……"马哥开口，"曹玉伟先留在这里，去葫芦岛别墅里住几天，你们给我看好了。邢祝安回北京去，一周之内找对人，送出去一千万。这事儿办妥了，我放曹玉伟回北京，你们慢慢还。办不妥，我也不要钱，你们也别要命了！"

"成，成！"老邢赶忙答应下来。小伟却不吭声，巴巴地看着老邢。老邢明白他那意思，一千万从哪儿来呢？老邢可以脱身了，事情办不好大不了跑路，小伟可就惨了。

"哼！"马哥一声冷笑，"我给你准备一千万带走。"他紧盯着小伟，接着道："曹玉伟，如果邢祝安跑了，你的命就值四千五百万了！"

老邢赶忙道："马哥，您派几个人跟我一起回北京吧。这事儿我豁出去必须得给您办到位，尽人事听天命，成了，大家都好，不成，咱一块儿玩儿完。"

老邢和小伟告别的时候，两人谁也没有把握还能活着见面。

还是那辆老旧的桑塔纳，载着老邢和两个黑衣人向西返回北京。

老邢的表舅虽然级别不高，不过长期在官场浸淫，人脉还是足够用的。表舅很快按照黑衣人的指示联系上了送钱的目标，果然如马哥所要求的，一周之内顺利地把一千万送了出去。老邢这边办完事，马哥也已收到消息，说他哥哥的案子会押后一段时间，给了他回旋腾挪的余地。马哥认为事情有了转机，哥哥有了活路，自己还有后手。他说话算话，把小伟放了回来，还说明白不要利息了，只要他们力所能及奔着三千万的本金目标去还就可以。但是马哥也放出狠话，万一自己没活路，照样找他们俩收命陪葬。

回到北京，惊魂未定的小伟一见面就抱着老邢，含泪说道："老邢啊老邢，这辈子咱俩的交情就妥了！"

三个人合伙做生意，原本是历哥牵的头，现在倒好，历哥把他俩全坑了，自己也送了命。小伟是在北京出生长大的，虽算不得娇生富养，却也没吃过多大苦，毕竟顺风顺水地赚了两年快钱，所以对这三千万债务看得比较乐观。老邢则不然，跟着朋友做生意从山西混迹到了北京，社会上的事情见得多，世事人情也看得明白一些。人们大多乐于做锦上添花的事情，而很少愿意雪中送炭，就跟买房一样，买涨不买跌。你现在掉粪坑里了，就不要指望别人来捞你，自己爬。

老邢的表舅为了救人不得不参与了送钱的联络安排，事后明确表示绝不认账。表舅还郑重地跟老邢谈过，告诉他紧要关头救他一次，算是尽了亲戚情分了，但绝对不会再参与这种高风险的事情。"有些人，你一旦沾上了，就会成为一辈子的噩梦！"表舅严肃地对老邢说，"我在这个局里，这辈子就这样了。你还年轻，我劝你一句，有多远走多远！"

老邢决定，三十六计，走为上策。老邢劝小伟跟他一起跑。但是老邢忘了，小伟父母家人都在北京，跑得了和尚跑不了庙。一顿压惊的大酒下来，两人达成一致意见：静观其变，随时跑路——密切关注马哥案子的进展情况，一旦有什么风吹草动，两人立马跑路。

谁知一个月过去了，两个月快过去了，似乎什么事情也没有，不但媒体上不再提马哥的事情，老邢的表舅也没给任何消息。日子平静如常，让受惊的兔子开始怀疑自己是否过于敏感了。

然而，真实的世界，在平静如水的表面之下波澜壮阔地运行着。东北的一场涉及官场、商场和黑道的大规模"打黑"风暴，即将在新千年的第一天卷起。1999 年 12 月 31 日傍晚，老邢正走在东单的银街天桥上，他的摩托罗拉 338 手机响了起来，老邢打开翻盖，还没来得及说话，耳边就传来表舅的一声大吼：

"祝安，跑！"

跑！

老邢合上手机，抬头一看，对面几个面貌不善的人盯着他，正步步逼近，回头一看，另一头的台阶上正在疾步奔跑着另外几个大汉。老邢慌了一下子，正巧看见一辆由南往北通过路口的电车，恰好打银街桥下穿过。老邢瞅准机会，假装向对面的几个人冲过去，助跑几步，一侧身，翻过栏杆，跃身跳了下去。

旁边有几个妙龄少女被吓得"啊啊"直叫，路人纷纷抬头观看。只见老邢已经稳稳地趴在了104路电车的车顶上。运气不错！

电车很快停下，莫名其妙的司机跳下车来看发生了什么事。老邢抓紧时间，沿着电车辫子的拉绳出溜下来，撒开脚丫子往北狂奔。桥上的七八个汉子纷纷下桥来追赶，不过已经被老邢甩开了二十多米。

老邢寻思着得给小伟报个信儿。伸手一摸手机，早不见了。身后追兵迫近，老邢没跑几步身体就发热了，索性把羽绒服脱掉随手一扔，奋力奔跑起来。

过了协和医院东门，那辆电车追了上来，愤怒的司机打开前门，大声骂了几句，然后扬长而去。后面的人紧追不舍，老邢不敢懈怠，但还没跑到灯市口就累得腿软心慌，束手就擒的想法越来越强烈……这时突然一辆白色的小轿车嘎吱一声停在老邢的旁边，车里的司机大喊道："哥们儿，上来！"

老邢来不及多想，迅速拉开车门，蹿了上去。没等车门关好，那年轻的司机一抬手、一脚油，小轿车噌地就飞了出去。老邢定神一看，这还是辆手排挡的车，那司机一头长发，飘逸披肩，面目清瘦。老邢正要道谢，对方开口了："你要去哪儿？"

老邢略一思忖，说道："方便的话，带我到北新桥路口吧。"小伟家就住在北新桥附近的土儿胡同。东四路口就在眼前，眼看着马上要变灯，那瘦削司机一踩油门，小轿车冲了过去。老邢一眼瞥见一个人，手提塑料袋正从朝内菜市场门内走出来，不禁大喜过望，那不正是小伟吗？

老邢忙大叫道："就这儿了。"一个急刹车，老邢跳下车，急急忙忙地说："哥们儿大恩，留个姓名吧，日后再报答……"没等他说完，那年轻人一摆手，小白车又飞了出去，车门随即"咣当"一声合了起来。

老邢愣了一下，这才发觉浑身汗透了，又没了羽绒服，寒意让他打了一个激灵。

"老邢！"小伟正好走到跟前，看见老邢这副模样，吓了一跳。他随即明白，自己土儿胡同的家是不能回了。

拾壹

"原来是你。"

听老邢讲到这里，坐在我左手隔座的那位年轻男子蓦然开了口。

老邢呆了一呆，面露疑惑："是你吗？你就是那天开车救我的人？"

那年轻男子轻轻点头，微笑着答道："是我。我叫肖士朗，生肖的肖，战士的士，朗诵的朗。"

"肖士朗？"老邢道，"不对呀，你怎么还这么年轻？"

肖士朗不好意思地左右看着我们又笑了笑，回道："我以前长得比较着急——您说的是十五年前的事儿，那年我才十七岁。"

看着众人惊讶的表情，肖士朗解释道："那天我正好从东单北大街经过，看见一伙儿人追一个人——就是邢总。那群人张牙舞爪的，一看就是黑社会。我一时兴起，就叫您上车了。后来过了东四路口，您下车了，我怕被人看见我的车，就赶紧开走了。"

正所谓，人生何处不相逢，有缘不必怅离愁。

迟远顿了一下杯子："肖先生，你怎么看出那些人是黑社会的？"

老邢抢着道："哎呀，那还不明显？！那些人一看就是马哥那边派来的，肯定是来抓我和小伟的。"

老邢说了这么久，纵然离奇，但还没有讲到牛肉米粉。我有点着急，催促道：

"老邢，你快接着讲。"

肖士朗欲言又止，与我们一起接着听老邢的故事。

"后有追兵，前边多半也有堵截。小伟扔下刚买的菜，跟我一起撒丫子就往东跑。我们俩合计着，地铁站里人多，我们先挤进人堆儿里，然后再商量下一步怎么办。

"果不其然，二号线地铁里人特别多，我和小伟挤进人群里面，暂时安全了。那时候大概晚上七点多钟，我和小伟就在二号线地铁里，足足坐了八圈，没敢出来。后来那趟地铁开到西直门总站，到终点了。我俩再下来换一辆坐，眼看晚上十点半了，我俩终于商量出个计划：直奔北京站，买票去东北。我们算计着马哥派来的人肯定想不到我们会跑到他眼皮子底下去，如果我们能主动找到马哥的话，说不定还能说服他饶了我们。——当时我们可不知道，马哥那条命，几个小时之后就要交待了。

"我俩特别警惕，背对着窗户坐着，偷偷观察站台上有没有可疑的人。车到了前门，下一站就是北京站了。万万没想到，就在这一站，发现了五六个人，他们也看见我们了。我赶紧拉着小伟，冲了出去，那几个人朝我们追了过来。

"地铁开走了，我和小伟一对眼，跳下轨道往反方向跑。我们俩肩并肩，沿着轨道狂跑。后边那些人也下来了，一边追一边狂喊：'王八蛋，土狍子，你们跑不了啦！'

"我手心里全是冷汗，隧道内的照明灯一对儿一对儿往后退去。我心想我们俩的速度肯定不比地铁慢。跑出去不知道多远，对面也没有来车，后来我想我们坐的那趟车可能就是末班车。跑着跑着前面隧道分岔了，一边有顶灯，另一边黑乎乎的啥也看不见。我们下意识地往黑的那边跑了进去。

"这条隧道虽然黑，但轨道信号灯还是挺亮的，显得人影子特别巨大，多少也能看清楚脚下的轨道。那伙人在我们身后，也就差十几米，追到岔道口突然不追了。

"我和小伟发现后面人停下来，我俩也站住了，弯着腰扶着腿喘粗气。小伟剧烈地咳嗽起来，这一趟折腾可真够他受的。

"就在这个时候，身后传来几声爆竹声，有东西从我们耳朵边上嗖嗖地飞过去。小伟正咳嗽着，突然一个扑倒，就没声了。我连想都没想，也没敢看小伟，甩开步子，向着隧道深处继续跑了起来。

"那个时候心都是凉的，只剩下求生的本能，就是跑，一直跑。

"跑着跑着，怪事发生了，我身后突然亮起了车灯，居然有一列地铁从后面开过来了。那车越来越近，越来越近，我往旁边墙边一贴，挺直了，让那趟地铁从我鼻子跟前儿开过去。我发现那趟地铁上每个车厢都特别亮，可是车上一个人都没有。这时我的手摸到了一扇门，一推居然动了。我就赶紧从那扇门钻到了另一个黑咕隆咚的空间里。我的动作很快，那趟空地铁开过去之后，我就像是消失了一样，获得了暂时的安全。

"我紧贴着钻进来的那扇门，一动不动，等着那边的动静全都没了，我的眼睛才适应了这边的黑暗。这好像是一个管道，我推测应该是地铁的备用维修通道。顺着管道往前摸索，大约走了二十分钟，换算到地面上估计也就走了不到五百米，终于发现了一架垂直向上的铁梯子。我慢慢爬了上去，推开头顶上的井盖，往外看了看，四下无人，就钻了出来。

"你们可以想象，那时我已经连续逃命了四五个小时，从东单跑到东四，再到朝阳门坐上地铁，担惊受怕的，最后一段从前门站逃命的时候，说是魂飞魄散毫不为过。我从维修井里爬出来，身上衣服也很单薄，又累又冷又饿，蹲在马路边一棵树下面，真的是欲哭无泪。

"小伟肯定是中枪了，不知死活。我抬头看看天，黑乎乎的，一颗星星都没有。落到这步田地，灰头土脸哆里哆嗦地靠着枯树，那份儿滋味老子此生难忘。

"就在我觉得叫天天不应叫地地不灵的时候，有个人突然拍了拍我的肩膀。我吓了一跳，回头一看，是个姑娘。圆脸短头发，眼睛特别大。她弯腰看着我，像是在看一个宠物。我不知道她是什么人，也不敢说话。她关切的眼神好像是在看一只丧家犬，她开口说：'你怎么啦？'

"我低头看看自己，确实像个流浪狗。我脱口而出：'有吃的吗？'她点点头，说了一声'你等一会儿'，就走了。

"我看她转身走进了一个餐馆的大门，门上有副招牌，上面写着'神仙居'。想了半天，我才意识到我并没有跑出多远，那些人没准儿还在附近，说不定马上就能找到我。我想尽快逃离，跑得越远越好，可是又不知道往哪个方向跑。正在犹豫不定的时候，我听见远处放烟花的声音，接连不断，树梢上方的天空隐隐约约闪闪发亮。新的千年来了！

"等了十来分钟，那姑娘又出来了，手里端着一碗牛肉米粉……"

人生无常，大起大落往往在旦夕之间，祸福悲喜常常在意料之外。我能想象得到，在千年交替的子夜，蹲在马路边捧着一碗牛肉米粉的老邢，是如何地百感交集、泪流满面。

老邢感慨道："吃完那碗米粉，我就看见了警察的巡逻车，得救了。第二天一早看新闻，知道东北打黑行动，马哥拒捕被击毙了。而我的好伙伴，曹玉伟，也死了。警察告诉我，我俩跑进去的那条隧道，是地铁公司的检修线，从我后面开过来的那辆地铁，其实是检修车。"

"哦，那应该就是传说中的'幽灵列车'。"我说着，准备品尝一下这不同寻常的米粉。

老邢笑着说："建议你们吃之前，自己加点盐。"

我们都看向他，他接着说："我敢肯定，这些牛肉米粉，也……没有放盐。"

王光斗闻言，抄起筷子尝了一口，立马大声说："真的！确实是，那天晚上我确实没看见小楚放盐。"他随后又看着迟远说："真的是她，她真的还活着？"

我也尝了一口，果然不咸。但白胖白胖的米粉，梳理得整整齐齐，在油亮的淡黄色鸡汤中半隐半现，看着就能使人涎水横流。酱红色大块大块的牛肉片，率领着周边零散的绿色药芹段儿、青白色萝卜片，为这碗米粉增色不少。还有间或点缀的红色干辣椒段儿，由视觉神经直接刺激到舌尖儿，挑逗着人的欲望。我拿过桌上的盐罐儿，撒了一点盐，再尝。米粉的软糯滑口和牛肉的干辣咸香以及鸡汤的辛香通爽各自分明、互为映衬，交织在一起成就了一份完整的口感。地道！好吃！

迟远没有回答王光斗的问题。老邢道："原来她叫小楚。迟记者，如果她在的话，能不能让我们见见，我，我们要当面道谢啊。"

迟远仍不答话，他沉吟着把目光从王光斗身上转到老邢身上，再转回来，又转到王男身上，再转到肖士朗身上，游移闪烁，足足过了二十秒才说道："不急，该见的总会见到。刚才王光斗先生关于宫保鸡丁这道菜的故事还没有讲完，不如您接着说吧。"

"嗯，好吧。"王光斗倒也爽快，老邢也不再坚持，只是感慨了一句："让人一辈子都忘不了的，其实不是食物的味道，而是当时的心情。"

大家听王光斗继续他的故事："千年夜那件事让我很感动，我开始喜欢这个不声不响的小姑娘了。虽然她是我介绍进来的，但我对她一向没怎么特别关照，打那以后我就时不常把她叫到后厨来聊聊天，看她对厨艺非常感兴趣，就顺手教她做几道菜。没想到这姑娘特别有悟性，我教会她一道菜，她就有本事做得比我还好。我越来越喜欢她，也跟她越来越熟。有时候前边不忙，我甚至还让她替我炒菜直接往上端。不过她这个人有点奇怪，有一种天然的距离感。我跟她很熟了，还是觉得看不透她的内心。

"小楚这个人工作很踏实，干活老老实实、一板一眼从不出差错，大家都很喜欢她，就这样稳定地在神仙居干下来了。没过几个月，小楚当上了前厅经理……

"2001 年 7 月 13 号那天，大家肯定都记得，申奥成功了，天安门广场上全都是游行庆祝的人。我们餐馆门口那条路上也全都是人，车都被堵在路上动不了。好多人打着旗子，喊着口号，有的唱着国歌，从一辆车顶跳到另一辆车顶。有的人从我们餐馆买了啤酒，边走边喝，喝完了就把啤酒瓶子往房顶上扔，加上放鞭炮的，噼里啪啦，狂欢了大半夜。

"其实餐馆里没什么人进来吃饭，我们几个厨师又聚在一起打牌。大概晚上十点半，小楚进后厨来跟我说：'厨师长，来客人了。'扔下牌，我们洗手准备开火。

"来的是一桌客人，在二楼包间。过了一会儿，窗口传过来客人点的菜单。我看着单子招呼配菜，单子前边都是山珍海味，应有尽有，几乎把神仙居最贵的菜全点了，什么海参鱼翅龙虾鲍鱼都齐了，偏偏最后一个菜是个大路菜，而且是我们神仙居从来不做的菜。对了，就是宫保鸡丁。

"我赶紧把小楚喊进来，跟她说：'小楚，你不是不知道，咱神仙居从来不供应这道菜，怎么还点上了呢？'小楚有点无奈，说：'厨师长，我知道，跟客人都说明白了，可是人家非得要点这道菜，实在是拗不过啊。'我一听就来气了，老规矩要是有人点这道菜的话，就说没有材料，推荐个别的菜就行了。虽然我一向没搞清楚神仙居到底为么不提供宫保鸡丁，可是都已经习惯了。再说我们手下这帮厨师，估计也没人会做。我一直谨守俺娘的话，不碰这道菜，打从济南的厨师学校退学后就从来没做过。我当时有点犯拧，就赌气说：'小楚，这菜我们做不来，你要么退掉，要么你来做！'可能那段时间，我还是挺妒忌小楚的厨艺才能的，这话说得有点过分了。

"小楚没言语，出去了。过了一会儿又进来，抄起围裙吩咐配菜。我一看面子上下不来，就转身出去抽烟。等我再回来，一切好像没发生过一样。

"但是我错了。有些事情，该来的总会来。"

湘西牛肉米粉（1人份）

主料：黄牛肉（腱子肉）100克，湖南米粉400克

辅料：药芹50克，白萝卜50克

配料：山茶油，干辣椒，紫苏叶，白辣椒，香葱，大葱，干姜，大蒜，白胡椒粉

做法：牛肉白水煮熟，切片；药芹切段，白萝卜去皮切片，用煮牛肉的水分别焯至八分熟备用；用此水泡软米粉，10分钟左右；干辣椒过油备用；牛肉片浸入油炸半分钟出锅沥油；蒜末、姜末同比例，大葱末少许炒香，加入温开水烧开，下米粉，开锅后煮2分钟，加牛肉片、白辣椒、药芹、白萝卜片、白胡椒粉、香葱末、紫苏叶。

拾 贰

2001 年的 7 月 13 日是一个举国欢庆的日子。

那天我在同学家打牌，当电视直播里宣布北京获得 2008 年奥运会主办权的时候，我的手机响了。接通之后原来对方正在天安门广场，电话里嘈杂得无以复加，我们两边全都扯破了喉咙大喊，可还是谁也听不见谁。十四年后的今天，回想起这件事，我依稀还能听得到电话里狂热的呐喊和喧天的锣鼓。当时的我们还年轻，沉浸在申奥成功的喜悦和自豪之中，对承办奥运对社会和经济的深刻影响并没有具体的预见，也不会想到抓紧买房什么的。我更想不到自己会在十四年之后，这样一个场合，倾听当晚发生在别人身上的故事。

当晚十点半左右，一行衣冠楚楚的人进入了神仙居。打头的一位大腹便便，斑秃的脑袋晃来晃去，小眼睛瞧也不瞧迎上来的服务员，径直往楼上走，直奔二楼最里侧的包间。服务员一看这伙人派头不小，大都识趣地噤声躲让，小楚只好亲自抱着菜单跟进了包间。

进入包间之后，带头人四下环顾，咂巴着嘴似乎表示对房间条件的不满。也许是想到车辆寸步难行，遂心有不甘地在主位落了座。在跟班吩咐下，小楚搬来一把椅子，加在了主位右手。其他人你推我让，礼貌有序地入座。在座十二人，除了上首肥胖的"领导"和下首的跟班之外，还有六男四女，"领导"右手隔着新加的空位分别是三个身材纤秀气质不凡的妙龄女子，一个中年胖妇人，和一个年轻的西装健硕男，而在"领导"左手依次是一位方面阔耳、五十岁上下的西装男，一位干瘦怒发的呢子大衣男，又三位年轻的西装健硕男。夹着跟班坐的四位西装男，看起来多少有些眼熟，看身材八成是运动员。小楚捧着菜单走到那矮胖"领导"的右后侧，微笑道："领导请点菜。"

"领导"似乎确实是个领导，他的目光一直在那几个西装少男的身上盘点，根本没瞧小楚，听了小楚的话，仅微微努了努嘴。末座的跟班站了起来："拿过来，我来点。"

点菜完毕，小楚正要走开，上首的领导突然来了一句："小毕，你们几个想吃什么呀？"其中一个西装少男笑了笑，腼腆地说："我随意。"另几个西装男都附和着说随意随意。领导说："那就加个宫保鸡丁。"小楚赶忙赔笑道："不好意思领导，宫保鸡丁没有了。"

"嗯？没有了？"领导一皱眉，"是什么没有了？"

"呃，这个……"小楚有些语塞，随即解释道："其实是本店菜单上没有这道菜。"

"哈哈哈哈……"领导仰面大笑起来，酒糟鼻子冲着吊灯，脑袋晃来晃去的，笑声突然止住，看着小楚道："我点了，你就得有！"

点菜的跟班赶忙接过话来："去下单吧。缺什么买什么，赶紧的！"小楚只好点点头走了出去。

那位中年胖妇人眼神流动，看着小楚走出包间，堆起笑脸说道："汪主席，听说张导文思敏捷，是有名的大才子、段子手，能不能请张导说个段子给大家乐和乐和？"

原来这"领导"的官称是"汪主席"。没等汪主席回应，那边方面阔耳的张导呵呵笑了起来："柳莺啊柳莺，你这么大的歌唱家，唱得可比我说得好听多了。这样，我先说个段子，大家一乐，一会儿三杯酒下肚，你也得来一段，作为咱北京申奥成功的献礼好不好？"

他左边的怒发男严肃地点点头，嗫着嘴道："张导说得对，也正好，曲子是完成了，不过词儿还不太理想，不如就请张导给咱填个词吧。"

汪主席挥挥手道："哎，你们言之过早了。到了今天这一步，是值得庆祝。不过呢，再往后，就不是我们说了算的。"

张导说："对对对，先不提以后的事。我还是先给大家伙儿讲个段子吧。"

那边几位健硕男和跟班，以及对面的胖妇人、妙龄女子们一齐鼓掌。

话刚说到这儿，门一开，小楚又回来了。小楚径直走到汪主席身后，鞠了一躬，小声说："对不起领导，我跟后厨商量了，确实做不了宫保鸡丁。"然后弯着腰等在那里。

只见汪主席的笑脸倏地收了起来，鼻子里发出一声闷哼："哼，你什么东西，你跟谁说话呢？"

小楚的脸色变白了，不知所措。大家的脸瞬间也都像蒙上了一层纱，看不出喜怒哀乐。汪主席接着说："一个破菜而已，怎么就不能做了？让你做，你就做，别整那没用的！听见没有？"张导满脸堆笑道："汪主席这是在教育我们，上边让咱做什么，不要讲条件，对吧？换言之，上边没让咱做什么，也别自作主张。"说着张导站起身，与绕过来的跟班一起拉着小楚往外走，边走边小声说："小丫头，不要太较真儿了，一会儿能做就做，不能做咱就别提了好不好？领导过会儿一喝高兴了，兴许就忘了。"

说着话两人把小楚"护送"了出去。张导掩好门，转身回来开始讲段子：

"我们台有个主持人，叫小岳，全名叫岳远方，你们都知道吧？他原先是做记者、编辑，默默无闻，这一两年突然火起来了。他是怎么火起来的呢？说起来也全都是机遇，这人的命运啊，谁也说不好。

"小岳他们办公室和机房都不在台里，每天编好带子，都是小岳骑个自行车往台里送。经常是火急火燎的，台门口那个红灯他都不知道闯了多少次，被拦过几回。但是他倍儿牛，指着交警鼻子骂：'我是电视台的，送播出带，要是耽误了播出，那可是政治事件！'交警一听也怕啊，你想，真要是电视台开了天窗，交警可担不起这个责任。后来那个路口的交警都认识他了，每天看见他骑车过来，恨不能专为他把灯给变了。

"有一回，丁部长到台里来找台长谈话，车到了红绿灯路口，正要拐弯呢，突然被交警给拦下来了，停下来等小岳蹬着自行车过去了才给放行。丁部长很奇怪，摇下车窗问交警那个人是谁。交警可不认识丁部长，但看这人的来头自己也得罪不起，就简单解释说：'哦，那个啊，是电视台的小岳，赶播出呢。要是耽误了播出，可不得了。'丁部长一听，又气又恼，到了台里听汇报的时候，忍不住不咸不淡地提了一句：'听说你们台里有个小岳，很重视播出安全嘛。'台长没听出话外音，也不知道丁部长说的是哪个小岳，不好接话，但是记住了这个名字。

"会后台长就叫下边人去查，哪个小岳跟丁部长有关系。一查，还真查着了，原来呀，这小岳跟丁部长的女儿是党校的同学。按说这层关系说明不了什么问题，但是台长记得清楚，丁部长亲口提过小岳。说也凑巧，台长这儿正分析着小岳呢，报节目的文艺部主任跑来请示台长，说有一档谈话节目的主持人还没定。台长灵机一动，就把丁部长提到小岳的事点了一下。这一下，小岳摇身一变当了主持人，抓住了机遇，很快就火了。"

众人捧腹大笑，那几个体育健将也讪讪地赔笑。汪主席呵呵笑了一阵，伸手指点着张导道："张导啊，你今儿这段子不叫段子，说是给我们讲小岳的段子，其实是发泄你对台长的不满，小毕，你说对不对？"那眉清目秀的小毕憨憨一笑，没言语。

张导背对着包间门还没有回座，他忙摆着手说："汪主席误会了，我开始就说了，这都是命运，是机遇。说实在的，小岳这人确实才思敏捷，虽然长得不咋地，给了他机遇，他就能抓住，另辟蹊径成了名主持。不像我这样的，私底下人来疯，话密，真给我个话筒我还干不了呢。"

柳莺笑道："张导这儿说台长的不是，还顺带着把丁部长给踩乎了一下。"

张导道："那可真不算，丁部长的车被交警拦下来给小岳让行，确实是真事儿。要说丁部长啊，本来是要发个牢骚，但是话说得太委婉了，反而帮了小岳的忙……"说到这儿，张导注意到众人的表情一变，他马上转了话锋，"给我们台发掘了很重要的人才，对我们台的发展那可真是举足轻重……"

"丁部长。"汪主席不容他继续胡诌，喊了一声。张导回头一看，果不其然，包间门已经开了，丁部长就站在他的身后。

一屋子人在汪主席的带领下，呼啦一下全都站了起来。那几个年轻人毕恭毕敬，脸上挂着礼貌的笑容，张导躬身退让到一边，伸手示意来人入座。汪主席迎上两步，伸出双手预备握手。来者五短身材，阔面背头，脑门儿倍儿亮，一双巨大的眼睛上面，架着一副玳瑁眼镜。

他看也不看张导，碎步走向桌边，一侧身，搂住了怒发男子的肩膊，笑逐颜开道："老马，恭喜你呀！"再接过汪主席递过来的双手轻轻一握，转对汪主席道："小汪，你申报的主题歌入围了，你这个艺术家协会主席功不可没啊。"

"听说了听说了，我们这不是邀请丁部长一起庆祝一下嘛。"汪主席得意地笑着说，"要感谢丁部长的关怀和支持啊！"说着一努嘴儿，对面的跟班早就开酒去了。

丁部长看了一眼汪主席给自己留的座位，似乎有些意外，但还是毫不犹豫地坐了下来，摆摆手笑着说："呵呵，我已经是退休的人了，不在其位不谋其政，支持谈不上，关心一下还是可以的。"张导和柳莺赶紧鼓掌，那几个年轻的男男女女还有老马也伸出手拍了起来。

跟班喊一声"上菜"，宴席开始了。

汪主席让丁部长讲两句，丁部长一摆手作罢，汪主席就端起酒杯，说了几句祝贺申奥成功的话，提了三杯酒。然后，汪主席开始向丁部长敬酒，嘘寒问暖，亲热无间，其他几位也纷纷效法汪主席。丁部长不仅来者不拒，还有来有往，亲切和蔼，气氛怡然。

席间，柳莺回应了张导的请求，现场哼了一段老马的作品。大家纷纷鼓掌称道，老马却不再提让张导填词的话头。

酒酣耳热之际，宫保鸡丁上来了。

看着满桌子山珍海味，这道宫保鸡丁显得压不住场面。汪主席向丁部长解释道："我听说丁部长祖籍是四川，年轻时又长期在山东工作，今天呢正好碰上这鲁菜馆子，就顺手点了一个，想请丁部长品鉴一下，指点指点。"

没想到，丁部长一看到这道宫保鸡丁，脸色就变得铁青，对汪主席所说的这一番话似乎一个字也没有听见。气氛一下子变得尴尬起来。

这时大家都想起点菜时前厅经理反复强调本店不供应这道菜的话，没想到强迫点上的这道菜不被丁部长待见。一时间大家都不再说话，个个埋头吃菜，包间里静得落发有声。

张导闷了半晌，一直在察言观色，他敏感地意识到宫保鸡丁这道菜肯定是点错了。他赶忙站起身来招呼服务员，让把这道菜撤下去："快，我们都吃好了，这个菜退了吧。"

没想到丁部长一摆手，浮现一丝笑意，说道："既然点了，也已经上了，大家吃吧。"话是这么说，可是谁也不敢朝这盘菜动筷子。

张导瞅准时机敬了丁部长两杯酒，凑在丁部长和汪主席两人之间，小声表示愿意为体育事业多做贡献。两人喝酒归喝酒，碰碰杯，浅尝辄止，并不接话。

放下酒杯，这道宫保鸡丁正好又原封不动地转回到丁部长面前，他抄起筷子夹了一颗花生米放入嘴里。这一嚼，瞬即停住，众人发现丁部长脸色大变，眉头紧锁，惊讶、狐疑、不可置信……汪主席见此情景，觉得事有不妙，他也夹了一块鸡肉来尝，正没尝出滋味，只见丁部长迅速将筷子头儿捅进盘子底部，拿出来吮了一下。

"啪！"的一声，丁部长的筷子被重重地拍在了桌面上，其中一支竟然断了。

大家都很愕然。这下倒好，全都停住筷子，没人再吃了。

汪主席很尴尬，心下也很不满。按理说今天的座次安排没有问题，庙堂规矩，下了位的当然比不了在位的。这道宫保鸡丁一方面是跟餐馆较劲的结果；另一方面也确实是借以盘个话题、拉拉近乎，没想到这丁部长性情如此乖张外露，确实有点不给自己面子了。

丁部长一招手，道："叫你们经理过来。"

小楚应声而至，不知所措地停步在包间门口。丁部长招手让她近前来，低声问道："小姑娘，我听说你们这里好像没有这道菜呀。"

小楚闻言，不由自主地瞟了汪主席一眼，张了张嘴，不知道该说什么好。丁部长不等她回答，接着问："这道菜，是谁做的？"

小楚低眉顺眼轻声回答："是……是……是我们厨师长的手艺。"

丁部长微微颔首："嗯，好，我知道了。菜做得不错，很好！"说毕一挥手让小楚退下。然后丁部长似乎稳了稳情绪，脸上恢复了一半笑意，他举起杯子对大家说道："汪主席这道菜点得好，这道宫保鸡丁很有特色，很少见啊。"

谁也不知丁部长这话有多少水分，不过既然笑了，既然夸了，那么台阶在这儿放着，丁部长自己下了台阶，大家哪有不识趣的道理？

雨过天晴，这顿饭总算是平安结束。

早有好事的服务员把事情传到了后厨。王光斗听了，没有作声，晚上回到宿舍就翻箱倒柜地找那份妈妈留给他的菜谱，找了大半夜也没有找到。

凌晨两点多，急促的敲门声把王光斗从睡梦中惊醒。他迷迷糊糊下地开门。门一开，几个壮汉一拥而入，不由分说把王光斗按倒在地，捆了个结结实实。王光斗大叫道："干什么干什么，你们是什么人？！"一个冰冷的东西顶到他的脑门上，他就安静了，乖乖地任凭来人给他套上头套，带上了车。

拾叁

　　即便到了后半夜，也依然暑热难耐。王光斗被蒙着头，五花大绑地塞在一辆车里，虽然看不到东西，身边的人也保持沉默，但他还是能判断出这辆车十分宽大，对方至少有五个人。隔着头套，王光斗也能感觉到好几个人的目光紧紧地"钉"在他身上。他不敢轻举妄动，也不再问话，心里一直琢磨，他会被带去见谁。汪主席，还是丁部长？很明显，这事儿跟那道菜有直接关系。

　　车开了不到二十分钟就停下来，王光斗被拥下车，带进了一间屋子。头套被摘下来后，他眯缝着眼睛，用了足足两分钟去适应屋里明亮的灯光。

　　少说有八十平米那么大的一间屋子，三面白墙，其中一面墙的角落有一扇紧闭的铁门，和一个巨大的镜面，另一面墙被整幅的落地绒帘遮挡，看不出帘子的后面有没有窗户。屋子中央摆着一张长案桌，桌子正上方的屋顶，嵌着巨大的白色荧光灯。桌子一边正对着镜面摆放了一把扶手椅，对面摆放了三把同样的扶手椅。除了这一张桌子和四把椅子，偌大的屋子里再无一物，连个绿植都没有。屋顶的中央空调出风口，"嘶嘶"喷着白烟。

　　王光斗正在茫然，铁门开了，一个男人走了进来。这个人四十来岁年纪，偏分头发，略有些花白，一副黑框眼镜，面皮白净，身着藏蓝色中山装，脚下的黑皮鞋锃亮，脚步轻盈，不失分寸。他手里拿着一只黑色公文夹，推门进来看见王光斗似乎愣了一愣，转头喊道："来人。"然后冲着门外的人小声吩咐了几句。

不一会儿，进来两个小平头西服男子，麻利地把王光斗身上的绳索解了下来，示意他坐在正对着镜面的那张椅子上。王光斗揉着胳膊，龇牙咧嘴地坐了下来，那中年人此时也在对面正中间的椅子上落了座。

那人盯着王光斗，微微抿着嘴唇，沉吟了半晌才开口道：

"姓名？"

"王光斗。"

"职业？"

"厨师。"王光斗应道，随即又补充道，"神仙居的厨师长。"

"嗯。"那男人似乎满意地点点头，继续问道，"老家哪里的？"

"山东黄岛。"

"家里还有谁？"男人盯紧了王光斗。

"没有了。"王光斗不知道这么回答对不对。他父亲早就去世了，母亲十年前就不知所踪，至今找不到人。

那男人舔了舔嘴唇，又问道："你父亲叫什么名字，生前是做什么的？"

"俺爹叫王奇，死之前是开饭馆的。"

"嗯，饭馆叫什么名字？"

"仙客来。"

"你母亲叫什么名字？"

"俺娘……"王光斗有些疑惑，这是调查户口吗？他还没有说出母亲的名字，就被敲门声打断了。那人示意王光斗稍等，起身出去了。

王光斗看着对面的大镜子，想到曾经看过的电影，猜测那面镜子后面是不是站着什么人，正在观察自己。正想着，铁门又开了，那个男人回来了。

那人重新坐下来，又问道："王光斗，你的小名叫什么？"

娘？镜子后面是不是俺娘？

王光斗颤抖了起来："俺的小名，叫丁丁。"

那人盯着王光斗，目光深邃平静，过了一小会儿，他叹了一口气，伸手翻开面前的公文夹，拿出一张纸。

王光斗一看，那不正是自己那张菜谱吗？

那人拿着那张菜谱，再问道："王光斗，这是你的东西吗？"

"是，"王光斗抑制不住地颤抖起来，"这是俺娘留给我的。"

又传来了敲门声。那人随即又走了出去，不一会儿再次回来坐下。

"昨天晚上，二楼包间里点了一道宫保鸡丁，是你做的吗？"

王光斗沉默了。

算起来他来北京已经接近十二年了，对于他而言，世界不再是那个以前的他眼里的世界了。十二年前，想找到娘，想见到娘，想当面问问她，我的亲爹到底是谁，当年你为什么扔下我和爹一走了之？随着时间的流逝，王光斗越来越不确定自己还能否找出答案。或许，即使有答案，是不是自己想要的？这些年来，王光斗从一个毛头小伙子，已经成为有了自己事业的男人。一直萦绕在王光斗心中的那些疑惑，就算得到了答案，又能改变什么呢？这十二年来，王光斗只身在北京打拼，讨生活，所经历的磨难和痛苦，是不是一个答案就能抵消的？这十二年来，王光斗对于母亲离去的愤怒、不解，长期以来折磨着他的委屈、困惑，是不是一个解释就能抹去的？

不!

望着那人身后那面大镜子，王光斗心潮起伏，他的呼吸急促，血脉偾张，两行热泪不由自主地淌了下来。对面那个男人下意识地回头看了一下，转过来再看着王光斗，微微叹了一口气。镜片后面那双深沉的眼睛，似乎也泛起了薄雾。他轻声地重复刚才的问题："那道菜，是你做的吗？"

王光斗抬手抹去眼泪，深吸了一口气，再缓缓呼出，他压抑着声调，尽可能平静地回答："是！我做的宫保鸡丁，是我做的。"

那人静静地看着王光斗，眼神中看不出是赞赏还是怜悯，他只是静静地看了一会儿，又起身离去了。少顷，他推开铁门进来，对王光斗说："没事了，我安排人送你回去。"

王光斗木讷地站起身，向门口走去。走到门口，他停了下来，转身朝向大镜子，低下头，弯下腰，深深地鞠了一躬。中年男人伸手拍了拍他的肩膀，欲言又止。

回到宿舍里，王光斗第一件事就是找出新买的手机，打小楚的寻呼。等了半天也没回，看看时间已经快五点了。王光斗睡意全无，马上出门，蹬上自行车就往神仙居跑。

北京的饭馆一般都是六七点钟上菜。每天凌晨三点钟左右，大批的菜贩子纷纷蹬着三轮车从四面八方前往新发地，然后赶着点儿再把菜送到各个角落的饭馆去。作为厨师长，王光斗每天早上六点钟就会准时出现在后厨后门，等着检视当天的上菜菜品和数量。而作为前厅经理的小楚，一般会在上午十点到达，开始工作。

到达神仙居，才五点半。老远看见店长领着一个人站在门口，冲着王光斗来的方向张望，看见他骑车过来，就冲他招手。

"小王小王，来我给你介绍一下，这是咱们神仙居的老板，沈泗沈老板。"店长忙不迭地道，"沈老板，这就是王光斗厨师长。"

沈泗看起来已经六十多岁了，他眯着眼睛审视着王光斗，缓缓伸出手来。王光斗慌忙扔下自行车，伸出双手握住了老板的手。在这里打工十二年了，王光斗还是头一次见到真正的幕后老板。

沈泗看了一眼身后准备接菜的几位帮厨，对店长说道："今天你替小王接一下菜吧。"说毕扔下店长，带着王光斗来到店长办公室。

说是店长办公室，但是跟大多数餐馆一样，只是一个小黑屋而已。沈泗是个干瘦干瘦的老头儿，稀疏的白发整整齐齐趴在头顶，大夏天的穿个长袖，领口的扣子也扣得紧紧的，打着领带，西裤拉着裤线，棕色尖头皮鞋，左手拇指还戴着扳指。沈泗示意王光斗坐下说话，自己先从腰里卸下手机套，轻轻放在桌子上。王光斗注意到，桌子上摆放着一个皮质手提箱。

王光斗看着沈泗，顾不上奇怪这从未露面的大老板为何一大清早跑来找自己，心里仍在琢磨小楚什么时候能回电话，自己赶紧跟她串好口供，就说是自己做的那道宫保鸡丁。沈泗坐定之后，还是眯缝着眼睛审视王光斗，良久，才开口说道：

"小王啊，这神仙居是我沈某人祖传的产业，从成都迁过来之后仅此一家，到我手上已经传了五代了。你知道为什么我这家做鲁菜的餐馆，从来不做宫保鸡丁吗？"

王光斗摇摇头。

沈泗搓了搓手，转动着手上的扳指，沉吟道："宫保鸡丁这道菜的来历，现在是路人皆知。市面上流传的大路做法，其实是根据大众口味进行了简化和改良。山东、贵州、四川、北京，同一道菜，叫法略有区别，口味不同，也是这个原因。丁家的传统做法，与市面上的做法区别很大，照顾了丁老爷、夫人和三位姨太太的不同口味，在同一道菜里分别体现了酸、辣、香、甜等味道，注意，是分别体现，而不是混合体现。我为什么这么门儿清？因为我的曾曾曾祖父，就是丁家的家厨——说白了，这道菜其实是我家祖先与丁家祖先共同创造的。哦，我说这些你应该明白吧？昨天晚上那道菜是不是你做的？"

王光斗摇摇头，又点点头。原来那张"官保鸡丁"菜谱的做法是丁家传统做法，确实与市面上流传的很不一样。他认真地听沈泗说下去。

"神仙居最初创办的时候，是有这道菜的，但是……但是……"沈泗犹豫了一下继续说，"这么说吧，我的曾曾曾祖父，答应过丁老爷，永远不碰这道菜，也对这道菜的正宗做法永远保密。如有外传泄密的事情，杀无赦！"说到这里，沈泗伸出一只干瘦的手掌，做了个割脖子的手势。

王光斗很疑惑："为什么会有这么奇怪的约定呢？"

沈泗沉吟了一下，眼角露出笑意，随即正色道："我实话告诉你吧，我的曾曾曾祖母，曾经是丁家的三姨太。所以，这道菜的传统做法有无外泄，其实关联的是丁家的脸面。"停了一下又说："我曾曾曾祖父立下了重誓，把这页菜谱撕了下来，交还给了丁家。"

王光斗似懂非懂："哦，那，这页菜谱不属于神仙居，而是属于丁家？"

沈泗点点头："没错。不过呢，我也是第一次看到这个菜谱，我亲自核对过了，确实是从我们家传的那本菜谱上撕下来的。"

王光斗这才想起，昨夜那位中年男人从公文夹里拿出来的那页菜谱，并没有还给他。他问道："昨天晚上找我的，究竟是什么人？"

沈泗似笑非笑地看着王光斗，嘟起了嘴似乎在考虑要不要告诉他，最终摇了摇头，岔开话题："小王啊，如果你愿意的话，从今天起，这神仙居百分之二十的股份就归你了。"

王光斗吓了一跳，不解地问道："为什么？"

沈泗无可奈何地一笑："非我所愿，非我所欲，亦非我可拒。你加入，以后神仙居就可以恢复宫保鸡丁的传统做法了，这份菜谱仍然归你保管；如果你不加入，就拿上你自己的钱走路，从此神仙居和丁家还是井水不犯河水，相安无事，但这份菜谱我得交还给丁家。"

"我的钱？我哪有什么钱啊？"王光斗没明白，他拿什么钱入股神仙居呢？

沈泗不再啰唆，一推桌上的手提箱，说道："你自己考虑吧。"竟再无二话，起身出门就走。

王光斗赶紧打开手提箱，映入眼帘的是满满一箱子美元。在码放整齐的美元上面，还有一个信封。王光斗颤抖着拿起信封，打开一看，里面有一个绿皮小本子，还有一张纸，正是那页"宫保鸡丁"菜谱。王光斗拿起绿皮小本子，打眼一看，就扔在桌上，追了出去：

"沈老板，我干！"

沈泗还没走出店门，回身定住，等待着王光斗。

王光斗大声说道："我入股神仙居，但——我有一个条件！"

"什么条件？"听到这里，我不禁脱口问道。

王光斗又呷了一口红酒，看着我说："我的条件是，遵守沈泗祖上的承诺，永远不碰宫保鸡丁这道菜。"他的脸涨得通红，分不清楚是红酒上了脸还是情绪激动所致。

迟远说道："王先生，你看到的那个绿皮小本子究竟是什么？"

"唉，那个小本子，是俺娘的墓地证书。从那个证书的生效时间看，俺娘 1990 年就病死了。"王光斗落寞地说道，"俺娘死了，我就只能为自己活着了。俺娘留给我的，只有那一页菜谱了。"

为谁而活，似乎是个永恒的命题。其实不论你为谁而活，归根结底还是在为自己活着。我不知道该如何评价王光斗当时的选择，而他的讲述却忽略了一个很重要的人。我又开口问道："那，小楚后来出现了没有？"

王光斗摇摇头："从那天开始，小楚就消失了，再也联络不上。"

迟远皱起眉头，轻轻地捻着响指，问道："难道……杀无赦？"

王光斗身子一颤，重重地点了点头。

我心里一紧，突然明白了一件事，喊了出来："你的菜谱是被小楚拿走了，所以她学会了这种做法——而神仙居从来不提供宫保鸡丁这道菜，所以小楚根本没有意识到，宫保鸡丁的通俗做法与那页菜谱上的大有不同！"

其他的不需要我明说了：王光斗被抓走的同时，很可能小楚也被抓了，而那页菜谱是在她那里被搜出来的。即使王光斗承认那道菜是自己做的，也没办法掩盖菜谱外泄的事实。

背叛誓言的人，必须付出代价。

因为，这关系到丁家的脸面。

大家都沉默了。我身边的女郎浑身微颤，似乎对王光斗的故事感同身受一般，一边听一边激动地点头，还不时端起酒杯自顾自喝酒。老邢涨红了脸，在灯光下的表情显得很不真实。他紧紧地盯着王光斗，好像要把王光斗看透，看到心里去。

老邢喃喃道："哎呀，太荒唐了！这些人我基本都见过，还有那个小毕，我记得。都是场面人，文明人，怎么背地里跟黑社会似的？"
我想起老邢的遭遇，那马哥不也一样，场面上谦谦君子、背地里面目
狰狞？

我扫视一圈，大家都沉默着。当我的目光转到左手隔座的年轻
男子时，发现了异样。就是那位不悲不喜、身着中式对襟上衣的男
子——肖士朗，只见他抚弄了几下自己腕上的佛串儿，不慌不忙地端
起面前的红酒杯，抿了一小口，放下杯子，平静地看着迟远，开口道：

"她没死。"

大家齐刷刷地把视线投向了他，他接着说："迟记者，该我了，上
菜吧。"

丁氏宫保鸡丁

主料：鸡腿肉 3 两

辅料：葱白一根，黄瓜一根，花生米 30 克

配料：花生油，花椒，干辣椒，大蒜，老姜，冰糖，香醋，料酒，豌豆淀粉，井盐，
酱油，香油

做法：鸡腿肉切丁，沾裹淀粉，适量酱油腌制；黄瓜切丁，浸入醋中浸泡半小时；
葱白切段，用花椒水焯至半熟，用盐和香油腌制 10 分钟；花生米开水煮 3 分
钟，沥干后备用。冰糖熬汁儿垫盘。干辣椒过油后混入葱末、姜末和大蒜炒
香，加入鸡丁、黄瓜丁、葱白、花生米混炒，迅速出锅装盘。

拾 肆

"莲藕炖排骨。"第四道菜果然应声而来。

这次端上来的是一个大汤盆，纯白色骨瓷制，热腾腾香气四溢，甫一上桌，大家的鼻翼就开始翕动。定睛去瞧，汤的表面上浮着一层乳白色的膜，附着在碗壁的地方泛着金色油花，浅粉色的莲藕块儿像礁石一样堆砌出了海面，包藏着一块一块粉嫩的排骨肉，海面上零星点缀着嫩绿的小葱，看起来别提有多诱人了。

趁着玄衣女郎盛汤的工夫，我向王光斗发问："王先生，据您所说，这道官保鸡丁的做法您并没有学，而且小楚做的那道您也没有吃过，刚才这道菜上来，您怎么就断定这做法跟您那页菜谱上是一样的呢？"

王光斗白了我一眼，略有不屑地回应道："叶总，哥们儿我没吃过猪肉还没见过猪跑吗？刚才说了，这个官保鸡丁的丁家传统做法我确实没有学过，这辈子我都没有碰过，但是我看过那页菜谱，所以刚才我先尝盘底是不是冰糖熬的汁儿。不过说实在的，这种做法只限于在丁家内部是可行的，市面上如果采用这种复杂的做法，并不符合大众口味，也不会成为流行的大众菜。"顿了一下，他又接着说："我跟你讲，论做菜、论厨艺，我还是有天赋的。当年有一百万美元给了我，我毫不犹豫就交给了沈泗沈老板，入股神仙居。我真的是从骨子里，喜欢做菜。"

王光斗这话说得颇有道理。我暗忖道："对美食的品位和悟性，需要讲天分，更需要基因传承。丁家的美食基因，传承到王光斗这儿，也算是另一种形式的发扬。"

迟远这时插话了："王先生的遗憾我能理解。你帮助过小楚，爱护过她，但对有些事情又爱莫能助。我跟你也有类似的遗憾。"

一听此言，我心里动了动，莫非故事中的这位女孩儿跟迟远也有交集？同时，我又不自觉地想起了十八年前那位乡下小姑娘。正恍惚间，听到肖士朗说：

"诸位，我们先尝尝这碗汤吧。"

众人开始品尝这道莲藕炖排骨，一边品味，一边等待肖士朗的故事。

我先喝一口汤，鲜；再咬一口莲藕，面；再吃一块儿排骨肉，齿颊生香。我吃过地道正宗的莲藕炖排骨，感觉眼前这个味道上并没有特别之处——除了排骨肉是剔了骨头的。

肖士朗并没有吃，而是微笑着看着大家，等大家都吃了几口，才又说道："这道莲藕炖排骨在配料、做法上，与一般的莲藕炖排骨没有差别。原产地的莲藕这个季节确实不好找，这一点很难得。炖汤的同时略加了一点点土鸡汤，也算是正宗做法。唯一不同的是，所有的排骨肉都剔了骨头。"

大家纷纷点头。

"我刚才说了，王先生说的那位小楚，没有死。我和她认识，是在一个非常特殊的情况之下……请允许我从头说起。

"我出生在一个特殊的家庭，我的爷爷奶奶、爸爸妈妈全都是做保密工作的。爸妈长年在国外，所以我很小就开始跟着退休的爷爷奶奶一起生活，住在二环外一个小区里。

"我爸妈从来没有在我面前同时出现过，差不多每两年我才能见到其中一个。直到我十七岁时他们俩双双在国外遇难，我都没有同时见到过他们俩。很多时候，我感觉自己没有过父母，就像孤儿一样。但是爷爷奶奶特别宠我，好吃的好玩儿的，我想要什么，他们从来没有一个'不'字。

"十五岁左右，我开始玩儿摩托车，还跟朋友们一起去各个夜店里嗨，刷夜。小西天附近有家'硬石'，你们都知道吧，那几年很火。我几乎每天晚上都在那儿耗到后半夜，什么都接触过了，什么 K 粉、摇头丸，都试过。

"后来摩托车玩儿腻了，我就改玩儿汽车，迷上了改装和飙车。十年前有个电影，《头文字 D》，那里面周杰伦那台车，AE86，全北京至今也只有四辆，当年第一辆就是我拥有的。

"哦对了，那年在东单北大街，邢总坐上我的车，那辆就是。"

老邢恍然大悟："哦哦，那是个名车啊，怪不得我印象很深，小白车，还是手动挡的。"

"对，手挡后驱。那就是我那几年痴迷的一台车，我改装的地方不多，开起来要的是原汁原味儿。电影出来后，那车名气更大了，但对我来说已经不新鲜了。

"那几年我玩儿车玩儿到什么程度？我说个人你们可能知道，'二环十三郎'。"

"知道知道，差不多也是十年前的事儿了。那小子在二环跑一圈儿，只花了十三分钟。"我抢着说道。

"对，因为被抓了所以他的名气很大。其实早在他之前，我就跑到了十一分半。"肖士朗轻描淡写地说，好像并不值得炫耀，"早年北京的玩儿车圈儿里，我也有个外号——'肖十一郎'。'二环十三郎'确实是喜欢玩儿车，也是年少轻狂，喜欢追求刺激。但我不一样，我是用速度来麻醉自己，就像毒品一样。

"那段时间我疯得很，每天晚上嗨得差不多了，再借着酒精和药物的作用，跑一圈儿二环，然后凌晨两点半左右准定回家。因为我爷爷有个固执的习惯，不管我几点回家，他都在客厅的椅子上坐着等我，每天晚上死等，我不回家他不睡觉。所以我不会夜不归宿，天天都得回家睡觉。

"2001年7月份，就是北京申奥成功的那天晚上，整个城市都睡得很晚。那天我在夜店喝得有点多，跑二环的时候发现车还是很多，跑不起来。那天我花了十八分钟才跑完二环，回到家已经两点四十了。

"我跟往常一样，蹑手蹑脚地爬楼梯——那栋楼的电梯到了晚上十一点就停了。进门一看，厅里的灯亮着，但是爷爷不在。我轻手轻脚地走到他们的卧室门口，轻轻转动门把手，推开一条缝，往里看……

"卧室的落地灯也是开着的，但是出乎意料，屋里也没人。不但爷爷不在，我奶奶也不在……"

肖士朗不明所以，这么晚了，爷爷奶奶不在家能去哪儿呢？家里的灯都亮着，说明他们不会走远。电梯也停了，下楼也要爬十几层楼梯，如果没有急事他俩不应当跑出去。肖士朗回到客厅，仔细检视那张木制小餐桌，看看爷爷奶奶有没有给自己留字条。桌上除了一尊白瓷毛主席像，别无他物。肖士朗把毛主席像拿起来，倒过来看看里面，也没有什么发现。

肖士朗有点慌，莫非他们其中的一个突然生了病，去了医院？他拿起座机电话,给保健站打过去。这个小区里的居民,看病拿药都是通过设在小区内部的保健站,有大病或者急病处理不了才会转到外面的部队医院去,但所有流程都只能通过保健站来安排。保健站二十四小时上班,夜间也会有两个值班医生和两班倒的护士。

电话只响了一声就有人接起:"喂?"

肖士朗定了定神,对着话筒说:"喂你好,我有点拉肚子,想拿点药。"

接电话的护士很爽快:"哦好的,您报一下房间号,我让司机班的战士给您送过去。"

"哦不用了,家里老人睡下了,我自己过去拿吧。"肖士朗放下电话,掩上门走楼梯下楼。到了保健站,接电话的护士在门口等着,手里拿着备好的肠胃药,关切地问道:"小伙子,喝酒喝坏了吧?要不要进去让大夫看一下。"

正中肖士朗下怀,他连忙点头,跟着护士进了保健站。

保健站在一个两层楼内,一楼是问诊拿药和紧急处置的地方,二楼有按摩、挂点滴的房间和仓库。保健站的旁边还有一排小平房,是车库和司机班宿舍。

肖士朗跟着护士往里走,留神观察处置室,发现处置室的帘子敞开着,里面空无一人。进入诊疗室,一位值班医生正把脚高高地跷在桌上看报纸。护士离开了。那医生瞄了肖士朗一眼,示意他坐下,拿起听诊器,让肖士朗撩开 T 恤衫,一听之下就说:"凉啤酒喝多了吧?"

肖士朗点点头,左顾右盼地问道:"今天就您一个人值班吗?"

那医生又瞄了一眼肖士朗,伸手翻开肖士朗的眼皮仔细观察,边看边回答："还有一个，隔壁睡觉呢。"他停下手，认真地看了一会儿肖士朗，微微摇了摇头，转身翻看着护士提前准备好的那些药，严肃地说："小伙子，爸妈不在？在家听老人的话，有些东西不能碰了。"然后转回头看着肖士朗，"对身体有害，非常有害！"后面的语气越来越重。

肖士朗明白他指的什么，只好默默点头。至少他搞明白了，爷爷奶奶并没有突发急病。因为转送医院的话，值班医生肯定得跟着去，而现在两位值班医生都在岗。

捧着那些药，肖士朗走出保健站的门口，茫然四顾。既然爷爷奶奶没生病，那跑哪儿去了呢？这时，一辆车刚好停在司机班门口，车门打开，下来一个小战士。他看见肖士朗，稍稍愣了一下，敬了个礼准备进屋。肖士朗心里一动，赶忙"喂"了一声，那小战士停住脚步，转身仔细辨认着肖士朗。"你是4号楼的住户吧？"小战士问道。

"对对，你知道……"肖士朗斟酌着该怎么问话。受爷爷奶奶的熏陶，他从小就明白一些原则，有些事不该问的一句也别问，不该说的一句也不能说。他的话还没说完，就被小战士打断了："哥们儿，回家睡觉吧，没事儿！"

哦，没事儿。

那个司机班小战士带着浓重的河南口音，此时却没有让他感到好笑，而是使他宽了心。"没事儿！"没事儿就好，肖士朗道了声谢，转身爬楼，回到家里倒床上就睡着了。

正睡得迷迷糊糊间，肖士朗隐隐约约听到了开门声。他一骨碌爬起来，打开房门一看，果然是爷爷奶奶回来了。看见肖士朗探出头来，爷爷严厉地对肖士朗呵斥道："进屋睡觉去！"奶奶却笑了笑，慈祥地说："朗朗，没事，放心休息去吧。"说毕两人便进了卧室，关上了门。

七十多岁的爷爷顶着一头白发，对肖士朗一直都是慈眉善目、和颜悦色的，从来没有这么硬邦邦地说过话。而身材瘦小的奶奶却一贯严肃刻板，沉默寡言，不苟言笑。

显然爷爷奶奶身体好好的，但这大半夜神神秘秘的，对肖士朗的态度又跟平时迥然不同，真让人奇怪。肖士朗琢磨着，又迷迷糊糊睡了过去。当他骤然惊醒，却惊讶地发现爷爷奶奶正坐在他的床边，两双眼睛紧紧地盯着他。

肖士朗一个激灵坐起身来，他发现爷爷奶奶一夜之间突然老了许多。爷爷的白发异常醒目，刀刻一般的皱纹围拢着一双布满血丝但依然炯炯有神的眼睛，奶奶仍然面无表情，眼睛同样布满血丝。再瞧窗外，骄阳似火，好像已近中午。肖士朗的心突突地加快跳动，他勉强稳住呼吸，疑惑地望着爷爷奶奶。

爷爷一开口，倒让肖士朗摸不着头脑："睡好了起来吃点东西，今天带我和你奶奶出去兜兜风吧。"

这可是破天荒头一遭。肖士朗迅速起床洗漱，不住地偷眼观察爷爷奶奶。不管有多大的疑惑，不该问的一句也不问。他想起两年前听到父母噩耗的那一刻，他所得到的也只有一句话。爷爷对他说："朗朗，你爸爸妈妈牺牲了。"后来新闻里报道了一对儿中国夫妇在境外不幸遇难的事情，虽然姓名完全不符，但肖士朗认为那很可能就是自己的双亲，不过他忍住了，没有找爷爷奶奶求证。

那辆白色的 AE86，娇小的车身丝毫看不出蕴藏着接近 200 马力的能量。就是用这台车，肖士朗创下了二环十一分半的单圈纪录，前无古人、后无来者。就是用这台车，肖士朗几乎每天夜里两点钟左右就遛一趟二环，平均用时不超过十三分钟。就是用这台车，肖士朗宣泄了他过剩的精力和压抑的心情。就是用这台车，肖士朗一时冲动救下了被黑衣人追杀的邢祝安。而今天，肖士朗的爷爷奶奶却是第一次坐进这台车。这台两门四座车的后座空间很狭小，不过对于奶奶来说已经足够了。爷爷坐在副驾驶。肖士朗点火、起步，这台小白车稳稳地驶出车位，经过敬礼的门卫，开到了大街上。

"向北。"爷爷像个指挥官一样下达了指令。

向北，一直走，开上了新建不久的八达岭高速。爷爷不发话，肖士朗就不问，一直顺着路往北开。他开得很小心翼翼，每一次换挡都很谨慎，每一脚油门都很温柔，发动机发出不甘的闷哼，走出了与平时截然不同的稳重风格。

今天是周六，路上车不多，所以肖士朗几乎没有踩刹车，仅仅是加上高挡位之后稳住油门，一路向北。过了四环，车更少了。左边远远可以看到一片荒芜的平整地，那是为即将建设的国家体育场预留的土地。肖士朗少有机会可以分神欣赏这些路景，刚要左右张望，爷爷发出了第二句指令：

"跑起来！"

发动机终于等到了渴望已久的指令，发出亢奋有力的轰鸣，车速很快上到了一百三。肖士朗瞟了一眼爷爷，再从后视镜里看了一眼奶奶，发现两人气定神闲。爷爷又发令了，简洁有力："朗朗，飙起来，有多快开多快！"

肖士朗吃惊地看着爷爷，不敢相信自己的耳朵。已经一百三了，对于七十多岁的老人来说，这速度还不够吗？爷爷瞪了肖士朗一眼，再次命令道："把你'肖十一郎'的风采拿出来，给爷爷奶奶看看！"

爷爷居然知道自己在江湖上的名号，这让肖士朗既感到吃惊，又

有些得意。转念一想，身为特殊战线的老战士，爷爷奶奶如果真的不
了解自己的孙子，才更奇怪呢。爷爷奶奶只不过是对他不多干涉而已。
想明白这一层，肖士朗心里涌起一股暖流。他收回心思，聚精会神，
把这台如臂使指的车驱动起来，沿着八达岭高速向北弹射了出去。

拾伍

某些时候，看车能够知人，通过车品可以大致了解一个人的人品。把车内保持整洁车身保持干净的人，大多仪容整洁，注重形象。平时开车守规矩、不乱加塞不影响别人的，大多待人接物有礼貌讲原则。肖士朗的车一向干净爽利，车内没有一件多余的装饰物，当然这也是飙车需要，因为干净整洁多少能够降低风阻，车内装饰繁多、物品杂乱反而会干扰司机注意力，还可能增加车身重量。这台改装过的AE86没贴膜没铺地胶，车身净重还不到一千一百五十千克。刚刚修好不久的八达岭高速，路好、车少，即便车里多了两个老人，肖士朗还是稳稳地把车速提高到了接近一百七。

这条路进入山区之前是双向八车道，很宽敞，不过两旁风景乏善可陈，比较枯燥。伴随肖士朗和爷爷奶奶的，除了呼啸的风声，就是急速后退的白色路标线和两旁的绿色隔离板。肖士朗专心开车，爷爷斜倚着望向窗外的天空，奶奶则在后座上闭目养神。进入山区之后的接近二十公里道路变成了双向六车道。随着几个大弯逐渐上坡，体弱的人有时会感到耳压。但肖士朗车速不减，到达八达岭隧道只用了不到二十分钟。穿过隧道之后，不远处竖起了隔离墩，前方路段正在进行护栏指示牌的安装，还没通车启用。在爷爷的指示下，肖士朗开到隔离墩附近，调转车头，驶离了高速主路进入辅路。

穿越八达岭的这一段辅路，其实是老国道，盘山路破旧不堪，坡陡路窄急弯又多。要不是因为这一段国道大货车太多经常堵车的话，其实是个很适合玩儿摩托的地方。肖士朗降下车速，沿着回程山路走了不到十分钟，奶奶突然说："就这里吧。"

爷爷道："好。朗朗，找个地方停车歇会儿。"

驶出国道，车停在一处缓坡的草坪上。正值盛夏，草木茂盛，野花遍地，打开车门，一股花香扑面而来。

下车后，爷爷摊开一只手掌："朗朗，手机拿来。"

肖士朗交出手机，只见爷爷麻利地抠下他那部诺基亚手机的电池，扔回了车里。"陪我们走走。"肖士朗明白，这是有机密的话说。

离开小白车十几步，爷爷奶奶站定之后打量了一会儿肖士朗。爷爷突然没头没脑地来了一句：

"朗朗，你的爸爸妈妈是为了正义的事业牺牲的。"

肖士朗莫名其妙地看着爷爷奶奶，等着后面的话。

"爷爷奶奶也是做保密工作的，过去常常需要做些普通人不能做也不敢做的事儿，但我们也不得不舍弃很多普通人的幸福，甚至得时刻准备着交出自己的性命。为了正义的事业，为了崇高的理想，这都是值得的！不过现在我们老了，已经不在乎什么建功立业了，我们只希望死后见祖宗的时候能坦坦荡荡的、问心无愧……"爷爷的眼睛闪着光，呼吸急促。

肖士朗点点头。

"眼下有个任务让我们很为难，不仅任务内容严重违法，而且任务指令是通过非正常渠道下达的，完全不合程序，不能就这样草率执行。所以，我和你奶奶决定按照我们自己的判断来处理，这就需要你的协助，和必要的一点牺牲。"爷爷的情绪平稳下来，语气越发严肃，他往前方一指，"前边不远，有一个岔路口，右转上山大约两公里，会见到一排小房子，那是一个长期闲置不用的安全屋。我们希望你在那里住一段时间，照看一个跟你差不多大的孩子。"

"住一段？"肖士朗终于明白爷爷奶奶为什么要他开车来这里了，"要住多久？"

"短则三五天，长则两三月，"奶奶说，"天气转冷之前，我们会有下一步安排。"

"这个是什么人？"

爷爷叹了口气，说："一个无辜的人。"

爷爷奶奶是做什么行当的，还用说吗？以他们的身份和能力，竟然要求自己协助，那一定是没有更好的选择了。

"好，我听爷爷奶奶的。"肖士朗说："那我是不是先把你们送回去，收拾点衣服行李再来？"

"不用回家拿了，"爷爷道："安全屋里什么都有，衣服、食物和水足够五个人生活三个月的。"

"那你们怎么回去？"

"一会儿你就知道了。"奶奶说着，走回车里。肖士朗正要上车，奶奶突然探出头来说："朗朗，你开车技术不错。"肖士朗心里暖暖的，奶奶从来没有这样正面夸奖过他。

回到公路上，继续往前开，不到五百米就看到了那个岔路口，岔路上仅容一辆车刚刚好通过。爬坡穿过茂密的草丛和树林，走了不到两公里，有一片开阔的林间空地，坐落着一排红砖瓦房。瓦房的门前守着一个年轻人，看见来车，拿出一个遥控器一按，瓦房一头的山墙竟然"吱吱嘎嘎"响了起来，原来这里隐藏着一扇电动门。肖士朗直接把车开了进去。

那个年轻人跟进来，走到爷爷奶奶身旁小声说了几句。肖士朗注意到，旁边停着一辆军绿色越野车。等他们说完话，爷爷走向肖士朗，交给他一把钥匙，和一张小纸条："这是门钥匙，这上面两个数字记好了，一个是密码，一个是紧急联络电话号码。背下来！"看着肖士朗默默地把纸条看了几遍，爷爷就收回了纸条，接着道："里面只有一部电话机，没有紧急情况，不要往外打电话。这里的号码也只有我知道，如果电话响了，一定是我们自己人打来的。你可以开火做饭，但不能外出。"

肖士朗在心里重复那两串数字，默默点头。长这么大，他的心里头一次涌起了一股临阵杀敌的豪情，还有置身险地的忐忑不安……

"记住，不要外出，死等！"爷爷又嘱咐了一句，转身向那辆越野车走去，奶奶微笑着看着肖士朗，轻轻地说："朗朗，提醒你一句，凡事得按顺序来，打开一扇门之前，要先关好身后的门。"说完和爷爷一起坐上越野车，刚才那个年轻人发动了越野车，开出了门。肖士朗用遥控器关好车库门，才有空打量这里，四周一扇窗户也没有，房子里只有自己一个人。爷爷说的那个人在哪儿呢？

他想起自己的手机，奔向车里去找，却没找到，肯定是被爷爷带走了。

借着从房顶透明瓦投射进来的微弱光线，肖士朗环顾四周，看到正对着电动门的那面墙中间，有一个很不起眼的小门。他试着用钥匙捅进暗锁，很顺利地打开了这扇门。门后面同样是一个没有窗户的大房间，里面堆放了很多箱子，看起来像个仓库。十几个正方体大木箱子错落码放，足有两人多高，每个箱子都有一米五见方。肖士朗绕着箱子堆走了一圈，再没有见到其他东西。他想，应该有一个暗门，就沿着墙边又走了一圈，边走边摸，但没找到缝隙或者把手。肖士朗手脚并用爬上最边缘的一个箱子，再爬上第二层，才发现上面一层的五六个箱子围拢了一个不大的空隙。他爬过去探头一看，原来这个空隙的深度差不多正好是两层箱子的高度，也就是大约三米高，上层和下层的箱子有错落，隐约可以看到水泥地面。肖士朗小心翼翼地爬了下去，终于看到隐藏在黑暗中的一面水泥墙，镶嵌着一扇铁门，像是一个巨大的保险柜门，旁边还有一块透明塑料罩罩着的密码板。

这面墙的旁边，两块木板中间有一丝缝隙透出风来。肖士朗用手试着推了推其中一块木板，那木板滑动开来，竟是一道暗门。肖士朗从暗门里钻出去，发现又回到了箱子堆外面。他一阵懊丧，自己竟然没有发现这道暗门，反而大费周章地爬上爬下。他开始怀疑自己能不能完成爷爷奶奶交代的任务。

回到箱子堆中间那扇铁门前，肖士朗略微平静了一下，拉开密码板的塑料罩，一个键一个键认真地输入了密码。片刻之后，"咔哒"一声，铁门弹开了一个很小的缝隙。肖士朗伸手一推，那门超乎想象的重，他加了把力气，用力打开铁门，不料门背后又是一堵墙壁。肖士朗蒙了一小会儿，意识到这个铁门仍然在屋子的地面之上，门后面的空间其实被包裹在木箱堆里面。他的眼睛逐渐适应了黑暗，才慢慢看清楚，在门后侧边出现了一道向下的阶梯。肖士朗用手在门后的墙壁上摸索到了一个开关，摁下去，一盏嵌在墙壁上的灯亮了起来，照亮了这个狭小的空间。这回他看清楚了，一道大约十米长的石阶，向下延伸，通向另外一扇门。

肖士朗进入门内，他没敢关上铁门，先顺着石阶往下走，走到尽头的那扇门前，发现那扇门也是一个使用密码器的铁门。肖士朗用同样的密码试了一次，但没有成功。爷爷只给了一个密码，肖士朗紧张起来，脑子飞快地转着，去猜想爷爷是不是忘记给另一个密码了。

片刻之后他否定了这个想法。爷爷交给自己钥匙和纸条的时候，并没有指明后面这间房的布局和进入安全屋的路径，也没有说明有两扇门需要用到密码。那么密码肯定已经给了，至少——密码的组成部分都已经给了自己。

肖士朗试着把刚才的密码倒着输了一遍，还是不行。他再次按照之前的顺序输了一遍密码，还是纹丝不动。肖士朗踌躇了。

回头看看，石阶上端的那扇铁门仍然敞开着，他爬上去，轻轻掩上那扇门，发现门背后也有一块同样的密码板。他犹豫了半天，没敢关门，只好坐在台阶上苦苦思索。

石阶下面那道门的密码是什么呢？难道是电话号码？

肖士朗爬起来，冲下石阶，打开塑料罩，输入电话号码：9—8—5—2—1—1。仍然没有反应。又一阵懊丧袭来，肖士朗想象不出爷爷奶奶和爸爸妈妈遇到这样的难题时会怎么办。或许昨晚那医生说得对，药物侵蚀了自己本来就不太聪明的大脑，连这点事情都办不好了。

转念一想，爷爷奶奶肯定不会错漏密码这件事的。也许根本没有什么需要被照顾的人，这整件事只是一个别出心裁的考验，用来测试我"肖十一郎"是不是具备参加特殊工作的能力。等我破解了密码之后，进入下面那道铁门，就会发现爷爷奶奶微笑着站在门后，欢迎我加入特殊战线呢……

　　肖士朗这样想着，又兴奋了起来，他仔细地回忆爷爷奶奶有何反常之处，从哪个细节或者哪句话暗示了密码。对了！爷爷奶奶从来没有坐过我的车，但是今天坐了，而且爷爷还让我能开多快就开多快。还有，奶奶很少正面夸过我，今天却夸我开车技术不错，这一定是暗示我具备干特工的基本技能吧。还有，奶奶后面提醒了我一句，凡事得按顺序来，打开一扇门之前……

　　肖士朗一跃而起，看了一眼门外，毫不犹豫地"咣当"一下关上了这扇铁门，密码锁"咔哒"复了位。肖士朗连跑带跳冲下石阶，一把拉开底端那道铁门的密码板罩，迅速地把同样的密码再输了一遍。只听"咔哒"一声，门开了！

　　肖士朗进入门内，把铁门在身后关上。

　　爷爷奶奶并没有像肖士朗想象的那样站在门后迎接他。这个巨大的房间，宛如一个超市，整齐地摆放着三排货架。第一排码放的是一袋一袋大米和面粉，第二排全是桶装水，第三排满满当当呈现在肖士朗眼前的是袋装食物和调味料——方便面、火腿肠、干面条、油盐酱醋等等，尽头则码放着十几个纸箱子，箱子外面写着"压缩饼干"的字样。

　　肖士朗顾不得细看这些生活物资，他转过货架，发现里侧有三个房间，全都紧闭着门，门上各有一个小玻璃窗。肖士朗走过去，从第一扇门的小窗户看进去。这是一间厨房，一侧靠墙看得到一副很大的灶台，三个电磁炉，静悄悄的。另一侧靠墙则是五个巨大的冰柜，肖士朗猜想那里面应该储存了不少蔬菜和肉、鸡蛋什么的。第二间房里面有床，有桌椅板凳，还有一张餐桌，餐桌两边各摆一把椅子，桌面上还有台灯，和一部电话机。屋里同样没有人。

　　肖士朗来到第三间房的门前，探头往里看。立面的布置跟第二间房一模一样，同样有床、桌椅板凳和台灯、电话。所不同的是，床上蜷缩着一个披头散发的人。

这就是那个"她"了。

肖士朗心里一阵狂跳，他做了一个深呼吸，轻轻敲了敲门。没有反应，那个人抱着肩膀，只是木然地看着门外的他。肖士朗推了一下门，门开了，他走了进去。

"你来了？"那人微弱的声音道。那是一个年轻的女人，憔悴不堪，柔弱不堪。肖士朗的心里涌起一股想要保护她的冲动。

拾 陆

"她就是楚楚，也就是刚才王先生和邢总所说的小楚，"经过大段
的讲述，肖士朗的嗓子略有沙哑，他抄起红酒杯，吞了一口红酒，眼
神略带悲伤，"她就像一只无依无靠的小绵羊，又饿又累，又惊又怕。
那是我第一次尝试着保护别人、照顾别人。第一眼看到这个女孩儿，
我就觉得自己爱上了她。"

一小会儿停顿，屋子里很安静。也就是说，当年跟王光斗同时，
小楚也被肖士朗的爷爷奶奶带走了。他们私下里把她藏在八达岭山上
的一个秘密地点，再安排肖士朗去看护陪伴。试想一下女孩儿当时的
状态，深夜被抓走，身处一个秘密据点，惊恐不安又仓皇无助，的确
会瞬间激发一个小伙子的保护欲。对弱者的同情和怜悯，往往是爱情
的开始。

我们都沉浸在肖士朗的故事里，想象着十四年前的那个夏天。

"她有气无力地问我：'你就是那位老爷爷的孙子？'"肖士朗接
着说。

"'对，我是来保护你的。'我回答道。然后我回头看那张餐桌上，
零星地散落着几块压缩饼干，我想她一定是饿了。我说：'你休息会儿
吧，我去给你煮碗面。'其实不瞒你们说，在那天之前，我从来没有碰

过厨房里的锅碗瓢盆。可能是我也饿了，脱口而出说要煮面条。

"我回到刚才看到的厨房，打开冰柜一看，果然有鸡蛋，还有西红柿。我在货架上找了两包方便面，就开始张罗煮面。可是我真的不会，十几分钟之后，我只能鼓捣出一锅煮烂的面条糊糊。等我把一小碗面目全非的面条糊糊端给楚楚时，她竟然笑了。她真的是饿坏了，一阵狼吞虎咽，没几口吃完了。我又去帮她盛一碗，再给自己盛一碗，才发现我都忘了放盐。

"一锅面条糊糊吃完，她显得精神了一些，感激地冲我笑。我告诉她我叫什么名字，是我爷爷奶奶安排我来照看她的，我还告诉她，只管藏在这里，我一定会保她安全，等着我爷爷奶奶下一步的安排。她若有所思地点点头，突然站起来，对我鞠了一躬，说：'谢谢你们！'

"我只觉得一股豪气在胸中激荡，我大咧咧地说：'你放心吧，我一定会完成任务的。'

"其实我知道，我说这话的时候肯定挺傻的。因为她听我这样说，又笑了。我看到她的眼睛闪着光，虽然脸色憔悴，头发也很凌乱，却掩盖不住她那双眼睛的光芒。她这时就像一只掉了队的小绵羊，楚楚可怜地回到了牧羊人的怀抱里，又有了生的希望。我确信，是我给她带来了安全感。我特别自豪。"

老邢问道："后来怎么样了？"

肖士朗正要回答，迟远说话了："肖先生，你们是不是九月初才被人接了出来？"

肖士朗惊讶地问："没错，你怎么知道的？"迟远微微一笑并不解释。肖士朗接着回忆道："是的，我和楚楚关在那个笼子里一起生活了一个半月，那是很难熬也让我终生难忘的一个半月。

　　"那一个半月里，除了不能外出，我们两个人就像是在与世隔绝的二人世界里，互相陪伴着，看书、下棋、聊天，打打闹闹，开心极了。楚楚的厨艺非常好，后来不能说是我照看她，而是她在照顾我。她不但做菜巨好吃，还特别爱干净，把那个躲在地下不见天日的安全屋收拾得一尘不染。要是余生都像那样度过，我也乐意。

　　"有时候我和她一起走出暗室，到地面上看看，但是没敢走远，也没敢往外打电话。没有紧急情况，我只能等电话自己响起来。爷爷说过，那电话一响，就肯定是自己人打来的，既然没响，就说明我们还不能离开。我还印证了另外一件事：通往地面的那道石阶梯两头各有一个大铁门，密码虽然是一样的，但是必须锁好其中一扇门，才可以打开另外一扇门。这就是我奶奶说的，打开一扇门之前，要先关好身后的门。

　　"我每天都在纠结，又希望爷爷快点来电话，把我们接出去，又希望爷爷晚一点来电话，给我和楚楚多留一些单独相处的时间。

　　"一个半月以后的一天，电话突然响了，我拿起电话，听到爷爷的声音，他只说了一句话：'有人接你们出来，跟他们走就是了。'我还没反应过来，就听见铁门'咔哒'一声开了，几个穿着迷彩服的蒙面人冲了进来。其中一个大声对我和楚楚喊道：'不用收拾，立刻跟我们走！'我和楚楚哪里敢说话，互相拉着手跟着他们上到地面上，穿过箱子堆下面的暗门，来到停车的那间屋。为首的那人伸出手来：'车钥匙！'我乖乖把钥匙交出来，那人叫了一声'小朱'，把钥匙扔给了一个手下。那个叫'小朱'的人上了我的车，一脚油门，十分熟练地把我的爱车开了出去。我刚想喊，为首那人又冲我说：'你这车太扎眼，别再开了。'说完他们一伙人就把我和楚楚带上了一辆 GL8。

　　"他们看起来很利索，个个像是特种兵，不过说话很友善，对我们也没有粗鲁的动作。车开到半下坡的地方，我回头一看，后面冒起了很大的烟，看起来是他们把这里烧掉了。我的那辆 AE86，从此之后再也没有见过了。"

"我见过那辆车，"迟远忽然道："应该就是你的车，还在。"

"真的？"肖士朗一改沉稳的语调，音量提高了一倍，"你是……你认识冯大哥？"

迟远仍旧不置可否。王男此时已恢复了平静，插进话来问："冯大哥是谁？"

肖士朗没有马上回答他，继续讲道："我和楚楚坐在车上，那辆车开得飞快，看方向是往城里开。我们俩都没有被捆上，也没有戴头套，但是他们几个人始终蒙着面。我仔细观察了，判断他们应该没有枪。从他们简短的交谈中，我知道了开车的司机应该叫作'黑子'。我壮着胆子问那为首的人：'我们要去哪里？'他只说：'到了就知道了。'

"一个小时以后，车子开到了二环里一个胡同口，停了下来。为首的那人递给楚楚一个信封，说：'这是你的新身份，跟过去告别吧。进去之后走到头，左拐，见院门右拐，右手第二户。钥匙也在这里面。去吧。'楚楚忽然哭了出来，喊道：'冯大哥？我……'她哭得连话都说不下去。我才知道，原来楚楚认识这个人。冯大哥拍了拍楚楚的肩膀，叹了口气，转头问我：'小子，你怎么办？'

"我被他问得张口结舌：'我？我要不要换个身份？'这时的我又找到了做特殊工作的感觉，既神秘又刺激。冯大哥听了我的话，嘿嘿笑了几声，说：'你不用换身份，换个生活方式就好了。你愿意回家呢就回家找你爷爷去，他会给你安排。你不愿意回家呢……'他沉吟了一下，我迫不及待地说：'我回家肯定会给我爷爷奶奶惹麻烦的，我还是不回去了吧。'说着话，我瞟着楚楚，想知道她的意思，但是她只顾着哭。冯大哥瞧瞧我，又瞧瞧她，忍不住又乐了：'这样吧，你继续陪着她。以后的事我就不管了，好自为之吧。'后半句像是对我说，又像是特意对楚楚说的。然后，冯大哥又从副驾驶手套箱里拿出一个纸袋子，递给我：'这里是新手机和一张银行卡，钱是你爷爷给的。记住，低调！别惹事儿！'我嗯嗯直点头。

"我扶着哭泣不止的楚楚下了车，看着那辆 GL8 绝尘而去，发现天已黄昏。阳光从前边斜射过来，鼓楼变成了一个黑黑的剪影。我们俩脸色苍白，在阳光下面站了好一会儿，直到感觉身上热了，脸色也活泛了，才往胡同里走，按照冯大哥所说的路线，找到了一间大杂院里的平房。

"我和楚楚，就在这间平房里，低调地生活了三个月。"

肖士朗说到这里，停了下来。老邢那边有些不满了："嘿，还没说到莲藕炖排骨呢，这是不是你最爱吃的？"

"嗯，其实这道菜我没有吃上。"肖士朗答道。

"没有吃上？！你怎么知道这个做法，还知道排骨都是剔了骨头的？"我觉得不能理解。

肖士朗笑了笑，继续说道："那是一段美好的日子，我爷爷给我的钱足够我们生活好几年的，所以根本不需要抛头露面去工作挣钱。为了安全，我们保持低调，除了街坊四邻，跟外人基本都不联系。楚楚做饭特别好吃，我有时跟她开玩笑说你可以去开餐馆。每次说她都笑笑不答话，后来她告诉我，说她得罪了大人物就是因为做菜的事情。我记得这个话，所以刚才王先生说到的小楚的事情，时间和名字都对得上，也的确是因为做菜的事情得罪了人，我百分之百确定，楚楚就是小楚。

"过了两个月，我的手开始痒了，又想去玩儿车。我背着她，用我爷爷给的钱买了一辆手动挡的富康车，1.4 排量。平时把车停在不远处的胡同里面，隔个几天就偷偷地开出去遛一圈儿。一般都是夜深人静的时候，也不怎么飙，就是找找驾驶的感觉。

"到了 2001 年 12 月，出了一件事。这件事一出，我再也不能回去那间平房了，我就离开了楚楚。"说到这里，肖士朗哽咽了，两行清泪顺着脸颊淌了下来。

王男突然抬起头，盯着肖士朗问道："2001 年的 12 月，出了什么事？"

肖士朗迟疑了。

我很奇怪王男为什么要这么问，我看了他一眼，再扭头看看迟远，发现他俩都是一副若有所思的表情。迟远清了清嗓子，轻声问道："王男先生，你表姐大名叫什么？"

王男仍然盯着肖士朗，嘴里答道："她的大名，叫楚二妮。"

我心里豁然一亮——楚二妮，小楚，楚楚，分明就是同一个人。那么，跟我在湖南乡下见到的那个小女孩儿，依稀记得叫"丑丑"，是不是同一个人呢？或许是口音问题，我听误了，人家就是叫作"楚楚"呢？缘分这种事情确实很奇妙，虽然当时当地善恶难辨，但不管是善缘还是恶缘，命定的缘分你躲都躲不开。想到今天我出现在这个饭局上，究竟是老邢临时起意拉我来蹭饭呢，还是背后早有设计安排，我和老邢其实都是被指定的客人呢？

我正在琢磨，听肖士朗又继续说道：

"那天并不太冷，我联系上一个以前一起玩儿车的哥们儿，约好吃晚饭，聊聊做改装车的生意。没想到我从北兵马司胡同把车开出来，就开始下雪了。雪越下越大，车堵得非常厉害，前所未有，好像全北京的车都开出来看雪了。我从北兵马司，走美术馆、北河沿儿，穿到正义路的时候，就花了一个半小时，眼看到了约定的吃饭时间了，还有一多半的路呢——我和朋友约在八一厂西边吃饭。就这样一路走一路接催我的电话，两个小时才开到北蜂窝桥。雪更大了，大片大片的雪花落到前风挡上，几乎看不清路面。桥面上坡路段，有的车爬到一半就往后出溜，我开得很小心，远远地跟着前车慢慢走，好不容易盘过莲花桥，走到桥下时，发现三环路完全堵死了，走不了了。莲花桥下三环主路上结了冰，眼看着大公共停在冰面上，车身直往旁边侧滑，大公共把车门打开，乘客们一个一个下车，下来一个摔倒一个，下来一个摔倒一个，很狼狈。

"那种情况下，要么掉头回去，要么把车扔那儿。我当时心想我不能把车扔这儿，回头交警能找到我，搞不好就会惹事。冯大哥说要低调，我这儿买了车跑出来嘚瑟，已经不能算低调了。我就原地掉头，逆着把车开到公主坟环岛再转到右侧道往回走。路上我给楚楚打了个电话。

"楚楚说今天买了排骨和莲藕，借着头天剩的鸡汤做了个莲藕炖排骨，已经炖好了。我说堵车太厉害了，估计得两个小时以上才能回去。楚楚让我不要着急，趁着等我这工夫，她干脆多干点儿活儿，把排骨的骨头都剔掉……"

"你快说，到底出了什么事？"王男又一次打断了肖士朗的叙述。他的声音微微有些颤抖，我们都察觉到他正在努力压抑着情绪。

肖士朗迎上王男的目光，两人对视着，肖士朗的眼神逐渐虚无起来，他垂下眼睑，叹了一口气，用低沉的音调缓缓道："我在三〇五医院附近，撞倒了一个人。"

王男腾地站了起来，指着肖士朗道："是你撞的？ 2001 年 12 月 7 号，晚上九点钟？"

我们大家惊愕地看向王男，肖士朗似乎已经明白了什么，低头不语。迟远说："王男先生，请问你大学毕业之后是回了北京还是留在了长沙？"

王男似乎不太明白迟远为什么打岔，迟疑了一下回答道："我毕业就留在了长沙，2002 年才回来北京。"

"为什么？"迟远继续问道。

"因为，我爸死了，我不需要再逃避了。2001 年的 12 月 7 号，就在文津街，交通事故，被车撞死的。"

原来如此。

不幸的人，都生活在牢笼里面，这个牢笼叫作"过去"。王男的牢笼，只有等他父亲王洪运死掉，才能解脱。不过人生中除了意外和巧合，还有一种因缘，叫作报应。

肖士朗也恍然大悟，他点点头："我明白了。我撞倒了人，第一反应就是跑。可是那天路面条件实在太差了，我开到北海大桥上，心慌意乱没控制好速度，冲破了护栏，直接把车开到湖里去了。后来还是桥上站岗的武警把我救起来，直接就送到公安局了。肇事逃逸，判了我六年。当时并没有受害人的家属提起民事赔偿，我一直以为我撞倒的是一个无亲无故的流浪汉。"

王男仍站在那里，接着肖士朗的话说："他不是流浪汉，但不比流浪汉强。听我妈说，他跟的领导倒台了，他被迫辞职，名义上是下海了，其实是孤家寡人一个人待着，根本没有人在乎他。"他说着，端起面前的酒杯，咕咚咕咚一口气干了大半杯酒，惨淡一笑："哼，交通肇事，这个意外倒是挺巧！唉，死就死了，这是命。"说完垂头丧气地坐了下来。

"从那以后，你就没有再见过楚楚了？"老邢问道。

"再没有见过。"肖士朗的回答简单明了。

"嗯。"迟远道，"后来呢？"

"我出狱之后，爷爷奶奶已经过世了。我去找楚楚，发现她已经不在那儿住了，邻居也说不清楚她去了哪儿，只是告诉我她曾经在附近的饭馆里打工，几个月之后就把房子退掉搬走了。我变得无亲无故了，好在爷爷奶奶给我留下一些钱，我就到金港那边租了个店面，搞改装车。"

"她手里没有钱？"迟远问道。

肖士朗再次低下了头，闷声说："唉，我把钱拿来买车花掉了大部分，原以为很快能挣点儿……也是我太过自信了，处置不周。"

"等等！"坐在肖士朗左侧的中年妇女突然叫了起来，"老弟，你说说看，那个楚楚，也就是小楚，后来的新身份叫什么名字？"

"哦，我一直把她叫作楚楚，她对外的新名字，是冯大哥给办的新身份，叫作林巧玉。"肖士朗答道。

"林巧玉？！"这一次，包括那位中年妇女，还有我左手边的年轻姑娘，以及对面那位银发老太太，一齐惊呼起来。

"果然是她——"仍是这三个女人，几乎异口同声地喊了出来。

我的心里咯噔一下，妮妮、小楚、楚楚、林巧玉……丑丑！

银发老太首先恢复了平静，她看向迟远说道："迟记者，后面还有几道菜？"

迟远双手手指交叉，举在鼻子跟前，有意无意地瞟了我一眼，说道："据我所知，后面还有四道菜，一份汤。"

莲藕炖排骨

主料：猪大排 900 克，洪湖莲藕 400 克

辅料：鸡汤

配料：花椒，白胡椒粉，八角，香叶，干辣椒，葱白，生姜，大蒜，冰糖，当归，盐，白酒，老抽，香油，五香粉，枸杞

做法：猪大排切块，用老抽、五香粉腌制 10 分钟；莲藕切滚刀块，置于清水浸泡；排骨块浸入凉水，添加花椒加热，煮沸后煎煮 20 分钟左右，捞出沥干，清水洗净去油，再用白酒腌制；葱白切段，加适量干辣椒、冰糖翻炒出味儿；砂锅添加凉白开和少量鸡汤，放入排骨、炒料、当归、香叶、八角、生姜块、枸杞等，大火煮沸，小火慢炖一小时以上，添加莲藕块、白胡椒粉、盐、大蒜，小火再炖 20 分钟，开盖收汁 10 分钟，出锅。

可将排骨肉去骨后再食用。

拾 柒

"醪糟豆腐。"

这次端上来的是一个比较大的深盘，盘沿较宽，仍旧是细密的骨瓷，内外都镶着金丝边，由盘沿内侧开始下凹，形成大约四厘米深的盘身。齐着盘沿内侧的金丝边，平平整整的醪糟蛋汤浓稠得如同果冻一般，其中坐落着九块一寸见方的豆腐块。这九个豆腐块，显然是过了油的，每个暗黄色立方体的上面都洒落着海苔碎。

造型如此诱人，我顾不得多想，抢先夹起一块豆腐放入口中。入口首先体会到的是冰凉甜腻，原来这醪糟是冰过的。豆腐皮的油香味儿裹杂着海苔碎的咸香混入口中，味道立刻丰富了起来。咬下去，发现豆腐内层仍然保留着软糯无物的口感，此刻甚至能想象到细嫩白皙的豆腐在口中无声被碾碎的瞬间，豆腐原味散发了出来。在豆腐块的中心位置，又出人意料地包裹着一颗小肉丸，醪糟的甜香、豆腐皮的咸香、豆腐的嫩香和肉丸的油香依次轮替，然后混在一起，充斥了口腔。见到我陶醉的表情，其他人纷纷受到诱惑，拿起筷子来品尝这道菜。唯有那位中年妇女兀自不动，表情复杂。

等我放下筷子，再仔细观察她时，我发现，她似哭似笑，又哭又笑。明明嘴角上翘，可又眉眼垂丧，豆大的泪珠逐渐充盈了她那双风韵犹在的眼睛，滚落下来，滑过那张说不出是在哭还是在笑的脸。

"好吃吗？"她问道。我们纷纷点头，等待着她讲解这道菜的典故。她看向迟远道："如果是她在后厨，我可不希望见到她。"

这句话让我有点摸不着头脑，前边几位大体上是希望再次见到这位故事中的女人的，这位中年妇女偏偏明确表示不愿见到此人。没想到，我左边的姑娘也轻声说道："我也不希望再见到她。"我更奇怪了，却见对面的银发老太太下意识地瞟了一眼窗外，很怪异地笑了笑，咕哝道："还是不见为好。"

迟远似乎也对这三位女士的表态饶有兴趣，他想了想，说道："想见的未必能见到，不想见的嘛，也许不得不见——我猜是这样。"末一句话显得有些言不由衷，但我理解的是，在给我们做菜的这位神秘大厨，很可能未必肯露面与大家相见。

"那么，孙女士……"迟远继续说了半句话，停下来等待着那位中年妇女。

只见她略微平复了一下情绪，默默思索了一小会儿，然后挺了挺身子，环视着大家，开始说话。闪电映照在她的左侧脸上，使她的面部轮廓显得有些狰狞。我看向窗外，发现巨大的落地玻璃窗已经铺满水流，像瀑布一样顺着玻璃外侧淌下。这雨终于下来了。

"我对林巧玉，既感恩，又痛恨。"一开口，她的语调也已恢复平稳，"我叫孙美心，做餐饮的。王先生是餐饮行业的，应该知道我。"

王光斗连连点头，对孙美心的神态多了几分恭敬："可不是嘛，我谱着你也是这一行的，没想到你就是大名鼎鼎的'豆腐西施'啊。"

老邢也恍然大悟："原来你就是美心集团的孙总。"提到"豆腐西施"，我们其他人不甚了了，因为这名号就像是个网红外号，可提到"美心集团"，我们无人不知，那是一家知名的餐饮上市集团。我这才知道，原来"美心集团"的公司名称来自老板的名字。

孙美心面不改色，稍微客气了一下，继续说："王先生过誉了。'豆腐西施'这个外号，是早些年的事情了。我开始专做豆腐餐饮这一行，直到后来扩大经营、开连锁、上市，这一切所谓事业上的成功，不得不感谢当年那个叫作林巧玉的女孩儿。但同时我对她又恨之入骨，这辈子都不想再看见这个人。"

她叹了一口气，又沉思须臾，娓娓道来："我家就是北京的，老北京，属于住在二环里边的平民百姓。我从小脑子就不好使，学习不咋地，高中在一七一上的，高考那年全班只有一个没上线的，就是我。那时候父母还年轻，我也不想找工作，就在家待着，一待待了小三年。街道梳理无业青年，号召在家待业的都出去上班，自己找不到工作的，街道就负责找单位一个一个落实。我给安排到了当时很有名的东邻菜馆上班，打那儿开始接触了餐饮业。那时候我还不到20岁。

"东邻菜馆是簋街最早的个体饭馆之一，老板叫黎东邻。刚开的时候，那条街还很冷清，白天晚上都没什么人，也难怪，那条街原来的名字其实就叫作'鬼街'。老一辈人都知道，出了东直门原来都是坟场，这条街很多卖棺材寿衣的。说实话黎东邻这个人确实挺牛的，他两口子特别有头脑，最先开始搞二十四小时经营，结果牌子就创起来了。我在那儿主要是盯夜班，因为我年轻，家又近。上了两年夜班，老板看我会来事儿，就让我做了收银员兼服务员领班。第三年头上认识了我先生，没多久我结婚怀孕了，只好辞掉菜馆的工作。

"那年我先生炒股票，赚了一点儿钱，就想下海创业自己当老板。我建议他也在簋街租个门面干餐饮，毕竟我觉得自己懂这一行。那时候簋街越来越成规模，只要开饭馆，没有赔钱的。我先生姓那，是个旗人，爹妈死得早，他把全部精力都投入到饭馆的经营管理上，我就在家待产。饭馆开起来不到一年，就是 1994 年春节前，我儿子出生了。

"生完孩子那两年，我全心全意带孩子。我们家的饭馆名字叫'美心小馆'，生意虽然谈不上火爆，但还是赚钱的。孩子两岁的时候，我们从大杂院搬出来，住进了商品房，我爸妈也提前退休了，在家帮着带孩子。从 1997 年到 2001 年秋天，我也把大部分的时间精力放到了美心小馆上面。

"说实话，美心小馆虽然也赚钱，但是跟别人家比，就差得远了。东邻菜馆就不说了，就说我们旁边那家兴东楼，比我们早开十来年，营业面积是我们的十倍，日均流水却能做到我们的五十倍。头几年我没怎么管，没有意识到我们家跟人家比差距那么大。那四年左右的时间，我专心研究潮流，研究人流量，研究顾客的身份和消费能力，什么流行我就做什么，客人要吃什么我就做什么。之前兴涮肉，我们干过，1996 年开始兴辣的，麻辣烫、四川火锅什么的，我也干过，后来又兴小龙虾……我这么说吧，我卖小龙虾，就比胡大晚了一个礼拜。不过呢，我折腾来折腾去，营业额怎么也上不去。加上那两年人工和店租都贵了，如果一直这样不温不火的话，早晚就该赔钱了。

"2001 年国庆节，我爸被查出来癌症，必须得住院。儿子眼看明年该上学了，我还指着老人给接送呢。左右权衡不了，我只能再次放下美心小馆的事儿，回家照顾老人、看孩子。但是每天等我先生回来，我都会仔细问问当天的客流量，有没有改进菜品，有没有发现新的流行菜什么的。

"一直到年底，饭馆的经营情况也没啥大起色，上座率和翻台次数还下降了。到了 2002 年 1 月份，有一天我先生回家来说，最近招的一个叫林巧玉的领班不错，给他出了不少好主意。先生说，新来的小林上了一礼拜的班，就把业绩给稳住了，还给建议了好几个新菜式，都挺受欢迎的。我一听她建议的新菜式，基本都是偏清淡素净的。再过一个礼拜，听我先生说效果还真不错，流水稳步往上涨。我细一琢磨，就明白了。这个新来的女孩儿确实比我聪明，她抓住了问题的要害。

"我一直努力的是紧跟潮流，今天兴什么了我明天就上什么，明天兴什么了我后天赶紧跟上，这就是跟在别人后面跑，虽然也能挣钱，但是都是吃别人剩下的。小林的思路是找市场空当，那阵子簋街几乎家家都做辣的，要不就是小龙虾，小林就建议做清淡的，这样跟别人有了区别，就不会再被甩在潮流的后面了。

"饭馆生意越来越好，我也很高兴。因为平时忙着带我爸看病，经常跑医院，还得看孩子，慢慢地也就不怎么过问了。后来，也许是饭馆忙，也许是我回家也晚，我先生每天回家越来越晚了。回想起来，大概有一年的时间里，我先生几乎每天后半夜三四点钟才回家，早上十点半出门。我也没多问什么，但是偶尔发现我先生上午一醒就找手机，用手机发短信，不像以前有事就打电话，不怎么发短信的。好在生意不错，经济上也挺宽裕的，我一心扑在孩子和老人身上，当时没往多了想。2002年底我们又换了房，搬到交道口去住，那里离簋街更近一些。

"2003年春天，非典刚开始的时候，我们都没啥感觉。簋街每天人来人往，照样繁荣。偶尔看到有人开着车还戴着口罩，我还以为是行为艺术呢。到了4月20号那天，《焦点访谈》一出来，第二天整个簋街几乎没人来了，簋街的餐饮业一下子就垮了。

"我先生仍然是连续好几天后半夜三四点钟才回家，早上起来情绪也不大好。我也知道，这些天生意不好，就多问了几句。没想到我先生特别不耐烦，说了几句就跟我吵起来了。

　　"我觉得很委屈。那天从医院把我爸接回家，我吃完晚饭安顿好孩子，就想去美心小馆看看，到底生意差到什么地步。晚上九点半左右去的，我从家里走路过去。一路上确实看不到什么人，大热天的戴着口罩觉得特别憋闷得慌，但还是能时不时闻到消毒水的味道。走到篁街一看，整条街真的看不到几个人，平时马路两边停满了车，那天一辆也没有。

　　"我从西往东，沿着路北一路溜达过去，所看到的饭馆几乎都空无一人。快走到美心小馆的时候，才看见三三两两的人，手里拿着一次性塑料碗，用牙签扎着什么东西吃。当时没有在意，等走到美心小馆门口，才发现，这种碗装的小吃原来就是我们美心小馆卖的。

　　"我心说怎么又开发了新品，我还不知道呢。再走近一些，刚好看见了我先生——那春璐。"

拾捌

当年的五一长假被取消，由原定的七天变为了五天。天气开始热了，人们大多穿着短袖或者裙装，但是几乎无一例外，都用各种造型的口罩把自己的口鼻捂得严严实实。

我记得那段时间我们公司里大部分人都在家里远程办公，只有少数几个每天去办公室坐一坐。听说同一栋办公楼里出现了非典病例，我吓得坐电梯时不敢直接用手按电梯按钮，而改用手机上的天线去按。可想而知，在这种氛围之下，谁还敢去饭馆吃饭？

这条篾街似乎又变回了"鬼街"。只不过零零星星不敢进饭馆用餐的行人，几乎全部被美心小馆的外卖小吃给笼络了。绝大多数的行人都会买上一小碗，一边走，一边摘下口罩享用几口，然后再戴上口罩。这条街百分之九十的客流都变成了美心小馆的食客。这让其他老板们羡慕不已。

孙美心走近美心小馆的时候，恰恰看到了那春璐。

那春璐很帅，三十五六岁，高高的个子，白净的皮肤，右偏分的小分头，长的一端恰到好处地接续上他黑俏的剑眉，高高的鼻梁上面，此刻那一双黝黑的眼睛正牢牢地拴在一个人的身上。那个人，正在外卖窗口忙活。

"您来几碗？好嘞。"脆生生的话语，加上那春璐那目不转睛的方向，把孙美心的注意力转移了过去。

那人短头发，齐眉帘，身上穿的大红 T 恤是美心小馆的服务员工装，黝黑的胳膊来回舞动，熟练地抄起一只小碗，用长筷子从旁边的煎锅夹起两块豆腐，然后再淋上醪糟蛋汤，双手递给顾客。她一定就是林巧玉。

"这是什么？"

正好有个人端着小碗走到孙美心跟前，她忍不住问了一嘴。那人头也不抬，回了一句："醪糟豆腐，嘿，不错啊，尝尝去吧。"就走开了。另外一个人主动向孙美心介绍："这味道简直了，五块钱一碗儿还不贵。关键是老板娘还漂亮……"

孙美心的脸沉了下来，一声不响站在那儿继续观察。她的脸色没有人能发现，因为口罩，因为天黑。她站得比较远，一直注视着林巧玉的那春璐也没有发现孙美心的到来。

从那春璐的眼神里，孙美心感到了威胁。

在这初夏夜的晚上，夜风不算太凉，但孙美心的心却有些凉了。她在树下站了半晌，慢慢走上前去，靠近外卖窗口。

"您来几碗？"

"我……来一碗。"孙美心答道，递上五元钱，接过一碗醪糟豆腐。全程她的眼睛都斜视着那春璐，但是那春璐毫无察觉，他的眼神依然锁定在忙碌的林巧玉身上。

孙美心接过那碗醪糟豆腐，微微怔了一下，转身离开，走回到马路边。

揭开小塑料碗的盖子，孙美心闻到了一股香甜。她用附带的小勺子先扤了一点醪糟，放入口中，只觉冰爽甜腻，心里不由得对这个创意赞叹不已。甜口的醪糟，夏天做冰的，冬天就可以做热的，口感甜爽干净，自然与整条篦街的油腻重辣区别开来，恰好填补了市场空白。她继续扤了一小块豆腐，细细品尝起来。

对这个菜品创新，孙美心不得不服气。

身边又有人经过，孙美心拉住一个人问道："请问一下，这家的醪糟豆腐什么时候开始有的？"

那人微微一想，随即痛快地答道："得有十来天了吧，反正我这礼拜每天都买一份尝尝。当个零嘴儿，又不用进店里捂着，还真不赖！"

孙美心吃完那碗醪糟豆腐，就头也不回地往家走了，连口罩都忘了戴上。

当天晚上，那春璐仍然是凌晨三四点钟才回家。

孙美心没有睡，在客厅里等着他。

"林巧玉来了多久了？"

"干吗问这个？嗯……来了有一年多了。"

"醪糟豆腐这个东西，是什么时候开始做的？"

"这个啊，多亏了小林的创意，做了半个来月了。"那春璐提起"醪糟豆腐"，眼神明亮起来，"一闹非典，篦街的人流突然少了好多。小林给创的这个小吃，也算是一道菜，关键时候挽救了美心小馆的生意啊！"

"……"

"对了美心，我正想跟你商量呢，我打算跟小林谈一谈，给她一些股份，让她把美心小馆的后厨统一管起来，做什么菜，怎么做，都听她的。往后我就只管好账目和前厅接待就得……"

"那我呢？"

"你？你……"

"你喜欢她？"

"……"

"她住在哪里？"

"你问这个干吗？"那春璐显而易见的抗拒情绪，使孙美心更加意识到了不寻常。

第二天，孙美心再次来到美心小馆。她发现了更不寻常的事情：林巧玉居然就住在店里。

"连续几天，我都去店里看看，我发现不但林巧玉就住在店里，而且那段时间，簋街后半夜根本没有人，也没有生意，店里早就打烊了，可是我先生并不回家，而是跟林巧玉两个人在后厨单独相处，一待就是两三个小时。"孙美心愤愤不平地说道，"很明显，我先生被她勾引了。我想让她走，可是又很为难。"

这确实是一道难题。孙美心和那春璐在市场触觉和菜品创新上明显不如林巧玉，美心小馆暂时离不开林巧玉。但是作为一个年轻的女孩儿，林巧玉已经严重威胁到孙美心的家庭，让孙美心有了越来越强的危机感。作为一个妻子，同时又是饭馆的老板娘，该如何处理呢？我暗暗替孙美心着急。

没料到我左手边的年轻姑娘抢先发问："那你是怎么处理的呢？"

孙美心略微沉吟了一下，眼睛却看着迟远，似乎这个问题是迟远提出来的，她说道："我没有做任何事，我不知道该怎么做。但是我很想知道他们俩发展到什么程度了。那天下午，趁着他们两人都不在的时候，我假装去找我先生，进了后厨。

　　"我们那家店，店面其实不大，拢共也就不到一百五十平米，窄门面大进深。绕过收银台，挑个门帘儿穿个小过道儿就是后厨。小过道儿那里有个楼梯，楼梯下面是洗手间，从楼梯爬上去是个小阁楼。如果我先生安排林巧玉住在店里的话，只有可能是住阁楼里。

　　"我进后厨的时候，店里没什么人，厨师和服务员都没注意到我，我走到过道，爬上楼梯。那个小阁楼的面积特别小，我想想……大概四个平方吧，其实不具备住人的条件。小阁楼里面只有一张地铺，地铺边上摆着一张小桌子，桌子上立一个小风扇，旁边有一个拉杆箱，和一个简易衣柜。没有看见洗漱和化妆用品，不知道藏在哪儿了。

　　"我看到小桌子上有一沓纸，拿起来看了看。你们猜是什么？"

　　不等大家张嘴，孙美心自问自答道："那上边写了不少创新的菜谱，我仔细地看了看，大多数都是围绕着'醪糟豆腐'做的改进和变化。平心而论，这个林巧玉在厨艺方面的确有天分。当时我看着那些菜谱，心里的滋味儿很复杂，用语言很难描述。

　　"我自以为我对餐饮这一行了如指掌，凭着我的经验和我先生的努力，一定能做出点名堂来。可是在家带了几年孩子，我的感觉的确跟不上形势了。而这个林巧玉，在餐饮市场的灵性，在菜式菜品的悟性上，都比我强。不只是比当时的我强，而且比我在东邻菜馆那会儿也强。这是实话。

　　"但是因为她，我先生对我的感情也的确出问题了。一个巴掌拍不响，你叫林巧玉，这家饭馆可是叫'美心小馆'啊，无论如何我不能叫它改了名字。我越想越气愤，一怒之下，就把她那沓菜谱给扯了，撕吧撕吧扔到后厨的灶火里去了。

　　"我从后厨出来的时候，正好碰上大厨。那人是个实在人，当初还是我把他请来的。大厨看见我，好像跟我说什么要找我先生商量清油烟的事儿。我特没好气地把他给撅了一顿：生意这么差，清油烟不花钱啊？找不着老板找你们老板娘去！然后我就气冲冲地走了。

"没想到，当天晚上就出事儿了。"

孙美心说到这里，面部表情开始扭曲起来，似悲似喜，又愧又悔。她看也不看我们，拿起酒杯抿了一口，完全沉浸在自己的故事里面。

"唉，也许是我的一句怒话，把大厨吓着了，没再敢提清油烟的事儿，也许这就是命中注定。那天后半夜，饭馆后厨失了火，一把火烧到天亮，什么都没了。"

"啊！那人呢？林巧玉呢？"我大惊。如果林巧玉被烧死了，那么今天晚上的菜是谁做的？我飞快地闪过这个念头，后悔自己没想清楚就出言太快，同时一个红衣飘飘的身影像幽灵一样从我的脑海闪过。我下意识地晃了晃脑袋，这是怎么了？

一道闪电的亮光扑到孙美心脸上，她转头看着我，凄惨地一笑："你为什么不问问，我先生呢？"

"呃……"我一时语塞。众人都意识到了孙美心话里有话，王光斗问道："你先生那天晚上没有回家？"

"不，他回了。他那天倒不算太晚，但跟我大吵了一架。"

迟远突然问道："您的意思，那天您撕了林巧玉创作的菜谱，当天晚上美心小馆就失火了，这场火在您看来，是意外还是……"迟远的话没有说完，显然他是想问孙美心认为那场火有没有可能是林巧玉所为。

按照孙美心刚才的讲述，这个假设并非不可能。但孙美心没有正面回答这个问题，既没有肯定，也没有否认："事情到底是怎么发生的，我只能相信消防队的说法。"她又呷了一口酒，拧紧了眉头道：

"那天晚上回家以后，我喝了很多酒。我很痛苦，一直在反思自己有没有做错什么。说实话，我和先生的感情一直都很好，而且他对我从来都是百依百顺的。他想下海做生意，我让他开饭馆他就开饭馆，我想用自己的名字作为饭馆招牌，他二话不说就注册了'美心小馆'的商标。可以说在我爸身体没出问题之前，俩老人能帮我带孩子的那段时间，我和他之间是对等的，互敬互助。有人说，夫妻之间必须要对等，两方都要有掀桌子的本事，和不掀桌子的修养，日子才能过得下去。2002 年以前，我是有掀桌子的本事的，林巧玉的出现，给了那春璐掀桌子的能力。就这样想着，我醉得一塌糊涂，躺在床上，吐得身上和凉席上哪哪儿都是。

"我先生回来后，看见我这样，一句话也不说，打来水给我擦身子，换衣服，擦凉席——就是不说话。我说你说句话，每天晚上那么晚回来干吗去了？你是不是跟林巧玉在一起？你是不是喜欢她？你是不是觉得我笨，又不忍心离开我？我喝多了，一边哭一边说，最后把他说烦了。他……"

"他怎么样？"老邢问道，"他干什么了？"

孙美心瞟了老邢一眼，道："他突然急了，指着我骂了起来。我跟他认识以来，从没见过他那么生气，那么蛮横。他扯着喉咙骂我，我不敢言语了。发完脾气，他一摔门出去了。我这下有些酒醒了，心想不能失去我儿子的爸爸，无论如何我要把他追回来，不然，不然他就有可能跑去找那个林巧玉了，我不能让我儿子管那个小妖精叫妈。"

迟远道："那么你就追出去了？"

"对，我顾不上穿鞋，也来不及换衣服，就追了出去。一路追一路跑，正好就是去美心小馆的方向，老远就看见，饭馆那边起火了。"

"后来呢？"迟远接着问道。

孙美心长叹一声："唉，这都怪我。如果我不喝酒跟我先生闹，我先生就不会跑出去；如果我不计较我先生跟林巧玉的事儿，他也未必就会跟我掀桌子，我和儿子还是有家，孩子有爸爸我有老公，生活还能过；如果我不对大厨发火，他也许就敢跟我先生说清油烟的事儿了，没准儿下午就清理了；如果……如果我不把人家的菜谱撕了的话，也许，也许……"

老邢又急了："嗨，十几年前的事儿啦，哪有那么多如果？你请快说，你先生和林巧玉，有没有事儿？哦，我是说安全问题。"

孙美心低着头，似在自言自语，似在回忆中斟酌用词，她低沉地说："我先生一看起火了，就喊着'里面还有人呢''里面还有人呢'，要往里冲。那时候消防车还没来，火越烧越大，我在后边死命地拽着他，可是他一甩手把我推了个跟头，扭头就冲进去了。他刚一进去，里面的煤气罐就爆了……"

王光斗一拍桌子："这是怎么说的这是？！那老板死了？"王男也瞪大了眼睛，我也感到很惊诧。就算是暧昧，就算是出轨，这报应也太狠了点吧。迟远不动声色，又问道："林巧玉呢？"

孙美心摇摇头："不知道，一直没有发现她。第二天消防队只找到了我先生的遗体，没有其他人了。"

迟远微微颔首："嗯，这么说，当时林巧玉不在饭馆里面，而你先生那春璐并不知道这一点。"

孙美心道："你说的有道理，他可能不知道。"

"你也不知道？"

"我……"孙美心只说了一个字就被噎在那里，停顿了一下，她的脸涨红起来，"我倒想问问她，着火的时候她在哪里？我还想问问她，火到底是怎么着起来的？"

"哼，你刚才说了你不想见她。"对面的银发老太太突然发话了。大家一齐看向她，不明白她为什么气哼哼的。我这才注意到，这老太太梳得非常整齐的银发上边，别了一支猩红的发卡。发卡大约有一厘米那么宽，在近末端闪耀着几颗亮闪闪的东西，我想那应该是锆石吧。银发老太太见孙美心被她噎得直发愣，得意地冷笑起来，平整光滑的面庞凭空生出了错综复杂的皱纹，纵横交织，显得很丑陋。只听她从齿缝里发出冷冷的话语："这事儿我可知道。着火的时候林巧玉不在饭馆里，有人救了她。"

肖士朗一直静静地听着，这时也忍不住插话了："哦？是谁救了她？"

那银发老太太伸手一指，目光如电："就是你救了她！"

她的手青筋暴露，直指孙美心。"也是你害了她！"她又喊道。

众人都很愕然。这世上，每天都在发生着人与人之间的事情，有爱有恨，有救人的，也有害人的。我想不通的是，一个人怎么可以同时又救人又害人呢？这个林巧玉，也就是楚楚，或者叫小楚、妮妮，命运如此多舛。上天果然很不公平。

孙美心受到指责，顿时红了脸，她一拍桌子，站起身来，反指向对面的老太太，厉声喝道："你凭什么说是我害了她？我那天晚上喝醉了，在家里吐得一塌糊涂！"

银发老太太哈哈大笑起来："孙美心，我说过你什么时候害的她，怎么害的她吗？"

确实没说过，但是孙美心已经把指责她"害人"的事情联系到那天晚上的火灾了，似乎很着急强调自己与火灾无关。

老太太说完这句话，很得意地左右看了看。迟远敲了敲桌子，叹了口气，说道："孙女士，请坐下说话。这位秦女士，既然说到这里了，请您先做个自我介绍吧。"孙美心看样子是想离席，但犹豫了一下还是讪讪地坐下了。

我不禁陷入了思索。

按照孙美心的说法，她的丈夫那春璐与林巧玉有私情。而在孙美心看到林巧玉研发的系列菜谱当天晚上，美心小馆就失火了。孙美心确实有纵火的动机，但是她自述当天心情不好喝醉了。而那春璐在争吵之后跑去饭馆的方向，并且奋不顾身冲进火场救人，虽然不能佐证他和林巧玉之间确实有私情，但至少说明他对失火是不知情的。林巧玉如何逃脱了那场灾难，这银发老太太有何根据说孙美心"害了她"，又"救了她"，想来其中一定有隐情。可以断定的是，孙美心的讲述隐瞒了某些事情。语言这个东西，就像烟雾一样，把往事笼罩起来，很不真切。

银发老太太迅速恢复了平静，收敛了怒气，甚至还冲着迟远微笑了一下，说道："品尝了这几道菜，听了你们几位的故事，我想大家一定认为，这顿饭局就是林巧玉安排的。"说着话她又冲迟远微笑，"迟记者，我说得对不对？"不等迟远反应，她又接着道："林巧玉是个……怎么说呢……她是个可怜的孩子，命不好。我可怜她，说实在话呢，我对她也是有恩的，能跟这孩子有缘，我也是……唉，这都是命吧。"

迟远打断了她："秦女士，请您先做个自我介绍吧。您是怎么认识这个林巧玉的？"

"哦，好。"老太太说，"我叫秦沛怡，秦沛的秦，秦沛的沛，怡然自得的那个怡，竖心旁一个台湾的台。我退休前是个医生，退休之后呢就出去了，在国外给我儿子带孩子。这次回来是处理房子的事情，没想到赶巧了，碰上这顿饭局。我觉得这事儿就跟做梦一样……"

"对不起，我打断一下，"这次是肖士朗打断了她，"秦……阿姨，刚才您说是这位孙总救了林巧玉，又是她害了林巧玉，麻烦您说明白点好不好？"

我向左边看去，发现外面的雨势越来越大，透过玻璃窗上弥漫的水帘，似乎可以看到湖面上闪烁的灯光。此时雷电不再密集，京城沐浴在倾盆大雨中，可以想见酷暑的闷热已经散去。不过我们在室内，与外面似乎不属于同一个世界。在我们这个世界里，正纠结于某个人的坎坷命运，而这个人很可能就在后厨。

秦沛怡斜了一眼肖士朗，嘴角轻翘，不屑地问道："你真的在乎她吗？如果你真的在乎她的话，为什么入狱之后不把她托付给你爷爷奶奶？为什么你出狱之后不再回到她身边？"

一句话问得肖士朗语塞。

我想，肖士朗可以算作楚楚的恩人，几个月的相处之后骤然分开，再然后选择离开而不是回到楚楚身边，一定有他的理由。

老邢出来打圆场，他大手一挥，似在挥走空气中的不快，耐着性子说道："各位，咱们来吃饭，不是来吵架的。如果确实是小楚安排的这个饭局，那至少说明她现在过得还不错。所以我看咱们说起过去的事情，当个回忆就好了，该过去的就让它过去，不必要再纠结谁对谁错的问题啦。"

迟远接道："邢先生话说得有一定道理。不过我先声明一点，今天饭局的组织者是不是小楚或者叫林巧玉的，我还不确定。我想，既来之则安之，菜要吃好，酒要喝好，约定的事情我们履行承诺，自然就会知道答案。"

所谓约定的事情，就是如果一道菜让你流下眼泪，你就得讲清楚关于这道菜的故事。这是每个人都承诺了的。我是真没想到，到目前为止，每道菜都跟同一个人的命运有关系，而被这道菜催下泪来的人，都与这个人有过交集。桂花珍珠圆子是王男的表姐妮妮做给他吃的，丁氏宫保鸡丁是小楚从王光斗那里偷学的，而老邢为了千年之交小楚施舍的一碗牛肉米粉感念至今，肖士朗则因为交通意外错失了楚楚为他做的莲藕炖排骨，孙美心则是从情敌那里偷学了醪糟豆腐的菜谱，因此发家致富但失去了丈夫的性命……看起来银发老太太秦沛怡，以及我左边的这位时髦姑娘，都与这位林巧玉有着渊源。那么我呢？还有，迟远呢？

我正想着，第六道菜上桌了。

美心醪糟豆腐（9 人份）

主料：卤水豆腐 1500 克，醪糟酒酿 1500 克

辅料：精肉馅 400 克，虾仁 100 克，荸荠 100 克，香菇 100 克，鸡蛋 5 个

配料：盐，老抽，香葱，大蒜，姜末，香醋，五香粉，黑胡椒粉，花生油，鸡蛋清，香油

做法：肉馅混入剁碎的虾仁、荸荠、香菇，加老抽、五香粉、黑胡椒粉、鸡蛋清、姜末，拌匀打实；豆腐切 5 厘米见方的块状，上下半剖，夹入混合好的肉馅；花生油小火慢煎豆腐块，保持形状，至金黄出锅；醪糟酒酿打入蛋花加热（或冷藏）备用；煎好的豆腐块上锅蒸，撒上香葱末，淋香醋、滴香油，5—10 分钟出锅，浇上备好的醪糟蛋汤。

拾玖

"手撕包菜。"

这是一个大尺寸的浅底盘，同样的细白骨瓷，温润如玉。跟我们平时在餐馆里吃到的手撕包菜卖相大相径庭。盘子中央是包菜细条与粉丝混炒的，色泽略黄，掺杂着零星的大蒜碎和青椒丝，周围则环绕着整整齐齐的包菜梗，奶白色的菜梗粗细均匀、晶莹剔透，并不像是高油猛火的产物。

我和迟远等人抄起筷子，奔着中间的包菜粉丝去。但入口中，包菜的香脆、大蒜的刺激、粉丝的嫩糯，以及青椒的味道调和，满口生香。王光斗一边嚼着，一边不住地点头说："嗯，确实不错。不用肥肉，但用了猪油打底，所以还是荤味儿素菜，火候刚刚好。不错不错！"

银发老太太秦沛怡却夹起几条边上的包菜梗品尝了起来。甫一入口，老太太的脸色就红润了起来，一口菜没吃完，只见她热泪盈眶，瞬即浑浊的泪水弥漫了她的眼眶，充盈之下溢满而出。她无声无息地哭了，嘴里喃喃地念着："这不可能，不可能……"

此时的我，已经顾不得去纠结孙美心和林巧玉之间的恩怨细节了，我目不转睛地盯着秦沛怡，期待着她讲述有关这道菜的故事。一方面，我希望她能够叙述清楚为何指责孙美心既"害了"林巧玉，又"救了"林巧玉；另一方面，我打心眼儿里希望知道，这位不现身不发言的顶级厨师，后来的命运和生活状况如何。我觉得不仅是我，还有老邢，包括王男、王光斗、肖士朗，甚至孙美心——她可能更迫切呢——都想知道这个林巧玉，后来怎么样了。

迟远撂下筷子，默不作声地坐在那里，似乎也在思索。我用余光偷偷观察他，只见他注视着眼前的骨碟，眉头紧锁，左手托腮，右手轻轻捻着响指。目前来看，除了我左手边的时髦姑娘之外，唯一有可能对这顿饭局的安排者知情，或者对当事人的状况知情的人，只能是迟远了。但是从他的表情和表现，我推断不出任何有价值的信息。

秦沛怡稳定了一下情绪，开始讲述她的故事。

"我先说两句题外话。一来，我对你们这个饭局的目的有些怀疑。我在国外的时候听说过，国内这个 App 挺火的，说的好像是用户通过你们这个客户端点厨师和指定菜品，通过你们后台来撮合成一顿饭局，让这个厨师给大家做指定的菜。但我却不是这样来的，而是接到电话邀请我吃一顿饭，并且保证有一道菜能让我流泪。我也是好奇了，就答应了你们的条件。"

她话里的"你们"究竟指谁，我没办法确定，但我一直注意着迟远。

秦沛怡道："现在很显然，每一道菜都能让一个人流泪，而且之前所有的故事都跟同一个人有关，就是林巧玉，哦，或者叫楚楚，或者叫小楚，或者叫妮妮，都是同一个人。那么这顿饭局的目的到底是什么，就是为了让我们回忆一下过去的事，讲清楚我们每个人跟这个林巧玉的恩怨吗？如果是，意义何在？迟记者，我想这个问题只能问你吧？"

大家全都看向迟远，迟远显得并不意外，他沉吟了一下，说："秦阿姨，恐怕我和您有差不多同样的疑问。"

我们都有点失望，秦沛怡略显尴尬地点了点头。继续说道："那么迟记者，我相信你。这么来说的话，一会儿也会有一道菜让你流下眼泪吧。"不等迟远回应，她接着道："二来呢，其实刚才几位讲述的故事，我大概全都知道。小林把她过去的经历大差不差地都跟我说过，刚才听了一遍几位的故事，从另外一个角度，或者说从你们自己的角度，让我又听了一遍同样的事。我现在知道了，小林失身给她的表舅时，还要面对着暗恋她的表弟；小林偷学了一道菜，却给自己惹了祸，这个告密者就是你王光斗；小林只有肖士朗你这一个人可以依靠的时候，你却突然消失了……至于小林在美心小馆的经历，哼——我会就我所知道的，跟你们讲讲……"

秦沛怡话里话外，把前边几位故事讲述人大多指责了一遍——除了老邢，对王男也隐含责怪。因为根据王男的讲述，他表姐妮妮——也就是后来的林巧玉——带着失去亲人的悲痛心情来到表舅家，而王男在打完传呼之后却不在家。如果王男在家死等表姐的电话，而不是跟胖刘儿去学校领录取通知书，哪怕是顾念到表姐有可能回电话或者来访，果断拒绝同学聚餐的话，悲剧就肯定不会发生。

秦沛怡话锋一转："唉，我说句不中听的话，感情的事情没有对错，但是过什么样的日子还是有对错之分的。你遇上谁，爱上谁，很多时候是没有选择的；但是你离开谁，放弃谁，却是自己能选择的。这几年我在温哥华看孙子，时不常地跟我儿子聊聊，也说起过去的事儿，谈到过林巧玉。我就是这么对他说的，跟什么样的人，过什么样的日子，是理性选择，不能全凭着感情。说白了，感情不能当饭吃。"

虽然不明白她这番话具体所指，但听起来颇有道理。我们常说如果怎样怎样，就不会导致困境，就会有更好的选择和结果。然而我们在假设了很多的如果之后，最终不得不无奈地承认，所有的如果都是徒劳的。命运之无情，就在于它没有如果。

孙美心按捺不住，气哼哼地对秦沛怡说："我不知道林巧玉怎么跟你说的，反正我有证据证明她勾引我先生，她就是那春璐的小三儿！那可是她自己的选择！"

秦沛怡语带讥讽："你有什么证据？拿着个验孕报告就是证据？你怎么证明她怀的孩子是你丈夫的？你看见了？"

此话一出，大家都很愕然。孙美心不甘示弱："没错，我是看到验孕报告了。而且，我还看到了医院缴费的刷卡单，谁的签名我该不会不认识吧？"

看来孙美心的确隐瞒了部分情节。

老邢似乎有些听明白了，他端起酒杯，左右一让，自顾自饮了一大口，说道："两位不要吵架，咱慢慢说，好吧？刚才谁说来着，都是过去的事儿了，争论个是非曲直我看也没有太大必要。慢慢说，啊，慢慢说……"

"好，邢先生说得在理。"秦沛怡找了个台阶，不再针对孙美心，平缓了语气，"小林三次打胎，都是我经手的。你们先不要惊讶，这的确也有巧合的成分，听我慢慢跟你们讲。

"我在医院算是资历比较深的。那年领导找我谈话，意思是要提拔我了，但是后来出现一个很强的竞争对手，听说跟院长有些亲戚关系，把我的位子顶了。我那时候有些失落，有点不想干了，正好碰上科室搞社会化经营，要外放一些人出去搞创收，我就暂时离开医院，保留公职，去人流诊所上班了。那几年吧，医院的流产手术手续比较烦琐，好多未婚先孕的、婚外孕的，都不太愿意去医院做流产，就跑到外面的黑诊所。这个市场很大，你们如果有印象的话，1997年、1998年的时候，满大街的小广告并不是什么租房、理财呀什么的，绝大部分就是两种，一种是无痛人流，一种是专治淋病、梅毒。

"我们那种人流诊所，可以公开打医院的名号，技术有保障，手续也简便，一下子就从黑诊所手里抢了不少生意。那几年我接触的流产病例非常多，绝大部分都是十八九岁二十啷当岁的小姑娘。现在回想起来，她们可真是傻啊！

"有的小女孩儿，一年恨不得来三四趟。这种的遇见多了，我也能看出个好歹来，有些呢是涉世未深，不懂保护自己，没有避孕的意识，我能劝就劝两句，有些呢根本就是自暴自弃，自己都不在乎自己，我也懒得搭葛，收钱办事，结账送客，不废话。

"小林第一次来的时候，我就挺可怜她的。那是2002年的2月初，我记得离春节没几天了，这孩子半下午来的，自己一个人。按照惯例，我们得先安排做个尿检，如果判定是阳性的话就会建议再做个血检，确认之后再安排时间做流产。一般早的话我们就推荐药流，就是吃药，吃完药之后躺着，两三个小时之内就流下来了，快的半个小时就行。但是超过六周的，我们都会谨慎，建议做刮宫处理。所以接诊第一步的问诊很重要。我接待的她，一问，说已经两个月没来月经了，我就说今天快下班了，明天你再过来，直接安排血检，然后做刮宫手术。我特意跟她强调，一定要有人陪同。

"她一听说要人陪同，眼泪唰地就下来了。我一看这肯定又是一个不敢让家里知道，又没有男人肯负责的，又可怜又可气。但是这都超过两个月了，肯定得做刮宫手术，必须得有家属签字陪同。这事儿没办法糊弄，你想要是手术出了意外，谁能负责啊？我再三跟她强调，你这个情况必须得有人陪同，家长不行，男朋友也行，实在不行找个闺蜜陪着都可以，但是绝不能一个人来。她听了我的话，点点头走了。

"没想到，第二天她还是自己一个人来了……"

"等等——"肖士朗的脸色已经白了很久，终于忍不住喊了出来，"秦——秦阿姨，您确定，是 2002 年春节前，楚楚做的流产手术吗？确定是她吗？"

秦沛怡不屑地白了他一眼，没好气地说："别人我可能会记错，小林的事情我不会记错的。怎么着，你还不承认吗？自己做的事情，你可以不想负责，连账你都不想认吗？！"

大家都看向肖士朗，只见他呆若木鸡，眼神空洞，一只手缓缓伸向面前的酒杯，颤抖不已。

贰 拾

经过上年 12 月份一场大雪的洗礼，北京人终于意识到自己城市的交通有多么脆弱了。当时很多人不得不从趴窝的公交车上下来，或者把自驾车扔在马路上，徒步回家，那份滋味儿谁也不想再来第二回。大力发展公共交通的意识逐渐开始受到官方和民间的一致认同，专家们开始反省"摊大饼"式的城市建设所带来的麻烦，但是积重难返，乱麻一样的市政规划和交通管理总得一点一点梳理、改进，宛如抽丝剥茧，急不得。

虽已立了春，却仍天寒地冻。工体南路东段这几年也栖息了不少乌鸦，趁着夜幕聚拢来，天色大亮便不知去向。秦沛怡呆坐在诊所前台，一边盘算着过两个月等老公升迁了就能换到这临近的房子了，那样儿子唐泽生上班就能少倒一趟车；一边不由自主地想起昨天傍晚来的那个小姑娘，真真的是可气又可怜。

正恍惚间，棉门帘被掀开，一个人走了进来，正是昨天那个小姑娘。她仍然穿着昨天那身小棉袄、牛仔裤，扎起的马尾辫与那张圆乎乎的脸颊不相称，刘海儿倒是很齐整，一双大眼睛怯生生的，惶恐不安，略微扁平的鼻头被冻得通红。秦沛怡往她身后看，但棉门帘随即放下，并没有人跟着她进来。

"咦，你这丫头怎么不听话啊？说了得有家里人陪同的啊！"秦沛怡没好气地说。

那小姑娘见是昨天见过的大夫，神色略有放松，迎着秦沛怡质问的目光，尴尬地低下了头："嗯，那个，确实没有人陪我。"

"怎么会没人？你爸妈呢？哦，不方便是吧，那你没有哥哥姐姐什么的吗？"

"我，我家是外地的。"

"外地的？这么大的事儿也得来个人啊，你说你做个人流，其实就跟坐月子一样，没个人陪怎么行？！那孩子他爸呢，总不至于这个人也没有吧？"因为挂念着老公的升迁问题，秦沛怡心情并不怎么舒畅，嗓门不由得提高了。

没想到那小姑娘听着秦沛怡不客气的责问，不但没有生气，反而脸色黯淡，委屈地流下泪来。秦沛怡心里一紧，意识到自己的话太重了，对方毕竟只是一个涉世未深的黄毛丫头而已。恻隐之心油然而生，秦沛怡上前一步，轻轻地搂住那小姑娘的肩膀，降低了音量，和蔼地说道："好了好了，都不容易。已经来了，我先带你做个检查吧。"

检查结果出来，还是得有人陪同才行，因为必须立即做刮宫手术。

一听情况，那小姑娘哭得更厉害了。秦沛怡顾不得别的病人，一直好言安慰，一问一答才明白了她的处境。原来她家里人都已去世，肚子里孩子的父亲已经失踪两个多月了。

秦沛怡犯难了。

"小林啊——"秦沛怡已经知道那小姑娘名叫林巧玉，"我们诊所不同于外面的黑诊所，技术和服务是规范到位的。虽然这只是个门诊手术，也不需要住院，但是医院的规定在那儿放着，我也不好办啊。"

林巧玉欲哭无泪，她恳求道："阿姨，能想想办法吗？"

"嗨，我能有什么办法？别的小诊所倒是不用这么严格，可我也不能说这话啊。"秦沛怡左右为难，"你说我要是把你推出去了，真出点什么事儿，我也于心不忍啊。"

想了半天，也没有办法。林巧玉一跺脚，起身就要走。"那没办法，谢谢您了。"

林巧玉起身，扣好小棉袄的扣子，系紧围巾，拉开棉门帘。就在她正要出门的一瞬间，秦沛怡心思一动，喊了一声："等一下。"

"我替你签字，给你安排手术吧。"秦沛怡说。希望泽生他爸心想事成，秦沛怡想。

秦沛怡帮了林巧玉一个大忙，两人从此结识。

"明人不说暗话，当初我帮小林，就是想做个善事，给我和孩子他爸积点德。没想到这回报很快就来了。"秦沛怡道，"这件事过后不久，我们家泽生他爸工作调职的事儿就解决了。又过了一个多月，我也调回医院，接手科室主任的岗位了。"

"请问，泽生是？"我左边的时髦姑娘问道。

"哦，我儿子，唐泽生。他现在国外。"秦沛怡不客气地白了她一眼，不耐烦地说："刚才说哪儿来着？哦，我和泽生他爸的工作问题很称心如意地解决了，我呢也念着小林的好，老惦记着她。虽然我给她留了手机号，可是她没有给我打过，所以就没有联系。

"搬了新家之后，我儿子泽生上班能少倒一趟车，我觉得挺好。我也跟泽生提起过这个人，要他得空的时候留意一下，万一碰上了，可以请她来家里吃顿饭。一个外地女孩子，孤苦伶仃挺不容易的。

"又差不多过了一年，有一天我儿子回家来说，簋街有一家饭馆新创的豆腐不错，还打包回来让我尝了。那段时间开始闹非典，我们医院里也有好多小道消息，弄得有点人心惶惶的。四月初，领导找我谈话，说市里很可能要抽调骨干组建临时的隔离医院，我很有可能会被抽调过去支援，让我安排时间先休个假。那时候已经听说了广东的情况，3月下旬有个医院的护士长就是感染了病毒牺牲了。碰上这种事，作为骨干，作为党员，确实义不容辞。领导跟我谈完话，我就写了志愿书，请求到抗击非典的一线去，然后赶紧休假。我休了一周的假，有一天，我特意跑到篦街，去看那家做豆腐的饭馆，没想到在那里又见到了小林。

"我看见小林在外卖窗口忙活，感觉生意挺不错的。她的状态比一年多以前去做人流的时候好多了，小脸儿红扑扑的，气色不错，头发也剪短了，显得很利索，整体看起来比以前稍微胖了一点。我犹豫了一下，没有叫她，因为我担心她看到我会尴尬。还有可能她把我忘记了，认不出来我，我总不能说你忘了，你来做人流的时候咋地咋地，是吧？我想了一下，排了个队去买外卖。临到我的时候她问我要几份，我说来两份吧，她听了我的声音，好像认出我来了，多看了我两眼。但我俩没说别的话，买完东西我就走了。

"说句良心话，那天买的那个味道跟今天这个醪糟豆腐的味道，非常接近。我还要说句不中听的话，孙总，就您那个美心集团出的醪糟豆腐，我也吃过，比不上这个味道。我对做菜没啥研究，平时工作忙，兴趣也不在这儿，不过'食不厌精，脍不厌细'，我对吃还是……怎么说呢，可以说我嘴比较刁吧。

"不打岔。还说林巧玉，我那天买外卖的时候，感觉她认出我来了，但不是很确定。我想啊，她如果想要联系我，会打我手机的，如果不联系，我也不要打扰人家了。因为看起来她过得还不错，有份工作，生意也不错，至少吃住是有着落的。我也就不操那份闲心了。而且，很重要的一点，我看得出来她又怀孕了……"

贰拾壹

事情与秦沛怡预想的略有不同。孕产妇患者和疑似病例首先被集中到她所在的医院进行隔离治疗，什么时候转移到小汤山去还得等安排。

医院的隔离措施一开始就做得很严格，进入隔离病房的医护人员一律不能带手机。秦沛怡带头执行这个规定，只要进入隔离病房，一定把手机和身上的杂物全部留在衣柜里，细细密密地做好消毒措施。而且秦沛怡直接住到了医院里，每天差不多有 20 个小时都待在隔离病区内，十分辛苦。

五一假期本来就是医院的看诊高峰，加上形势严峻，隔离病区更加忙碌，秦沛怡算来已有一周左右没有回家了。儿子唐泽生曾给她送了些换洗衣物和手机充电器。她告诉儿子，有事发飞信给她就行，打电话可能联系不上。

5 月 5 日是闷热的一天，到了晚上十一点多，秦沛怡才走出隔离区。实习医生给她送来了盒饭，她扒拉了两口，就扔在一边打算睡一会儿。恰在这时，年副院长走了进来。

"小秦啊，正要休息呢？"年副院长明知故问。

秦沛怡一骨碌爬了起来："哟，年院来了。又收了病人？"如果又收了新的病人，那就意味着秦沛怡这觉暂时睡不成了。

"啊没有没有。五一以后新收的都直接送去小汤山了，过几天咱们这边也都要转过去。"年副院长说，"小汤山才是真正的一线，我很期待啊。不过集中了国内顶级的专家和医疗资源，咱们呐，到了那边就都变成别人的小兵，用不着承担这么大的压力了。"

"呵呵，年院看问题总是积极乐观啊。"秦沛怡忍不住揶揄这个领导，虽说年副院长是本院主抓非典治疗的医疗组长，可是在业务上并不能让秦沛怡有多敬重。比如在达菲的使用上，年副院长的积极态度有些过了，甚至一些不很严重的非典病例，他一上来就主张用达菲。秦沛怡并非呼吸科主治医生，对治疗方案没有发言权，但对过度使用抗病毒药物还是有一些抵触情绪的，毕竟达菲的副作用众所周知。而且在秦沛怡的主治方向上，对感冒发热的孕妇上抗生素本来就非常谨慎，一旦真的到非用不可的程度时，再上达菲也会错过最佳效用期。

"小秦啊，我来找你，是想解释一下我的观点。"年副院长说到正题，"过去在重症流感上，才考虑使用达菲，的确是因为它的副作用很明显，日常使用必须谨慎。但是现在是非常时期，这次的疫情非同小可，很有可能是外国敌对势力发起的病毒战。这是一场战役，我们的敌人，不仅仅是眼前看得到的非典疫情，还有，更重要的是疫情背后的政治斗争。所以我认为啊，治病救人不是我们唯一的目的，我们的最终目标也不仅仅是扑灭疫情，我们不得不面对死亡率这个问题。首先要确保降低死亡率，将来数字漂亮了，敌人的恶毒目的也就不能得逞了。"

秦沛怡听明白了，她冷笑一声："哼，年院的意思是，我们的敌人不是病毒，而是死亡率，对吧？"

年副院长一愣，随即笑了："你这么说也对。作为咱院的医疗骨干，一名老党员，希望你能理解我。"

"唉，我能理解您。"秦沛怡长叹一声，"南丁格尔誓言里说了，'勿为有损之事，勿取服或故用有害之药'。现在咱院里对达菲的使用，我觉得这个标准实在是宽了一些。"她话说得听起来委婉，但其实很重。年副院长脸色一变，吭哧了两声没说出话来，转身要走，拉开门停顿了一下，又回身盯着秦沛怡，阴冷地说道："我的医生誓言里可是说了，'热爱祖国，忠于人民'！秦主任别怪我说话难听，你记不记得希波克拉底誓言里也说了，'不为妇人施堕胎手术'。你看，教条主义是不对的，双重标准就更不对了。"说完重重地关上门离开了，留下秦沛怡气得浑身发抖。

秦沛怡平复了一下心情，躺下拿起手机，发现有十几个未接电话，都是同一个不认识的号码。她拨了回去，等了半天也没有人接。正要扔下手机睡觉，有人敲门，急促而粗野。

秦沛怡没好气地起身开门，门一打开，居然又是年副院长。

不等秦沛怡问话，年副院长一脸焦急地说："小秦，快来一下，又收了一个发热的，她说认识你。"

"认识我？"秦沛怡慌忙抓起白大褂套上，跟着年副院长往外走。一边走，一边听陪同来的接诊大夫介绍情况：

"患者不是直接来发热门诊的，是从急诊转过来的。这个人今天下午刚做的刮宫手术，刚才来急诊说出血量大，伴有疼痛，急诊一测体温直接转过来了。听说要隔离，她就喊着要找秦主任，说她不是非典，不想隔离。"

秦沛怡想，怕被隔离是可以理解的，况且刮宫后发热也是常见的，第一时间把病人隔离的确过于谨慎了。她问道："患者叫什么名字？"

"哦，忘了说了，她叫林巧玉。"接诊医生说。

"林巧玉，又流产？"秦沛怡想起前一阵子看见林巧玉的时候，凭直觉判断出她有孕在身。年副院长听她这么说，接话道："还真是你的朋友啊？我陪你一起看看。一般情况下，刮宫之后短时发热是正常的，我觉得应该先单独隔离，做进一步的检查再决定是不是收进来。"

秦沛怡点头称是，大家一起来到发热隔离接诊区。医护人员个个都武装整齐，手套、口罩闷得严严实实的，所有的人连头发都不露出来，天气那么热，即便是在有空调的房间里，对人也是一种折磨。急诊接诊的医生也在，刚做完检查，见年副院长和秦沛怡来了，介绍说：

"出血量有点多，问题不大。现在的问题是隔离了之后我们就不好进去了。"

秦沛怡去看那患者，半躺在一张病床上，口鼻也被厚厚的口罩捂住了。秦沛怡上前，替她把口罩摘了下来，一边说："如果已经感染了，戴口罩有什么用？"取下口罩，那人正是林巧玉。林巧玉见秦沛怡来了，用哀怜的目光盯住秦沛怡，张了张嘴却没有说出话来。

秦沛怡伸手摸了一下她的额头，略一思索，和蔼地说道："不到三十九度，应该是正常发热，放心吧。"转回头对年副院长说："年院，这个患者我认识，您看是不是可以一边做止血治疗一边做病毒检测？"

年副院长痛快地点点头："没问题，我看风险不大，那就一边止血一边验血吧。"

林巧玉听明白了不用被直接送进隔离病区，神情放松了下来。她感激地说："秦阿姨，谢谢您，又给您添麻烦了。"

秦沛怡心里一酸，再次感到这个小姑娘真是又可怜又可气。她示意旁边的小护士让开，亲自推着林巧玉的病床，往急诊留置室走去。

"小林啊，遇上事儿了才想起来找我啊？"秦沛怡话一出口，就觉得不妥，忙改口道，"刮宫之后有发热现象是常见的，这个非常时期，你也不想想，发着烧来医院你还能跑得出去吗？"

林巧玉无奈地答道："秦阿姨，出血有点多，还浑身发冷，我挺害怕的。来之前我给您打了好多遍电话，都没人接，我也不知道是不是我把号码记错了。"

"哦？那些未接电话是你打的？怪不得呢。我一整天都在隔离病区，没法带手机。"秦沛怡道，"你有事能想着阿姨我，不怪你了。可是你这孩子，好端端的怎么又要打掉啊？"

林巧玉躲开秦沛怡责怪的目光，闭目不言，泪水早已控制不住顺着眼角淌了下来。秦沛怡只好安慰道："做就做了，养好身体吧。按说医生应该给你开止血药了，该静养才是。"

林巧玉仍然闭着眼睛，只轻喟一声。就在这时，秦沛怡的手机响了起来，是家里的号码。

"喂。"

"妈，我是泽生。"

"泽生？这都几点了，什么事儿啊？"

"妈，我问你个问题啊？"

"什么问题不能等白天再说？！"秦沛怡有些恼火，"我这儿忙着呢，你快说！"

"妈，我就想问一下，现在发烧去医院是不是都得隔离啊？"唐泽生的语气有点畏怯。

"那可不！发热先隔离，再筛查。这种时候大意不得。"秦沛怡不耐烦地说，"这问题问你爸去啊，大半夜来烦我。"

"我爸出差去广东啦。我哪儿敢问他啊，他比你还凶。"

唐荫庭出差去了广东，秦沛怡还真不知道。回想一下，自己已经七八天没回家了，照这个架势看，估计这一个月都没工夫回家。广东可是真正的第一线，作为卫生部的专家组成员，唐泽生的父亲出差广东，也可能没敢跟秦沛怡说，不过也有可能老唐身体不舒服。想到这里，秦沛怡有种不祥的预感，她急切地问：

"泽生，你爸真的出差了？他没事儿吧？"

"哎哟，妈，我爸没事儿。"唐泽生略带沮丧地说，"不是我爸有事儿。"

"嗯？那是谁有事儿？不会是你吧，你发烧了？"秦沛怡着急了。

"嗯。妈，您别担心，我就是有点发烧，低烧低烧，没事儿啊。就问问。"唐泽生应付了几句，就想挂电话。

秦沛怡知道，以儿子的性格，只是低烧的话，不会大半夜给自己打电话来。她说了声"你先别挂"，离开林巧玉，来到门口没人的地方，低声问道："泽生，你跟妈说实话，是不是发烧了？量了没有？几度？"

唐泽生听到妈妈的语气显得不寻常，更加害怕了，他的声音颤抖了起来："我刚才量了，三十九度三，头疼，还有点咳嗽。"

"咳嗽？带血丝吗？"秦沛怡的声音也颤抖起来。

"有一点。"唐泽生都快哭了，"妈，要紧吗？我去医院会不会被隔离啊？"

秦沛怡只觉得自己的心瞬间往下沉，沉入无边无际的黑暗世界。隔离区里交叉感染从而被误伤的案例已经发生过，她刚刚还在努力避免林巧玉被误伤，想不到马上就要面对自己的儿子被隔离的可能。她告诫自己不要慌，静下心来去想，自从本院的非典隔离病房建立以来，有没有治愈出院的病例。

没有！至少这十来天，还没有。

电话那头的唐泽生半天等不到回音，更加慌乱了："妈，妈，你说句话啊，我是不是要死啦？"

秦沛怡心乱如麻，要是儿子来医院的话，还能不能活着出去？她自己也没有底。

就在这时，里面跑出来一个小护士，对秦沛怡说："秦主任，林巧玉的检测结果出来了。"

秦沛怡被护士的喊声惊醒，她急速思索，马上做出了决定。她对着电话说："儿子，你不用来医院，请个假在家先把自己隔离起来，多喝热水，多出汗，先观察着。明天一早我回去给你做检查。"

挂了电话，秦沛怡回到留置室。检验科的人已经走了，林巧玉的SARS病毒检测结果，是阴性。

秦沛怡心烦意乱的，料想自己是睡不成觉了，就没有回自己的休息室，而是在林巧玉的病床前待着。林巧玉告诉她，下午做完刮宫手术，回到住处发现她的病例不见了。懊悔惊慌之余睡不着觉，半夜里出血量加大，疼得实在受不了，给秦沛怡打电话又没打通，就打车来急诊了。天色大亮之后，秦沛怡看林巧玉没有大碍，准备回家看看。

秦沛怡刚刚走出留置室，迎面撞上了年副院长。看来年副院长也是一宿没有离开医院。年副院长一见秦沛怡，急促地喊道："小秦啊，让我好找！快收拾东西，我们八点出发。"

秦沛怡一脸茫然："出发？去哪儿？"

年副院长惊讶地说："去哪儿？！你没接到通知吗？凌晨三点半来的电话，咱们院连病人带所有隔离治疗组的医护人员，集体转移到小汤山去。"

"啊？"在接到唐泽生电话之后没有第一时间赶回家去，秦沛怡后悔不迭。见她面露迟疑，年副院长皱起了眉头，不悦地说："怎么，秦主任害怕了？"

秦沛怡窝着火，语气有点冲："老年你这话说的，我秦沛怡党龄不比你短多少，你都不害怕，我害怕什么？"

"哼，好吧。我通知到了啊，八点出发，门口上救护车。"年副院长扔下一句冷冰冰的话，绷着脸转身走开。

"秦阿姨。"背后传来林巧玉的声音。秦沛怡回头一看，林巧玉脸色已经恢复如常，手里提着一袋子药，正准备离开。林巧玉应该是听到了年副院长和秦沛怡的对话，她关切地问道："秦阿姨，你们要去隔离医院了？"

秦沛怡点点头，她忽然一把搂住林巧玉，小声说："小林，阿姨家里有点事，能不能求你帮我个忙？"

林巧玉连连点头："嗯，好，没问题，阿姨您说。"

秦沛怡扳过林巧玉的肩膀，面对着她，恳切地说："我儿子也发烧了，我顾不上回去看，也不太方便让他来医院，你能替我去看看他吗？我告诉你怎么做，一定保证你的安全。"

林巧玉睁大了眼睛，看着严肃的秦沛怡，毫不犹豫地点了点头。

贰拾贰

"你怎么可以这么做？"老邢的话音掩饰不住怒气，他的嗓门很大，刚好跟窗外突然又亮起的一道闪电配合了起来。我注意到，窗外的雨仍然不停，而闪电又开始一波又一波地刷亮天际。

被老邢打断了讲述，秦沛怡却并没有表现出不悦，她伸手拿起酒杯，浅饮一口。王光斗点着头说道："那年，神仙居的生意特别差，满屋子只有几个服务员晃来晃去，到处洒消毒水。那时候谁不害怕啊？我也发烧了，我都没敢说，生扛着。真不敢去医院，就怕本来没啥事儿，去了医院反倒弄出事儿来了。"

秦沛怡不屑地斜了他一眼，说道："你是个厨师，你发烧了不言语，要是真得了非典，你得坑害多少人呐！我儿子自己在家隔离，最起码不去害别人……"

孙美心怒气冲冲地插进话来："按你说的，林巧玉就是在着火那天晚上去医院看急诊了？怪不得。那她打掉的孩子是不是那春璐的？"

"我怎么知道？"秦沛怡毫不客气地回敬道，"你为什么不问问那春璐去？"

"你！"孙美心又要站起身来，被身旁的肖士朗按了一下手臂，勉强坐了回去。

秦沛怡稍微停顿了一会儿，继续讲道："那段时间，其实有很多人因为担心、害怕而出现发烧症状，严重的还有咳血情况，这都是心理因素造成的，并非感染了病毒。只要你没有去过人员密集的场所，只要你所在的社区没有大面积感染，相对还是安全的。最不安全的地方就是医院，其次是飞机、火车和电影院这样的密闭空间，一个感染者就能祸害一批人。我儿子那段时间没有出差，防护常识也具备，只来过一次医院给我送换洗衣物，也是戴着口罩、手套来的，而且我叫他回家进门前把口罩和手套都扔掉，进屋第一时间就洗头洗手。虽然如此，我也不得不承认，我是抱有侥幸心理的。"

秦沛怡说的心理因素，我深有体会。记得2003年4月份，我在深圳出差，大热的天，发现宾馆竟然不开空调，而且把窗户全部打开了。到深圳的当天晚上看了新闻发布会，才知道事情的可怕。惴惴不安地办完公事，临回北京的那天，我感觉自己有点发烧，浑身发冷、脸红耳热。到了宝安机场后，我在候机厅外面徘徊了很久没敢进去，生怕过体温检测门的时候被截留，送到医院隔离起来。后来意识到，出差劳累和心理负担才是我发烧的主要原因，并不是感染了非典病毒。

但是秦沛怡在儿子情况不明的时候，让刚刚做完流产手术的林巧玉替她去家里看护，就太不厚道了。我看着眼前的这个老太太，心里升腾起了一丝寒意。

"那么林巧玉去了吗？"我问道。

"去了。"秦沛怡道，"而且当时她毫不犹豫地答应了我，直接去了我家。我在车上听说了美心小馆着火的事儿，还想这丫头是不是早就知道啊。我往家里打电话，告诉了小林美心小馆着火的事儿，让她干脆先在我家里住下，顺便帮我照看泽生。因为泽生的情况不明，所以最好是让小林把自己也隔离起来。这一下美心小馆没了，小林也能踏踏实实地听我安排。"

众人都露出了厌恶的表情。不过我想，刚才秦沛怡说过，她在国外是帮儿子带孩子，说明唐泽生和林巧玉当年是渡过了危险时期的——至少唐泽生还活得好好的。

"小汤山那边条件比较艰苦，工作压力并不比在本院时小，主要是心理压力非常大，而且我还挂念着儿子，每天都和我儿子发飞信了解情况，指导小林和泽生如何做好隔离，做好防护和调养。不瞒你们说，我是违规把手机带进去了，不过除了跟泽生和小林联络之外，我没有对外透露任何消息和情况。从这一点来说，我不算是真的违反了保密规定。

"我家里都有常备药。我让小林定时给泽生量体温，定时定量饮白开水，多吃蔬菜水果，再吃一些清热解毒的药。小林帮我做了记录，泽生的体温没有持续偏高，也没有忽高忽低，而是有规律的，傍晚到夜间发热，早上到中午就正常了。这一点很让人放心，说明很有可能是一般的流感病毒。另外泽生少痰带血的情况再没有出现，我就踏实多了。我很庆幸自己做了一个正确的决定。

"过了十来天吧，泽生给我发飞信说他已经好了，但是小林又开始发烧了。小林无处可去，又刚刚做完流产，还替我照顾了十多天泽生，我不可能在这个时候不管她。我就让泽生继续请假，和小林一起在家里隔离，继续调养。就这样，一个月很快过去了。六月初，我从小汤山撤回来的时候，不得不接受两件事，一个是年副院长不幸感染上病毒去世了，另一个，是小林和泽生两个人好上了……"

"这并不奇怪。"我说道，完全忽视了年副院长去世这件事，"两个年轻人，单独相处一个月，很容易在一起的。"

"是的，"秦沛怡面无表情地瞥了我一眼，"我能理解，也能体会到年轻人孤男寡女关在一个封闭空间里，很难不搞出事情来。"说着话她还狠狠地剜了肖士朗一眼，我看到肖士朗并没有躲闪她的目光，而是赞同地点点头。

"而且——"秦沛怡接着道，"我在小汤山的时候也预感到有可能会这样。但是当时没法考虑太多，非典是要命的东西，我不能让泽生去医院冒险，当时能帮我照看他的人只有小林。"

迟远问道："那么您的意思，其实是不希望他俩在一起的？"

秦沛怡踌躇了起来，仿佛不好一句话说清楚："呃，怎么说呢……小林是个好孩子，是个很会体贴人，很好相处的女孩子。而且她特别爱干净，把家里收拾得窗明几净，她自己穿的衣服每天都要换洗，还每天都要洗澡，一洗就是一个多小时。"肖士朗频频点头。秦沛怡接着说："如果要我评价她的话，这是好的一面。嗯，不好的一面呢，她有时沉默起来，显得怪怪的，用我儿子的话说，就是感觉你没办法走进她的内心。她安静的时候，你不知道她在想什么，她比较……比较忧郁。

"至于希望不希望他俩在一起呢，这话得两说。我回到家之后，发现小林和泽生两个人相处很融洽，在一起说说笑笑很开心，我也很高兴。但我叫她来家里住这段时间，并不是要给自己找儿媳妇的，她帮我，我也帮了她。且不说在医院里帮她避免了被送进隔离病区那么危险的地方，单说她工作的地方没了，我给她提供吃住，算是收留了她吧。她跟泽生在一起，给我的感觉，就像我小时候出于怜悯收养过一只流浪猫，但后来没想到那只流浪猫把我家的猫给拐走了。就是那种感觉。

"我这么说你们能理解吧？嗯，可能这个比喻不太贴切，反正我是从来没有计划过让我儿子跟她好上的。"

"人生没办法计划，"秦沛怡右手边的王男突然开口了，"有些事，计划也没有用。我当年计划着拿到录取通知书再跟我表姐表白的，可有什么用？如果我早一点表白，如果我在家等着她回电话，如果我不参加聚餐直接回家的话……"

"如果你没有这样一个人尽可夫的表姐，你的人生就改写了！"孙美心冷冷地打断了王男。

"你！"王男叫了一声，下意识地扶了扶眼镜，却没有进一步的举动，他被噎了回去，自怜自艾地叹口气，抿起嘴苦笑了一下。肖士朗也侧转头，对孙美心怒目而视。孙美心倒不以为意，兀自冷笑着。

老邢忍不住了："我说孙总，咱说话不带这么损的。这个小林——小林也好，楚楚也好，命已经够苦的了。"

"命苦不苦，都是自己走的。"秦沛怡道，"后来我觉得小林是个不错的姑娘，跟泽生在一起，泽生也很开心。我就不说什么，还继续让小林住在我家里，日常帮我搞搞家务，做做饭。泽生每天下班回来，跟小林去看看电影、吃吃饭，我都不管的。只是我不大想让他俩整天腻歪在一起，就让泽生去公司附近租了房，晚上不要在家里住了。泽生他爸每天都很忙，这样平时小林跟我相处的时间其实是最多的。

"小林很爱干净这一点，跟我特别对味儿。我是不能容许家里有看得见的灰尘或者东西摆放得乱七八糟，小林也是这样。而且她还特别喜欢做菜，她在我家住的时候，我几乎都没自己动手做过饭。她还爱钻研，只要是我说得上来的菜，她都能做出来，做得还很好吃。慢慢地，泽生他爸甚至都回家得勤了，有时他特意推掉饭局，回家来跟小林讲他在哪儿吃到的什么菜、什么口味，小林居然都能做出来。从这一点来说，小林确实是个很适合做儿媳妇的人。"

"哼！"秦沛怡左手的王光斗一脸不屑道，"我看呐，您的意思是她很适合做保姆吧。"

秦沛怡面不改色："大厨师你说的也有道理。如果不论她和泽生之间的感情的话，她是一个非常合适的保姆。"

我问道："后来呢？您允许她和泽生在一起了吗？"这是个现实问题。

"我允许他们在一起，但是，我不允许他们结婚。"秦沛怡冷冷地答道。

贰拾叁

"妈，我想回家来住。"喝掉最后一口汤，唐泽生放下碗筷，试探地对秦沛怡说。这时林巧玉早已经吃完，回到厨房开始洗洗涮涮了。

"嗯？"秦沛怡喝着茶没有抬头，仿佛没有听清楚唐泽生的话。

"我说，我想回家来住。"唐泽生又重复了一遍。这种老式公房的格局是客厅小、房间大，有的小户型房子客厅小得仅容得下一张小四方桌，所以有条件的家庭会把一间稍大些的房间布置成起居室，沙发和电视机都在那个房间里，来客人了也是让到权作客厅的房间里去坐，但是吃饭还是在门口的小厅里。秦沛怡家的餐厅，也是一张四方桌，头顶悬吊着唐荫庭刚从欧洲买回来的小吊灯，发出莹莹的冷光，照射在唐泽生的脸上。

唐荫庭放下了手中的报纸，目光从眼镜框的上方跳了过来，也照射到唐泽生的脸上。

"沛怡——"唐荫庭说，"我怎么觉得你买这灯泡不合适搁这儿啊，这光惨白惨白的。吃饭是不是得暖一点的光才好啊。"也是试探、征询的口吻。

秦沛怡"哦"了一声，没有正面回答，她向厨房的方向看了一眼，小声说道："这是节能灯，街道免费发的。过日子嘛，不能想一出是一出。"

唐荫庭"嗯"了一声，表示赞同，接着又道："那也不能太将就了，日子还长呢。"

唐泽生见爸妈都没有理他，忍不住又喊了一声："妈！我都在外面住了快一年啦。"

秦沛怡把手里的茶杯往桌上一放，说："泽生，家里就三间房，一间做了客厅，你回来住哪儿？"

唐泽生对妈妈的回答一脸无奈，又不好直说想跟林巧玉住一间房，吭哧了半天，咕哝着："那把客厅改成卧室不就得了。"

"胡说什么呢你？客厅没了，来了客人跟哪儿待着啊？你爸这工作上的事儿，总有人要来家里谈，隔三差五还有些老家的亲戚、老乡什么的来家里求你爸办事儿，总得有个说话的地儿吧。"秦沛怡毫不犹豫地否定了唐泽生的提议。

唐庭荫不满地道："嘿，瞧你说的，我老家就在河北，来人又不住你家里，不是还给你送不少土特产呢嘛！"

秦沛怡回敬道："你别打岔。泽生你每天都回来吃饭，我和你爸都很高兴。你要回来住，暂时住不下。我跟你说正经的，你最近这段时间得加把劲儿了，争取把 GRE 拿下。"

"哎呀，我这不是努力着呢嘛！新东方的课都快结业了，我这回肯定能拿下。"

"你最好顺利考过。"唐荫庭道，"老子管得了你一时，可管不了你一世，早晚你得独立，那时候可没人帮你。"

"知道啦。"唐泽生不耐烦地说，"爸你现在正在上升期，干嘛老是那么居安思危的啊。哎对了，我听说我们大老板要来北京定居啦，是真的吗？"

"哼，八卦！不过确实有可能，现在中美关系这么好，你们的海外业务应该会把重心放在中国。我也听说他下礼拜来北京期间，有个私人行程是去看房子，据说是个四合院。如果他要在北京买房的话，至少说明不会减少投资。"说完这句，唐荫庭又补充了一句，"山东的女人是真厉害！"

秦沛怡不满地道："又打岔，我们山东人哪儿得罪你了？那老头多大年纪了，要是不糊涂，能叫女人给蒙了？泽生，你不是要跟小林看电影去吗？赶紧走吧。"又冲着厨房喊道："小林，你撂那儿吧，一会儿我来拾掇。"

说完秦沛怡起身走进卧室，出来时把一个盒子递给唐泽生，小声说道："你们看完电影太晚的话，就不要往这儿跑了。"

唐泽生欣喜道："真的？"

抬手一看，那是一盒杜蕾斯避孕套。

唐泽生高高兴兴地拉着林巧玉的手出门去了。收拾完碗筷，秦沛怡拉着极不情愿的唐荫庭下了楼，来到附近的小广场上。

仲夏之末，北京每年的酷暑季节即将来。不过在最热的季节到来之前，是各种考试的日程。除了小升初、中考，甚至从去年开始，高考也改到了6月初进行，这家人最关心的GRE笔试也在6月份。

小广场上有不少人纳凉，前去酒吧街的年轻人也三三两两、勾肩搭背从这里路过。许久没有悠闲放松过的唐荫庭渐渐来了兴致，指点着马路两边的建筑对秦沛怡说道："沛怡，过不久咱们又得搬家了。"

秦沛怡高兴地说："是吗？这次怎么没见你睡不着觉啊？"

"嗨，你误会啦。没到调级，还早呢。咱们这一片儿马上要拆了，北京市去年对这里有了新的规划，要把酒吧街拆了，变成什么商住一体的建筑群，有个房地产商已经打报告要地了。那人还挺年轻，听说有个外号叫什么'六君子'……"

"得了吧,'六君子'肯定指的是六个人,别胡说八道了。酒吧街拆了,那老外们去哪儿消遣啊?要我说,就把南街这一片拆了就行,北边还给他们留着,要不就换个地儿,挪到后海去也行,那边本来就有不少饭馆,白天开饭馆,晚上开酒吧,也挺好。"

"行了吧,你以为市政府是你家开的啊,你想咋着就咋着?就是在这儿住得挺方便,老搬家太折腾了。"

"你呀就是死脑筋,老不挪窝能有什么出息?咱们早该换房啦,你这回可别发扬什么风格了,换个大点儿的,这才不到一百平米,太憋屈了。"

"哈哈哈,你胃口可真不小。"唐荫庭乐了,"正部才给120平米。"

"你再不加把劲儿,就上不去了,五十六之前如果不解决副部的话,我就让孩子移民了。"

唐荫庭严肃起来:"移民的话还是少说,但是把孩子送出去是对的。等他把语言资格拿到了,就先调到美国去,正好他们集团把注册地改到美国了,这是个好机遇。"

秦沛怡不由得有些犯愁:"路是对的,只是小林这孩子怎么办?说实话,我挺喜欢这姑娘的。"

两人一时无话,默默地散步。

广场上这时聚集了一小堆人,都是老太太,约莫着不到二十个人,排着队开始跳一种舞。唐荫庭没有见过,驻足观看,问秦沛怡道:

"这是又开始练法轮功了吗?"

秦沛怡不禁笑道:"怎么可能啊,这可是天子脚下。去年闹非典闹的,老太太们开始自发地出来跳健身操,形成规律了,吃完饭就来,还带着录音机,放点音乐,配合着跳,又像是体操又像是跳舞,说不清楚。"

正说着，又来了几个人，推来了一辆前三轮板车，车板上放着一个挺大的音箱。为首的一个人跟那群老太太交涉了一会儿，征得了同意，回身把音箱和话筒支了起来。这时看热闹的人迅速聚拢起来，唐荫庭见状要走，被秦沛怡拉着，闪在人群后边远远地观看。

那群老太太也围拢了起来，把支音箱话筒的几个人圈在中间。只见一男一女两个年轻人，男的小平头 T 恤皮裤，女的长发长裙高筒皮靴，拿起话筒清清嗓子，悦耳的女声从音箱中扩散开来：

"大妈们好，我们是新成立的组合，即将参加电视歌手大赛，下面把我们将要参赛的歌曲给大家表演一下，希望你们喜欢！"

言毕，拉开架势开始唱。女声悠扬，和着音箱里吱吱啦啦的伴奏，冲出人群，直扑唐荫庭和秦沛怡的耳膜。

"我在仰望，月亮之上，有多少梦想在自由地飞翔……"

歌声吸引了越来越多的人聚拢过来。这歌节奏感很强，女声的穿透力也很锐，似乎能冲破云霄，一扫这夏夜的苦闷。那群老太太听了一会儿，伴着节奏开始活动起来，整齐划一，她们开心地跳着、笑着，沉浸在这意外的惊喜中。

唐荫庭和秦沛怡被吸引住了，听完了整首歌，才返身离去。走到家楼下，似乎还听得到那歌声："Oh yeah, oh yeah……"

这一夜，夫妻俩做了一个艰难的决定。

即使拿到了 GRE 资格，唐泽生也不能直接调到国外的办公室去，秦沛怡给他规划的是先留学。申请学校的整个过程，都没有瞒着林巧玉。林巧玉没有资格反对，这是秦沛怡夫妇给自己儿子规划的人生道路，她要么认同，要么就离开。

林巧玉搬出去跟唐泽生住到一起之后，并没有影响秦沛怡老两口的口福。只要秦沛怡在家，她每天都会回来打扫卫生、做饭，当秦沛怡连续值班不在家吃饭的时候，林巧玉和唐泽生就享受他们的二人世界，而唐荫庭总是有赴不完的宴，还经常出国，一去就是十天半月不在家。平静而幸福的日子就这样又过了小半年，唐泽生顺利地通过了GRE考试。

春节期间，换房子的事情还没有落实，唐荫庭在京的时间倒多了起来，一家四口人聚在一起吃饭的机会也多了。部里和医院今年发的年货尤其丰富，各种海鲜、牛羊肉、水果，一箱箱一件件，这几个人每天换着花样吃就算吃到夏天也吃不完。除了送给秦沛怡的老母亲和两个兄弟一些年货，大部分都安排家里的亲戚拉回张家口去了，余下的也足够一家人吃到3月底了。所以他们根本不出去下馆子，都在家里吃饭。林巧玉每天都忙前忙后，来回奔波，把几个人的口腹照顾得无微不至。

"大鱼大肉吃得多了，难免会对身体造成很大的负担。"秦沛怡对我们说道，"所以初六那天，出了年，我让小林做一顿全素的菜，大家清清口。"

说是全素的菜，也不尽然，因为主食要吃昨天"破五"剩下来的饺子。除了煎饺，林巧玉还给大家准备了四菜一汤：尖椒炒豆芽，西芹炒百合，手撕包菜，清炒红菜苔，以及番茄蛋花汤。

唐荫庭不知从哪里摸出来一瓶拉菲，还没打开，就被秦沛怡制止了："老唐，今天戒一天吧，也没有肉，喝也是浪费。"唐荫庭听言把酒放了回去。

菜都上桌了。尖椒炒豆芽里面加了点干辣椒，配色上更好看了；西芹炒百合里面加了点红柿子椒，也增添了食欲。唐荫庭照例吃得风卷云舒，赞不绝口。等汤端上来，煎饺也端上来之后，唐泽生突然停下了筷子。

"妈，爸。"他开口道，"有件事，我想跟你们商量一下。"

"说。"秦沛怡道。

"嗯，是这样。我不是已经申请好学校了嘛，机票也订好了，我想3月初去申请辞职，然后，然后……"

"然后怎么样？"唐荫庭似乎知道儿子想要说什么。

"然后……"唐泽生十分紧张，"然后我想，我想把……把事儿办了。"

林巧玉也紧张地从煎饺盘中抬起头来，似乎也意识到了唐泽生要说什么。

秦沛怡咯吱咯吱嚼着西芹，紧紧盯着林巧玉，问道："你自己的想法？"这话明显是问唐泽生的。

"是。是我自己的想法，我还不知道玉玉愿不愿意。"唐泽生也看向林巧玉。林巧玉窘到不行，一口吞下最后一个饺子，就要起身。

"你坐下。"秦沛怡冷冷地说。她明白，这一天迟早要来。

林巧玉有点惊慌，端着盘子惴惴地坐着不知该怎么好。唐荫庭见状说："这孩子，说话也不经脑子，你考虑过人家小林的感受吗？"转头和蔼地对林巧玉说："小林呐，今天还真是见识了你的素菜做得也是相当有心得啊。来，你说说，这道手撕包菜你用了多长时间做的？"

林巧玉这才从窘迫中解脱出来，不好意思地介绍道："我把菜梗和菜叶劈开了，菜叶用手撕碎，用盐水泡。菜梗切成丝，跟肥肉放一起蒸一下，再把肥肉拿掉。菜叶焯完了之后用干辣椒炒，加一点点猪油和花椒，再跟蒸好的菜梗放一起就行了。"

她介绍得很简单明了。唐荫庭听得却很仔细，末了笑呵呵地说："我看啊，你这道菜应该有个自己的名字，就叫'小林手撕包菜'吧。"

唐泽生见父亲把话题给岔走了，不满地说："哎呀爸，我们一会儿还要去看《功夫》呢，妈今天还是你刷碗吧。"秦沛怡此时已经打定主意，她冷静地说道："《功夫》你们不是看过了吗？还要看一遍吗？"

"对呀，特别好，真的。"

"先不要看了，一会儿吃完饭你先回去，小林今天住这边吧。我们有话说。"秦沛怡的话不容置辩。

撂下碗筷，唐荫庭站了起来："泽生，陪我散散步吧。"

看着爷儿俩出门而去，秦沛怡叫住了作势收拾餐桌的林巧玉，拉着她的手进了客厅。

"小林啊——"秦沛怡搂着林巧玉，坐了下来，她亲切地、语带沧桑，"你是个好孩子。你对我们家，对泽生都太好了。"

林巧玉有些无所适从地依偎在秦沛怡身旁，犹如一只温顺的羊羔，等待着命运的宣判。她那双大眼睛笼罩着薄薄的雾气，看着这熟悉又陌生的屋内陈设。电视机、电视柜、书柜、茶几、木地板……上面的灰尘都是她打扫的，仍然飘散着余香的饭菜也出自她的手。秦沛怡握着她的手，竟然第一次发现小林的指根部位有硬硬的茧子。这可怜的姑娘！秦沛怡暗自喟叹，她努力抑制着自己的同情心。

"小林，你说句良心话，阿姨对你好不好？"

"好。"林巧玉道。这一年多来，失去了工作，失去了爱情，失去了生活来源的林巧玉蒙秦沛怡收容，虽然干的是保姆的活儿，却也因此获得了安逸的休养和彼此尊重、包容的家庭氛围。此时的林巧玉，明显比一年前要胖了许多。她能说不好吗？

"那，你了解我们一家吗？"

林巧玉不解地看着秦沛怡，这个在关键时刻帮了自己的人。

"你叔叔的工作性质，你应该清楚。在他这个位置上，这个年纪，正好拼一把，弄好了正部，不然就副部退休，也不错。我和你叔叔这一辈子，从平民阶级奋斗到眼下这个层次，挺不容易的。到了这个阶段，他在局级岗位干了好几年了，应该努一把。但是话说回来，万一有个不顺当的，也就这样了。所以我和你叔叔早就商量好，一定要让泽生出去。趁着现在有关系有能力，要给泽生打个好底儿。泽生这个孩子，除了小时候去过他爷爷奶奶家，从小到大就没离开过我，很单纯，也很上进。我和你叔叔都想让他有个美好的未来。你希望他将来生活幸福美满吗？"

林巧玉被问得猝不及防，她茫然地摇了摇头，表示自己不知道该怎么回答，看起来像是否定了秦沛怡的问话。秦沛怡笑了笑，她抚摸着林巧玉的头发，温柔地说："你没有想过吧？我就知道。你年轻，虽然比泽生大一岁，但是在我们长辈面前，仍然是个什么也不懂的孩子。"

林巧玉确实不懂秦沛怡这一番话的目的是什么。她小心翼翼地问道："阿姨，您想让我怎么做？让我也去考 GRE 吗？"

秦沛怡哑然，她沉默了一会儿，手指不停地绞弄着林巧玉的头发。林巧玉见没有回答，抬起头来，看着秦沛怡的眼睛说道："阿姨，我那个，这两个月都没来。"

仿佛晴天霹雳，秦沛怡僵住了，脸色变得煞白。她推开林巧玉，站起身，焦躁不安地走动起来，看也不看林巧玉一眼。

林巧玉仍旧保持着依偎的姿势，歪坐在沙发上，一动不动。她没敢再看秦沛怡的表情，兀自怔在那里，两只大眼睛雾蒙蒙的。

计划被打乱了。秦沛怡很沮丧，就是自己一忍再忍一拖再拖才造成眼前这骑虎难下的局面。时间一分一秒地过去，惨白的灯光下，这一站一坐、一老一少两个女人，都在经历着内心的狂乱挣扎。秦沛怡走了多少圈，自己也不知道，她停下来，抬头看看灯，那是街道免费配发的节能灯，只有一种惨白色，没得挑。回首自己的前半生，都是自己做主挑选的路，从来没有面临过这般难以抉择、无法取舍的时刻。

不知道过了多久，秦沛怡才停住了脚步，她问："泽生知道了吗？"

林巧玉摇了摇头，正要说话，秦沛怡的手机突然响了。是老唐打来的。看到爱立信屏幕上闪烁的名字"唐荫庭"，秦沛怡仿佛看到了唐荫庭西装笔挺参加会议、接待外宾的画面，仿佛看到了他长途飞行的疲惫模样，仿佛看到了他再次晋升独自带团出访的画面……她接起电话，唐荫庭简短地说道："孩子答应了，感情的事儿先放一放，去了美国再说。"

"我知道了。"秦沛怡挂了电话，回到自己的房间里，过了一会儿，端了一杯水出来，坐回沙发，把林巧玉重新搂在怀里。

"孩子，喝点水来。你听我说……"秦沛怡道，"人这一辈子，碰上谁，爱上谁，都不是自己能做主的。咱娘儿俩这缘分，是不用说了，注定的，躲不开。但是每个人都应该理性地规划自己的人生，明确自己，也明确自己的孩子应该做什么样的选择。人生总是要有取舍的。"

林巧玉一动不动，闭上了眼睛，两行泪水无声无息地滑落面庞。

"孩子，阿姨狠心替你和泽生做个主吧，你俩都还小，都应该有更好的未来……"秦沛怡木然地说道，不停歇、不喘气，因为她害怕一旦停下来，自己的决心会动摇，自己的心会流血。说到后来，甚至连她自己都不知道具体说了些什么。可以肯定的是，她的心并没有流血，甚至，那天晚上，她也没有流泪。

"来，喝了这杯水。"秦沛怡命令道。

小林手撕包菜

主料：圆白菜一棵

辅料：干辣椒

配料：肥肉片，花椒粒，猪油，花生油，香醋，盐，酱油，大蒜

做法：剥开圆白菜，将菜梗和菜叶分离，菜叶撕碎用盐水浸泡；菜梗切丝，上锅与肥肉片一起蒸5—8分钟；浸泡后的菜叶，混合花椒粒大火炒，加少许酱油、猪油，混入大蒜碎，出锅装盘；去掉肥肉片后菜梗装盘。

贰 拾 肆

"你让她把孩子打掉，跟你儿子分手了？"肖士朗双眼喷火，声音冰冷。我看见王男也侧脸对秦沛怡怒目而视。

秦沛怡没有搭理肖士朗，对王男无声的抗议也毫不理会，自顾自说道："我遵守了约定，我所说的都是实话，不像你们……"她这个"你们"很难说具体包括谁，"我没有隐瞒。到今天为止，我也没有后悔，十年前我所做的决定，如果放在今天，我还是会做同样的决定。"

我忍不住了："你所做的决定？抱歉，我不认为你有权利替你儿子决定他的孩子的生死！"

秦沛怡冷冷地盯了我一眼，似笑非笑地说："你说得对，我没有权利替他做这个决定，但小林是孩子的母亲，她总有这个权利吧？"

老邢也忍不住嚷了起来："那你儿子，唐泽生，知道自己有过这个孩子吗？"

"他当然知道！"秦沛怡斩钉截铁，"不过，我是在他后来的媳妇儿怀孕后才告诉他的。"

"你！"我一拍桌子，大声呵斥，"你为什么还要告诉他？！"

"为什么？"秦沛怡一脸不屑，"我得让他知道一个道理：你年轻的时候只会做决定，但不一定会做正确的决定。很多时候，正确的决定是要用脑子，不是凭感情一时冲动来做的！"

老邢突然哈哈大笑，可是笑容却很苦涩："哈哈哈哈，正确的决定，不凭感情，难道不要凭良心吗？！"

"良心？"秦沛怡也笑了，她用手一指孙美心，"问你呢，良心呢？"手一挥，又指向肖士朗，"也问你呢，良心呢？"她止住了笑，严肃地说："小林是个不幸的女孩儿，她的表弟眼看着她被凌辱，一声不吭地走开了，她的厨师长，在利益面前出卖了她，她的救命恩人，把她肚子搞大之后悄没声地失踪了，她的老板娘……孙总，你说说，那火到底是怎么着起来的？"

孙美心勃然大怒，一拍桌子又站了起来："你不要血口喷人！"

"我血口喷人？"秦沛怡冷笑道，"你凭什么说是林巧玉勾引的你老公？明明是你老公主动追的她！你连自己的老公都看不住，让他跑去祸害别人，你说，是不是你害的她？"

这个指责有些牵强。冤有头债有主，就算是那春璐追的林巧玉，也不该怪到孙美心头上。孙美心双手一摊，表示这老太太无理取闹，但没有反驳。秦沛怡又道："林巧玉怀了孕，他又厌了，逼着林巧玉去打胎。小林跟我说过，她虽然认清了老板的嘴脸，决定跟他断了，但还有些犹豫要不要辞职——她是真喜欢那份儿工作。我看呐，要不是你那饭馆烧了，小林不定还得受多少憋屈呢？这下倒好，她提前解脱了。你说，这算不算是你也救了她？"

我总觉得秦沛怡话里话外都在暗示孙美心与那把火的关系，莫非另有隐情？只见孙美心气哼哼地坐回去，铁青着脸说："你讲话要凭良心！"

"别跟我提良心！"秦沛怡喝道，她再次用手指一一点着孙美心、肖士朗、王男和王光斗，"问问你们自己，良心呢？！"

迟远敲了敲桌子，轻咳了一声，还没有说话，老邢抢着说："反正我邢祝安没有对不起这个姑娘，我做事是跟着良心走的。"

"哈哈哈哈……"坐在我左手边的时髦女郎突然放声大笑，那声音直冲我的耳膜，所有人都被她吓了一跳。

老邢不解地看着她，尖刻地说："这位姑娘，你笑什么，难道我的话有错吗？今天在座的各位，都是与这位楚楚姑娘有过交集的人，想必你也有一段跟她的故事要讲吧。"

那时髦女郎止住笑，脸涨得通红，她乐不可支地端起酒杯，呷了一小口，回应道："我笑，自然有可乐之处。你们一个个道貌岸然、装模作样的，哪一件事、哪一句话不是首先考虑自己的利益？说什么良心不良心的，要说到良心，你邢先生难道就理直气壮？"

这一番话让我莫名其妙，之前没发觉老邢跟这个姑娘是认识的啊。老邢也一脸茫然，他张大了嘴巴，仔细辨认这个出言不逊的姑娘，皱起眉头想了一会儿，无奈地低声问道："你认识我？"

那姑娘又笑了，鄙夷地说道："认识你？当然认识，要不是因为你，后来去美国过上好日子的应该是我，怎么会是她林巧玉？！"

美国？

王男直起身子道："你是说，她现在美国？"他这话等于替我、替大家一起问了。看来这个不露面的主人公的确是有了一个不差的归宿，"过上好日子"至少是一个结局似的描述。我希望，也相信这是真的。

迟远这时插话说："先等一下。秦女士，您的故事讲完了吗？"

秦沛怡冷冰冰地道："算是讲完了吧。总之小林听了我的话，把孩子拿掉了，主动离开了我们家泽生。后来泽生出国留学，就留在了美国，辗转定居到了西雅图。小林离开我们之后，渐渐地跟我们断了联系。"

"那好吧。"迟远道，"看来该上下一道菜了。"

"等等。"秦沛怡还有话要说，"我知道我伤害了小林，不过我给了她补偿。我给了她一笔钱，算是分手费和营养费吧，那笔钱足够她生活几年的。我相信小林不会恨我的。"

听到这话，我的心有点冷。尽管人常说，这世上，能用钱解决的问题都不是问题。可是，总有一些问题，永远不能用金钱去解决。那一瞬间，让我觉得这顿饭吃得毫无滋味。

"她恨不恨你我不知道，她现在过得究竟怎么样我也不知道，我知道的是，我恨她入骨！"时髦女郎说，"以前我对她不了解，不知道她经历过这么多事情。听了你们的话，现在想想，巧玉之所以成为我认识的巧玉，不是没有原因的。换作是我，只怕会变本加厉，为所欲为！"

她继续说："邢先生，看来你不记得我了，听刚才说的意思，你也不记得巧玉了？"看着老邢不解的表情，她解释道："我叫苏黎，我跟巧玉同事的时候，在一家传媒公司，那家公司叫作凯思文化。"她停顿了一下，我看见老邢的嘴圈成了一个"O"形，发出了"哦、哦"的声音。

凯思文化，名头太响了，在座的人大概全都知道。我是干这一行的，对这家公司相当了解。这是一家专做广告媒介资源承包经营的公司，业务量很大，每年的经营盘子至少四十个亿，早期只做央视的业务，承包了很多栏目进行售卖，八年前成功上市，成了传媒公司上市的标杆。这家公司上市之后，转向大量承包地方卫视，都是整频道整频道地买断，以此来获得定价权。

在我看来，媒介资源承包经营这种低技术含量的业务，很难获得持续性的增长，也创造不出合理的公开利润。不过现实告诉我，我的判断并不完全正确。由于资本的介入，在那之后的四五年内，媒介资源价格持续爆发性增长，广告投放行为成为资本的实力博弈，在整个市场供过于求的经济危机面前，泡沫化的不仅仅是媒体价格，还有同质化竞争的品牌战。不惜代价地活下来，而非取得高额利润，才是企业首要追求的。虽然前两年凯思文化因为增长难以为继不得不私有化之后退市了，但是经过一轮资本市场的洗礼，该赚的确实都赚到了。一批股东在该公司上市之后争先恐后地变现，挣得了人生的第一桶金。可惜我囿于传统观念，没能踩上这个点儿。

我正在暗自嗟叹，听见老邢说："原来是你，苏黎！"

我收回思绪，听老邢继续说："我想起来了，你是凯思文化赵总的秘书。"

他所说的赵总全名叫作赵凯尔，是个老海归，90年代初回国创业，事业做得风生水起，早就成为国内的行业知名人士。我记得在几次行业会议上见过他，算是脸熟。赵凯尔个头很矮，胖脸大背头，喜欢穿一套中山装，配一双尖头黑皮鞋，宛如一个体制内官僚。

苏黎道："是我，当时我是赵总的秘书。林巧玉那时跟我是同事，邢先生是见过她的。你也别装了。我刚才听了，十五年前邢先生吃过林巧玉做的一碗牛肉米粉，她不记得你，但你不会忘记她，所以你在六年后暗中帮了她一把。是不是这样？"

"我，我，我真的不记得……我真的没有认出来，也没有意识到我会再次见到她。"老邢有些张口结舌，"如果我再次见到她，我一定会回报她的。"

"回报？呵呵……"苏黎的笑声意味深长，分辨不出是嘲讽还是领悟到了什么。

"霉千张烧肉。"

随着轻声介绍，属于苏黎的这道菜被端了上来。

我巡视着周遭的这群人，观察着他们的表情，倾听着他们的故事，时不时瞥一眼大落地窗外的倾盆大雨和间或露出狰狞的闪电，心里越来越期盼着，那道属于我的菜会是什么呢？

贰 拾 伍

　　霉千张，顾名思义是发霉、霉变了的豆腐皮，通常的形状是卷成筒状。每年冬季，在河南南部、湖北、湖南、浙江、四川等地很流行霉千张的制作和食用。这是一种很有地域特征的食物，配合辣椒和肥瘦相间的猪肉炒或者蒸，口味很独特。霉千张烧肉是一道经典菜，对于好这口儿的人来说，殊为美味。我也爱吃。现在这种食物的制作，已经不再受季节局限，人工创造的发酵环境完全可以满足四季常供。

　　只见这道菜，仍然是骨瓷白盘，菜色深重，焦黄色的千张卷被切成饼状，边缘焦硬，混杂在千张丛中的肉片透着诱人的油亮，间杂少量尖椒丝。我率先夹起一块千张卷，放入口中，一口下去，齿颊生香。这千张卷的外层焦脆，豆香怡人，内里则是软糯适口，略带臭味儿，嚼了几口之后，津液顿生，那滋味不可言说。

　　大家纷纷品尝这道菜，有的赞不绝口，有的则眉头紧皱。我注意观察王光斗和孙美心的表情，尤其是孙美心，毕竟她在豆腐这一行可是大名鼎鼎的。王光斗吃了一口，细细品咂了一番，马上又迫不及待地吃第二口、第三口……而孙美心则是夹起一块千张卷，轻轻地咬下一丢丢，再咬一丢丢，然后放下咬过的千张卷，夹起一片肉放入口中，她的表情看不出所以然，我无法判断她的感受。我看了一圈，发现唯独坐在我左边的苏黎没有动筷子。

她看着这道菜，露出了苦笑，丝毫没有要品尝它的意思。迟远开口了："王小姐？"

王小姐？

苏黎便转头对着迟远无奈地一笑，发出干涩的嗓音："谢谢啊，迟记者！"

"我本姓王，苏黎是我的商务名称。"苏黎说道，"迟记者可能有所不知，在我们这一行，很多人不用本名，换个名字或者换个姓，为的是好听好记，而我是重新起了一个名字。"

我忍不住问道："那你的本名叫什么？"问完我就有点后悔，本名叫什么跟今天的主题并无关联，而她本人没有主动介绍，应该也不大愿意说吧。果然，她白了我一眼，轻声说道："本名不足挂齿，就不介绍了。刚才说到林巧玉，我就在猜想针对我的会是哪一道菜，因为我跟她在一起住过一段时间，没少吃过她做的菜，但真没想到居然是这个。看来她对我还是有所记恨，这是在嘲弄我！"说着，她的眼角湿润起来。

迟远笑道："不好意思，苏黎女士，请你慢慢说吧。"

"好，"苏黎叹了一口气，整理了一下思路，娓娓道来，"我跟巧玉认识是 2006 年，说起来真的是巧遇。那年春节过后，跟我合租的女孩儿搬走了，我就打算当个二房东，把另外一间卧室给租出去。过完春节来上班的时候，领导告诉我要我给赵总做秘书，工资给翻番。我觉着收入多了，那间房暂时不租出去我也能承担一阵子，就不太着急，等碰上投缘的姐妹再说。你们也知道，合租要是碰上不合适的人，可糟心了。我以前跟一对儿小两口儿合租过房子，就吃了苦头，他们把厨房、厕所都弄得特别脏，从来不打扫，还特别霸道，动不动就骂人。

像我这样的小姑娘，刚进社会，也不敢得罪人，那一天天忍气吞声的，可别提多难受了。

"3月底我跟赵总出了趟差，回来的时候正好赶上4月1号愚人节，下了飞机我们坐扶梯上二楼等司机大刘把车开上来，因为一楼排队的人和车特别多。哦，那时候T3还没建好，机场没有那么大。

"我和赵总在门口等车的时候，突然听到旁边有人哭，嘤嘤嘤嘤的。我俩说话被打断了，就看见在不远处的吸烟区，有个女孩子面对着玻璃窗，低着头站在那儿。哭声就是她发出来的。她身穿酒红色格子衬衫、背带牛仔裤，脚下放着拉杆箱和一个双肩背包，看起来是准备坐飞机出发的。赵总看了她一眼，笑着对我说：'你看，那女孩儿的双肩背跟你一个牌子的。'我那包是那次出差新买的，我仔细一看，还真是一样。

"车来了，司机大刘打开后备厢，把我俩的行李装了进去。大刘帮赵总打开后门，赵总坐了进去，突然对我说：'你去问问她吧，别有什么难处，能帮帮一把。'其实赵总不提，我也好奇了，只是不好主动多管闲事。我走到那姑娘背后，问了一声：'姐们儿，怎么啦这是？'

"她被我吓了一跳，立马不哭了，转身看着我，一双大眼睛忽闪忽闪的，带着泪花儿，晶莹剔透，很好看。我一下子被她的大眼睛迷住了，心想这么漂亮的姑娘，究竟遇上什么难事儿了？没想到她忽然笑了，冲我说：'没事儿，谢谢你！'然后背起背包，拉着拉杆箱，头也不回匆匆进了候机大厅。

"我看着她走掉，感觉她的背影有些似曾相识，但是我心里已经后悔多管闲事了。这就是狗拿耗子，人家的事儿用得着我关心吗？回去的路上，赵总坐在后座睡着了，我跟大刘有一搭没一搭地说着话。我在东直门斜街附近，亮马河边上租的房子，我先到。下车前赵总醒过来，还跟我交代要我多留意抓紧招个前台，说前台已经空了一个多月了。下车大刘帮我拿行李的时候，我突然一个激灵，想起来一件事。这件事说起来确确实实是巧合，或者说这就是缘分吧。

"回到家我就翻电脑，找过去的照片。那个时候手机内存都不够，拍了照片过一段时间就得往电脑里导。我找到了一年前，也是同一天，在机场出发大厅门口拍的一张照片，那是我帮别人拍的。一个同班同学临毕业前回来答辩，写好论文还得去广州的实习单位上班去，我送她去机场，在候机大厅门口帮她拍了一张照片。就在那张照片里，我同学身后不远，吸烟区靠近玻璃窗的地方，也有一个姑娘的背影。我翻出照片一看，真是见了鬼了。你们猜怎么着？"

"愚人节……"我说道，"莫非你见到了同一个人？"

"的的确确，就是同一个人。"苏黎肯定地点点头，"连续两年的愚人节，我在同一个地方碰到了同一个人——那个人穿着同样的格子衬衫、背带牛仔裤、白球鞋，在吸烟区旁边面对着玻璃窗哭。"

"为什么啊？"王光斗粗声粗气地问，"你说的这个姑娘就是小楚吗？"

王男道："我印象中表姐从来没有穿过格子衬衫，你说的这个根本不像她……"

老邢打断了王男："别提了，任谁经历了这么多糟心的事儿，别说穿着打扮了，就算是性情大变也是正常的。"

老邢说得有道理。很难想象一个孤苦无依的女孩子在经历了诸多变故之后，还能保持不变的形象。心境变了，造型也必然改变。

苏黎没有回应，正打算继续说下去，秦沛怡忽然开口："4月1号，2005年的4月1号！一定是她，我知道是她！"我看向她，惊讶地发现，她的泪水又充盈了眼眶。

"我想，这跟愚人节没有什么关系吧？"迟远问道。

秦沛怡哽咽了一声，长叹道："唉——说句倚老卖老的话——我比你们年纪都大，这一辈子走到现在，我算是明白了一件事：生活对有些人来说，每天都是情人节，可对另一些人来说，每天都是愚人节！"

我们都沉默了，苏黎也安静了一小会儿，她明知故问："您怎么确定愚人节那天在机场哭的女孩子一定是林巧玉？"

"因为——"秦沛怡很艰难地回答，"这么说吧，我想起一件事。2005年4月1号，我和老唐送泽生飞美国，从机场出来上了车，我一路都在哭，舍不得孩子，心情想必你们能理解。过了一会儿司机突然说，看见个女孩儿在候机厅门口哭，好像也是来送人的。我和老唐当时就想到会不会是小林，但是车已经上了高速，没办法知道了。过了这么多年，听到小苏说这些，想来那个人一定是小林不会错。唉，今天这顿饭我算是没白来。"说到最后，老太太的情绪已经平稳了下来。

苏黎点点头，若有所思地，也微微叹气，道："怪不得。我的好奇心被勾起来了，心里老想着这件事，但是并没有想到，一周之后我真的认识了她。

"过了一周，也就是下下个周一，赵总扔给我几份简历，说让我约一下，下午来面试前台，尽快定下来。在这几份简历里面，我看见了林巧玉的照片，一下子就想起来了。

"下午面试来了仨，都挺漂亮的，赵总问我的意见，我毫不犹豫地选择了林巧玉。这样，林巧玉就成了凯思文化的前台。我正好把闲置的一间卧室租给了她，跟她成了室友。

"很快我们俩就混熟了，相处得也很融洽。她这个人很爱干净，每天早晚都要各洗一次澡，房间里客厅里包括厨房厕所收拾得都倍儿干净，我能找到这么一个室友，还是很满意的。虽然当了二房东，我并没有多要她的钱，两居室的老房子，租金两千五，我只跟她要了一千二一个月。

"可是我的一个疑问还没解决，第二个疑问又来了。按说我俩一起住，一起上班，每天都是应该一起走才对。可她下班都不等我，到点儿就自己走了，也不知道去哪儿了，几乎每天晚上都是十点钟以后才回家。我问过她，她说去上课了，问上什么课，她也不说。我看她神神秘秘的，就有点怀疑她是不是晚上下班后还打了一份工，因为在公司里做前台，那点收入实在是捉襟见肘。

"有一天晚上，我在家里看片儿，《越狱》你们都知道吧，我特别喜欢，追了好一阵子。那时候是买光盘，在家里用电脑放。里面那个弟弟，叫迈克尔的，也是整天神神秘秘的，我看着看着就想起林巧玉了。好奇心越来越重，我就趁着她还没回家，用我私下里备用的钥匙，打开了她的房门。这事儿确实我做得不道德。且说呢，那天我正在她的房间里翻看她的东西，差点被她撞见……"

贰 拾 陆

北京的春天，短得像兔子的尾巴。进入 4 月下旬之后，气温回升很快，百花齐放，柳絮杨絮纷飞。即便不是过敏体质的人，走在马路上也会偶尔生出一种刺挠的感觉。林巧玉的房间窗户紧闭，室内昏暗，这让悄无声息走进她房间的苏黎有了一种窥探别人隐私的刺激感。加上看了半集《越狱》，那种破解秘密、急于找寻答案的欲望，像小爪子一样不断地挠着苏黎的心。

屋内的陈设极其简单，但是非常整洁。这种老式的居民楼，墙壁早就泛黄，水泥地板也不可避免地出现了一些坑洼，但是经过林巧玉的简单布置，丝毫看不出房屋的老旧。苏黎借着客厅里散过来的微弱光线，巡视了一圈，发现墙壁被大幅的布料蒙了起来，接缝处用图钉钉紧，然后用透明胶带仔细地黏合，整面墙宛如办公室里的壁纸装潢一般，完全看不到泛黄掉渣的墙面。新装的蓝色百叶窗紧闭，铁艺单人床紧靠着暖气横列在窗边，床单和被褥都是粗大的井格花纹，素雅干净，叠放整齐。苏黎摸了摸被褥，发现手感很粗糙，应该是麻布质地。紧靠床头是一张旧书桌，桌面也蒙上了一整块布，一盏台灯，几本书，其中一本翻开来，斜靠着一台笔记本电脑，电脑看上去不超过13 寸，光驱外置，放在一边。然后是两个并排的衣柜，一个是房间里本来就有的双开门旧式立柜，另一个则是林巧玉搬进来之后新买的塑料简易衣柜，拉链门半敞着，可以看到里面挂着的衣物。转过身，在门背后的墙角，则有一大一小两个拉杆箱，拉杆箱的旁边，整整齐齐堆放着三层整理箱，看不清楚里面装的什么。

苏黎屏住呼吸，站在黑暗里观察了一圈，心下暗叹这小林姐姐的房间竟然如此条理、如此洁净。不过苏黎觉得有点不太寻常，似乎这个房间少了点什么。

少了点什么呢？苏黎想不起来。她又巡视了一圈，然后把目光落在了书桌上。她走近书桌，拧开了台灯。那本翻开的书，原来夹着一张书签。苏黎把封面翻过来，看到了书名：《食为天》。她顺手翻了几页，发现这是介绍传统菜系、菜谱和饮食典故的一本书。原来小林姐姐在研究菜谱。

再看另外几本书，有《中国菜系大全》《鲁菜大全》，还有《京味儿小吃图谱》，最下面的则是一本稍大一些的杂志，是《四川烹饪》。苏黎小心翼翼地把那些书复原归位，心里略微有些失望。她转回头，又看到了门后墙角的那几个整理箱。

最上面的整理箱装的是一些鞋子，苏黎很轻松地把它搬了下来，放到一边。第二层整理箱几乎全是书，苏黎大略看了一下，也都是些菜谱、杂志什么的。她打算把第二层整理箱也搬到一边，可是以她的力气根本搬不动，就算是能搬下来，也没有信心再放回去，所以她放弃了。正当她就要盖上这个整理箱的盖子时，发现了一个牛皮纸文件袋。苏黎的心怦怦急跳，秘密也许就在这里呢。

打开文件袋，苏黎从里面抽出一沓纸，细看之下，原来是一些手写的菜谱。苏黎这下更失望了，正准备放回去，突然发现了几页不同的纸，上面的文字既有印刷体，又有手写体。纸头大黑体字跃然入目：

人工流产手术缴费单。

苏黎悚然一惊，似乎听到了开门的声音。侧耳倾听，原来是邻居的动静。她按住狂跳的心，长出了一口气，准备把手里的纸放回文件袋。这时她又看到，文件袋下层还有一摞书，略略翻了一下，都是自考的教材，还有几本 GRE 考试指南。苏黎带着疑惑把那些东西全都复原，迅速关好门。刚刚走到客厅里，又传来了开门声，这次是自家的。

林巧玉背着她的双肩背，开门进来，看见苏黎有些奇怪："小苏，你发烧了？"

苏黎摸着自己发烫的脸颊，一时语塞，不知道该怎么回答。林巧玉走近前来，伸手摸了摸苏黎的额头，惊讶地说："哟，怎么这么烫？你快躺会儿吧，吃饭了没有？"

这话在苏黎听来，简直就是在问："你进我房间了没有？"苏黎窘得不知所措，只能机械地摇摇头，心说我没事我没事。林巧玉误会了她的意思，体贴地把她扶到沙发上躺下，把包顺手一扔，就进了厨房。

苏黎只好顺势半躺在沙发上，装作不舒服的样子。她今天才知道林巧玉原来会做饭，也在期盼着品尝一下林巧玉的手艺。

片刻工夫，林巧玉端着一碗鸡蛋面出来了。苏黎其实是吃过晚饭的，面对着香喷喷的面条，她表现得食欲不佳，这让林巧玉更加确定苏黎是病了。林巧玉半强迫半劝慰地让苏黎吃了大半碗面条，又把她送进房间休息，自己才回房。

苏黎哪里睡得着，也没有心思接着看《越狱》了。她躺在床上，大睁着眼睛，盯着对面墙上的空调挂机，心里却在琢磨旁边屋子里那个神秘的女孩儿。晚上有点热，虽然还不到开空调的时候，但是窗户却必须得开着。窗外马路上来来往往的汽车的灯光，透过窗帘的缝隙，由远及近、由弱至强，照射在空调面板上，一个个光点逐渐清晰、移动，从空调面板的一端滑行到另一端，然后倏地消失掉。这种光的变奏具有一定的催眠作用，但是汽车发动机的噪声却不识时务，不断地从窗户外面扑进来。

"小苏，你发烧了？"林巧玉关切的话音和怜悯的眼神仿佛仍在拷问着她："你为什么进我房间，偷看我的东西？"苏黎想到了前不久看过的林巧玉的简历，上面明明写着大专毕业，为什么她还有自考的教材呢？

"小苏——"传来了敲门声，"你好点了没有？"

苏黎翻了个身，想假装睡着了。林巧玉又问了一声："睡着了？"苏黎却鬼使神差地答应了："没。"

林巧玉走了进来，把一杯热水放到了苏黎的床头。

"林姐，你陪我躺会儿吧。"

"嗯。"

两人沉默了好一会儿，彼此只听见呼吸声。苏黎渐渐平静下来，试探地开了口："林姐，听说你们学校校风很开放的，是不是啊？"

"嗯。"林巧玉不置可否。

"林姐，你在学校的时候谈没谈过朋友啊？"

"嗯……"林巧玉连忙跟了一句，"没有。"

"那，你现在有男朋友吗？"

"没有。"

"有过？"

"嗯。"林巧玉的回答简短而敷衍，让苏黎欲罢不能。但她实在接不下去了，不知道该怎样继续话题。

又是一阵沉默，彼此呼吸声可闻，但都知道对方没有睡着。林巧玉突然打破了僵局：

"小苏，你进我房间了？"

苏黎的心脏怦怦怦怦剧烈跳动起来，她挣扎了好一会儿，才解释道："是这样的林姐，我突然发现手里有把多余的钥匙，不知道是不是你那间房的，就试了一下……在这儿呢，我这就拿给你。"说着，苏黎翻身下床，作势去拿钥匙。

林巧玉也坐了起来，黑暗中看不清她的表情，只是她的声音听起来仍然沉静若水："不用了，你拿着吧。"

苏黎呆住了，一时不知道怎么办好。只听林巧玉说道："小苏，听说我来公司是你帮我说的好话？"

苏黎这才松了一口气，回到床上，侧身躺下，面对着林巧玉。借着窗外透进来的微光，她看到林巧玉的一双眼睛闪闪发光。在这春末夏初的夜里，忽明忽暗的房间里，一张挤迫的小床上，涉世未深的苏黎躺在林巧玉的旁边，她清晰地闻到了成熟的味道。

窗外隐隐约约传来了音乐，好像是楼上邻居的音响发出的。

"往事不要再提，人生已多风雨；纵然记忆抹不去，爱与恨都还在心里……"张国荣那幽怨的低音在寂静的夜里具有强大的穿透力，一声声一句句击打在两个姑娘的心里。苏黎见林巧玉仍然大睁着眼睛，毫无睡意，她突然明白是哪里不对了——林巧玉的房间里没有任何属于女孩子的装饰物，没有一个公仔，没有一朵花，甚至没有发现一面小镜子，完全没有女人特有的气息。

"林姐，你知不知道，我连续两年的愚人节都在机场门口看见过你。"

林巧玉仍然含糊其词地"嗯"了一声。

"林姐，你为什么哭？"

看到林巧玉的泪水，苏黎关切地问。

这一夜，两人彻夜未眠。

贰拾柒

"那她每天晚上下班后是去打工了还是去上课了？"我问道。

苏黎道："抱歉我没说明白。那天晚上我俩聊了很多，她告诉我她有过男朋友，但是已经分手了，每天下班之后她都是去听课。当时她跟我说的是去上新东方的课，不过刚才听你们说的情况，她的大学应该只上了一年，后来肯定没拿到毕业证，我现在觉得她可能有时是去听新东方的课，有时应该是去上自考的补习班。"

老邢"哦"了一声，道："对哦，林巧玉不是她的真名，我估摸着那位冯大哥连她的大学文凭都一起搞定了。"他看向迟远，我也心里一动，这位神秘的冯大哥没准儿跟这位迟记者有一定关联呢，毕竟在座的人中，讲过故事的人都没有提到冯大哥的来历，没讲过故事的就只剩下我和迟远了。

只见迟远不动声色地注视着苏黎，注意到老邢和我的目光聚焦到了他的身上，他微微一笑，说道："应该是吧。那么，后来你和林巧玉的关系怎么样？"后半句是在问苏黎。

苏黎接着说："那天之后，我和林巧玉真正熟悉起来，我知道了她有过失败的感情经历，她上进好学，为人很低调，也很友善，对我更是体贴入微。后来她经常做饭给我吃，只要她不去上课我俩都在家里的时候，她就买菜做饭。我真是老有口福了，特别庆幸找了这么一个贤惠的小姐姐做室友。她经常问我想吃什么，只要我说得出来，她就做得出来，还特别好吃。她除了上课，几乎所有的时间都跟我在一起，上班，下班，回家睡觉……我俩啊，就跟小情侣一样！

"那年夏天有一段时间，我都怀疑我是不是爱上了林巧玉。"

苏黎说到这里，稍微停顿了一会儿，我们跟她一起去想象那年的她们，体味那时的心态。苏黎用筷子夹起一片霉千张，送入口中，轻轻地咀嚼着，泪水不由自主地流了下来。她只咬了一小口，就把剩下的部分放回骨碟，拿起纸巾擦了擦眼泪。只听苏黎叹了一口气，继续说道："可是吧，时间久了，我越来越觉得，我们俩之间似乎总是她在迁就我，我俩的话题一直都是我带着跑，她从来都没有主动引领话题。后来我想，可能是她不愿意敞开自己，也或者是她的学历、背景让她多少有些自卑吧。毕竟我比她年轻，还是名牌大学正经毕业的，在公司里我已经做到了赵总的秘书，实际参与了公司的业务运作，而她只是接替我的前台职位而已。

"我想帮帮她，就跟她讲了不少公司业务层面的事情，鼓动她不要安于前台的岗位，试着往业务部门调动一下。在公司里我也没少在赵总面前替她说好话，还时不时让她帮忙交接一些文件，好让她跟主管业务的副总——李岩多接触接触。这样一来二去，她在公司里除了跟我，也跟李总、跟司机大刘关系近了好多。

"临近国庆节的时候，业务部门有了空位子，李总也就顺理成章地提出把林巧玉调过去。我挺开心的。那段时间，公司运作上市到了关键时刻，但是当年的业绩不理想，原先敲定的一笔融资出了问题。赵总多方努力，终于搞定了一笔应急的资金。我也挺高兴的。

"到了国庆节之前的最后一个周末，赵总安排了一个饭局。没想到在这个饭局上，事情出了意外。"苏黎说到这里，盯着老邢不眨眼，"那天，邢老板在场，还有袁大头……"

"冤大头？"我没有听清楚，问了一嘴。

"袁大头！袁世凯的袁。"苏黎纠正道，"他全名叫什么我忘了，只记得外号，他脑袋奇大，听说手里管着十几个亿的资金。赵总通过电视台的张导找到这个袁大头，谈了好久。袁大头也有意向给我们注资三千万，做进财务报表里。

"那天晚上赵总安排那个饭局，是为了当面敲定袁大头的投资，还找了高层的介绍人一起参加。"

"等等……"老邢说话了，"你说当时袁大头的投资已经敲定了？"

"当然！"苏黎不客气地回道，"赵总跟袁大头谈了两个多月，细节都谈得差不多了，就等签合同打款，安排饭局的目的也是感谢牵线的领导。可没想到的是，李总背着赵总又找了别的投资人，要跟赵总抢这个业绩。"

"可以一起投嘛，公司上市前不怕投资人多，安排好份额就行了。"孙美心道。作为成功的企业家，她自然是有这个经验的。

"事情没那么简单。"老邢说，"如果一个公司里齐心协力的话，不管是谁拉来的投资都一样。如果存着私心，那就不好说了。"

王光斗恍然大悟："那就是说，这个李总另外找投资人，是有自己的利益在里面的喽。"

"对。他们几个老总之间有个协议，谁解决了这个应急的资金，谁就多拿百分之一的原始股。"苏黎回答道，"李岩当时是存有私心的，他就想抢这个百分之一的原始股，哪怕是赵总已经找好了投资，他还是想方设法把赵总的投资搅黄，让自己的投资进来。"苏黎说这话咬牙切齿地，似乎李岩要抢占的是她的原始股一样。

我和迟远对视一眼，好像都意识到了什么。我正要问话，却被迟远抢了先："哦，那么李岩的企图，苏小姐是什么时候发现的？"

"我……"苏黎迟疑了一下，说道："那天晚宴时我并不知道李岩把邢总找来的用意，事情过后赵总跟我说了不少，我才明白这个局是被李岩给搅了。"

我和迟远又互换了一下眼神，这一次我抢了先："我猜那天饭局上，李岩找来的投资人就是老邢，对吧？"

"没错，是我。"老邢道。

我紧接着问："老邢搅黄了袁大头的投资意向，让赵总损失了一个点的原始股，这份损失其实是苏小姐承担的，对吧？"说完这句话，我不禁暗暗佩服自己的聪明机智。

"我……你！"苏黎仿佛被噎住了，瞪着我张口结舌，面色泛红，"叶总不要胡说，损失是赵总的，跟我有什么关系？！"

我的话确实有点突兀，似乎不利于苏黎继续她的故事，正想婉转几句，一抬头却发现众人都似笑非笑地看着我，尤其是对面的秦沛怡，一张老脸居然乐开了花。我一踌躇，老邢又开口了："老叶这话不对，袁大头和赵凯尔的那个局真不是我故意搅和的。我当时也是赶鸭子上架，被我表舅赶着去的，并没有故意要坏谁的事情。"

老邢的话没戳到点子上，却把这一节跳了过去。苏黎不再理会我，接着老邢的话说："我不确定邢总是不是故意的。不过如果说林巧玉对邢总曾经有过一碗面的恩情，就算是故意的，我也没办法怪邢总。这都是天意。"

"米粉，米粉。"王光斗用筷子敲着碗边提醒道。

苏黎没好气地白了王光斗一眼，兀自说道："反正那天晚上如果不出意外的话，拿到钱出国的就是我了，而不是林巧玉。"

迟远呵呵笑了起来："呵呵，这么多年过去了，苏小姐真的还相信那百分之一的原始股能到你手上吗？"

这话挑得再明白不过了，苏黎再一次被噎住了。旁边肖士朗淡然说道："言语就像风……"他端起酒杯自饮了一口，又叹了一口气，幽幽道："已经失去的是真的失去了，还没有得到的并不一定真能得到。"

孙美心偏过头去，盯着肖士朗看了一会儿，才转回头来问道："那个饭局上究竟出了什么意外？"

贰 拾 捌

2006 年 9 月 29 日,周五。

临近国庆节放假,加上中秋节也正好在国庆长假期间,所以联络感情的酒局多半集中在这两天。雨刚过,天还阴,长安街上车水马龙,晚高峰在下午四点就早早来临,世纪坛前面的路口已经堵得不可开交。"非典"之后这几年,北京城的私家车数量爆发式增长,早晚高峰堵车已经成了常态。赵凯尔把今晚的事情看得非常重要,能否成功上市,不仅仅在于能否搞定业绩报表,还在于能否搞定高层关系。他特意把这顿饭局安排在距离公司不远的大别山庄。

大别山庄位于思菲大厦的二层,唯一的一个豪华包间被赵凯尔一周前就预订下来。到了该出发的时间,主管业务的副总李岩说还有点事情没处理完,自己晚点再开车过来。于是林巧玉跟着赵凯尔和苏黎一起坐大刘开的车先到思菲大厦。餐厅经理在台阶上相迎:"赵总,先上楼坐会儿喝杯茶吧。"

赵凯尔穿着惯常的对襟衬衫和尖头黑皮鞋,一打眼看到这位餐厅经理瘦高瘦高的,长发白皮肤,口音带出浓重的豫北味道,他不禁皱了皱眉,挤出一丝笑容:"你就是小刘啊?"

"可是哩。"小刘经理干瘦惨白的长脸,努力地挤弄着两道又黑又粗的眉毛。

"这不是信阳菜吗？听口音你咋不太像信阳人呢？"

"咱家就是信阳菜，赵总。恁别不信，咱老家就是信阳哩，信阳淮滨。咱从小在洛阳上哩学，说话有点改不过来了。"小刘经理认真地解释。

赵凯尔莞尔一笑，摆摆手边走边说："先泡点毛尖，看看菜吧。"大刘去停车了，余下三人跟着小刘经理走楼梯上了二楼。

二楼大厅非常大，由于时间还早，散座仅有一桌两位客人正点着菜，大厅的灯还没有全打开，阴暗的光线，在暗淡的木制桌椅、灰暗的桌布以及油腻暗黄的地毯上绘制不出任何生气。苏黎和林巧玉跟着赵总，一边走一边观察，暗自诧异这家餐馆的简陋。走到大厅深处的包间门口，小刘经理推开包间门，三人顿时眼前一亮。

只见脚下的地毯焕然一新，大红色的底，金黄色的花儿，足有两寸厚，踩上去绵软厚实。偌大的包间里分成两个区域，用屏风隔开，一进门的区域摆放着一圈沙发，玻璃茶几上早已备好各种茶叶和全套茶具、烟缸，象牙白的沙发皮镶嵌着枣红色实木边，坐落在大红地毯上，这气场让外面的大厅更显寒酸破陋。绕过屏风，入眼正面墙上是一幅古画，尺寸并不算太大，也就两米来高一米多宽。这是一幅古山水画，纸色泛黄，巨石凌立在光秃秃的山群之中，山下葱葱茏茏几棵松树，树下则有小桥流瀑，桥上两个小人，看上去好像一坐一立。画的右上角留白处，有题诗一首："女几山前野路横，松声偏解合泉声，试从静里闲倾耳，便觉冲然道气生。"从题款可知，这是唐寅的画，应该是批量印刷的复制品。画的下方是一张巨大的圆形餐桌，一圈欧式高背餐椅。桌上铺着浅黄色的桌布，摆放着一应餐具，杯盘碗筷锃新锃亮。苏黎刚进门时差点被绵软过度的地毯崴了脚，她挽着林巧玉的胳膊，扫视着这间包间的布置。作为老板的秘书，苏黎开始盘算今晚的座位座次了，她惊讶地发现，象征着主位的耸立餐巾不止一个，而是两个，并排于那幅山水画的下方。

赵凯尔在沙发落座，注视着小刘经理殷勤地为自己沏上一杯毛尖。过了不大一会儿，有客人到来，赵总慌忙起身迎接。为首的男人中等个头，方面阔耳，西服笔挺，留着二八分头，精神十足。一进门就跟赵凯尔握手言欢，并给赵凯尔介绍身后的两男一女："来来来，都是朋友，我给你介绍一下，这位就是凯思文化的赵总，这位是著名歌唱家柳莺。"他指引着赵凯尔与那位胖妇人握手，"这是柳莺的御用作曲，老马。"被唤作"老马"的瘦长男子趋上前来跟赵凯尔相互认识，这老马瘦长脸，怒发直立，绸子对襟上衣，跟赵凯尔的衣着有点接近，但是他瘦，那衣服框在他的身上飘飘然倒与鲁迅有几分神似。剩下一位修长白净的小伙子却不做介绍。赵凯尔主动伸出手去："这位……"柳莺转过身来，拉起小伙子的手满脸堆笑对赵凯尔说："这是我朋友，正好我们在一起录音呢，顺便带过来了。"赵凯尔"哦哦"了两声，那白净男子一甩长发，伸出鸡爪似的手跟赵凯尔握了握："赵总你好，我叫雷古月。"西装男补充说："今天领导也能来，我叫这几个朋友来一起热闹热闹。"赵凯尔也客气道："张导的朋友，就是我的朋友，今天给我捧个场儿，待会儿让领导也高兴高兴，是好事，是好事。"

主宾还没来，一伙儿人互相谦让着先在沙发上就座，苏黎和林巧玉两人正要出去避一下，不料门被人从外面推开了。

进门的正是刚才坐在大厅里点菜的两个男人，一个中年一个花白头发，一进门就直奔西装男："张导，还真是你呀！"

张导一愣，放下手中茶杯，缓缓起身，矜持地笑脸相迎。中年男子胖乎乎的，戴一副宽边眼镜，分头梳得一丝不苟，跟他一起的花白头发男子满脸褶皱，面相至少有六十岁。张导与分头男子握手寒暄，低声解释刚才路过大厅的时候没有注意到有熟人。赵凯尔瞅了一会儿，主动站起身来问道："张导，这两位是？"

张导本没有做介绍的意思，经赵凯尔一问略微有点不好意思，分头男子上前一步，不卑不亢地向赵凯尔伸出手去："你好，我是电视台的主持人，我姓胡。"

其实一进门的时候，苏黎早就认出来了，这可是响当当的大名人，外号"胡侃"，如果走在大街上没有谁不认识。赵凯尔故意发问，而"胡侃"抢先自我介绍，反而让在场的人不知道怎么接话了。苏黎拉着林巧玉悄悄地溜出去，耳朵里还听着"胡侃"继续说："这位是我们栏目的解说嘉宾，牛老师。我们俩在大厅吃饭，聊点事情，过来打个招呼……"

出得门来，林巧玉伸了伸舌头，问苏黎："小苏，这张导是什么人物啊，怎么那么大的一个名人还得主动来找他打招呼呢？"

苏黎撇了撇嘴，道："这张导可厉害了，有名的'段子手'，特别有才，大导演，电视台的这帮主持人什么的，可不都得哈着他？不过我看，他就是一个老色狼。刚才他一进屋，就直勾勾地盯着我的胸看！"林巧玉闻言一笑。正待说话，迎面又来一位高大的男士，瘦削身材，微微佝偻，微笑着问："请问，张导在里面吗？"

"小岳来了？"里面高声问道，话音未落，张导大步流星迎了出来。

小岳一进屋，便与张导、"胡侃"和牛老师嘘寒问暖了起来。苏黎和林巧玉待在门外不敢走远，不多会儿，只见赵凯尔一个人走了出来，坐到一张桌子前，点起一支烟。苏黎偷眼看了一下屋里，张导、小岳、"胡侃"和牛老师仍然站在那里谈笑风生，而胖妇人柳莺、怒发老马和长发白净的雷古月一声不吭地坐着喝茶，看样子张导并没有为他们做介绍。做东的都在门外，宾客们高声欢笑，旁若无人。苏黎和林巧玉也觉得尴尬。苏黎趋向赵凯尔，在他身旁坐下，听得赵凯尔低声嘟囔着："该来的还没来，让他们先热闹会儿。"也不知算不算自我解嘲。苏黎瞥了一眼远处的林巧玉，低声问道："今晚的事儿会不会有变化？"赵凯尔面无表情看了一会儿苏黎，微微摇了摇头，说："不好说——李总怎么还不来？"两人一同望向林巧玉，苏黎小声道："她什么也不知道。"

"小林不知道什么？"秦沛怡突然发问，她抬起头来，充满了疑惑。她对面的孙美心冷笑一声，话却是对着苏黎说的："哼，不知道你和赵凯尔的关系，还是不知道李岩干什么去了？"

苏黎再一次涨红了脸，分辩道："那都是谣言！都过去这么多年了，怎么还有人嚼舌头？"

"脚正不怕鞋歪，"孙美心道，"PE 圈里和广告圈里谁不知道你们那点儿事？！"

苏黎被噎得咳嗽起来，她努力压抑住愤怒的情绪，端起酒杯抿了一口，平缓了语气答道："当时我说的意思，是猜测小林不知道李岩干什么去了。她刚刚成为李总的手下，还没有进入核心业务体系，即使李岩要耍什么花样，也不会让她知道。至于，至于别的，我想没有必要在这里解释！"

"呵呵，我倒是知道李岩干什么去了。"老邢突然插话，"那天我跟我表舅在一起，他好说歹说劝了我半天，我勉强答应他去参加这个饭局。具体联系我、接我的人就是李岩。他跟我说，我这边的投资已经确定了，那个袁大头就是做个幌子给丁部长看的。"

"你投资，为什么要让丁部长看？"我发问，"再说了，这么多年，我可从来都不知道你也参股了凯思文化啊？"我真的是不知道，从凯思文化上市后的公开信息中也根本看不到老邢的影子，这把我弄糊涂了。老邢歉意地一笑，微微摇头一叹气，似乎一句话跟我解释不清楚。

迟远摆了摆手，示意大家不要打断苏黎的讲述。

"袁大头"这个外号的确名副其实，甚至名不及实——当袁大头跟随着一位大腹便便的老者在赵凯尔的陪同下进入包间时，立刻便吸引了所有人的目光。此人衣着很普通，横条纹 T 恤、灰色西装裤、一双黑皮鞋，胳肢窝里夹着早已过时的黑色皮手包。如果只看身子，也是中等身材、不胖不瘦、小腹微隆，普通人一个，可是再看脑袋，硕大无朋，半秃的状态，比地中海强点儿。这副巨大的脑袋安在充其量也就一百二十斤的身躯之上，观感相当怪异。用苏黎的话说，就好像是把奥尼尔的脑袋放到了奥巴马的肩膀上，极为不协调。他一进入包间，正在七嘴八舌对着那位老者喊"汪主席"的众人，一下子噤声了。汪主席哑然失笑，借势给大家介绍这位袁大头："这可是赵总今天最重要的客人。凯尔啊，人我看都差不多了……"并不理会袁大头谦卑地回应："不敢不敢，您才是最重要的客人……"

见汪主席到来，张导隆重地把岳远方介绍给汪主席认识，"胡侃"和牛老师见众人一团忙乱无暇顾及，悄没声退出了包间。赵凯尔赶忙安排大家入席。撤掉一把椅子之后，赵凯尔自己和汪主席分居两个主位，汪主席居左，自己居右；自汪主席顺时针分别是袁大头、张导、小岳、柳莺、雷古月，自赵凯尔逆时针分别是苏黎、老马、李岩、林巧玉。

除了雷古月坚决推辞不喝酒之外，每人面前都倒上了红酒，就连

05

苏黎和林巧玉也象征性地倒上了小半杯。赵凯尔推汪主席点第一道热菜，汪主席翻开菜单看了一眼，顺手递给袁大头，边对赵凯尔道："今天你主要请他，头一道菜就让大头来点吧。"赵凯尔点头称也好。不料袁大头慌忙站起身来，忙不迭地推让："不不不，这咋说的？今儿个可轮不着我，为啥呢，有汪主席在这儿，要不汪主席点，不的呢就得是您赵总点。"浓重的东北口音，一开口便可知是个话痨。

坐在他旁边的张导说："袁老板说得有道理，这点菜啊是有说道儿的。"

袁大头接着道："可不的呢，咱北方人老讲究了，头道菜必须是在场威望最高的，或者是做东的人来点，为啥呢，第一道菜得定个场，这叫'盖帽儿'。"

"盖帽儿？"老马来了精神，有点不明所以似的。

"'盖帽儿'，就是说大老板先点头一道菜，在档次上就封了顶。比如说就这工劲儿您点这道'国色天香'，价钱呢是一千六百八十八，这就是封顶了。咱服务员也知道了，后面各位如果再点比这道菜还贵的，服务员就得说'对不起，这道菜没有'……"袁大头尖着嗓子学女服务员的声音，引起众人一阵浅笑，连汪主席也忍不住耸着酒糟鼻子笑了起来。老马"哦哦"了两声："这就是我们说定了一个调儿的意思。"

汪主席胖手一挥，搭在了袁大头的肩上，笑道："行了，你别整那些没用的了。我跟赵总呢不是外人，让你点你就点吧。"说着一回头，"服务员，他说这个'国色天香'到底是个什么菜？"

为大家点菜的并非身穿红马甲的普通服务员，而是小刘经理，她赔着笑回答："领导，这道菜是咱家的创新菜，结合了信阳的红烧野生甲鱼和洛阳的牡丹燕菜。"

"燕菜？"张导说，"燕菜是要用高汤的，味道肯定差不了。"

汪主席闻言，拿回放在袁大头肩上的手，抚摸着自己的斑秃脑袋，呵呵笑着说："还头一次听说把这两道菜整合成创新菜了，哎呀这个甲鱼上火啊，瞧我这头发都快掉没了。"

小刘经理慌忙道："领导没事儿，咱们这道菜是温补，加了燕菜的成分，还有百合，就是调和一下。"袁大头也接口道："汪主席那是笑话我们，俗话说'贵人不顶重发'，头发越少，说明越尊贵。"

"哈哈哈，你倒是会说话。"汪主席看着比自己多不了几根毛的大脑袋，大笑起来。袁大头瞅了瞅汪主席的脸色，放心地对小刘经理说道："那就点这个！"然后想起什么，接着道："你看我们这些人，需要几只甲鱼？"

小刘经理说道："咱家是 12 个人的标准份儿，三只甲鱼。"赵凯尔点头确认。

苏黎一言不发坐在赵凯尔身边，老马那厢隔着一个空位的林巧玉也沉默不语，两人脸上都挂着礼貌的微笑。

贰拾玖

赵凯尔并没有等李岩的意思，凉菜上齐，他就端起杯来准备招呼。这时门突然被推开，李岩大马金刀走了进来，身后还跟着两个人。

汪主席的座位正对着屏风，一看到来人，不由得站了起来："丁部长？"汪主席一站起来，众人忙不迭都跟着起身迎接这位丁部长。李岩面带微笑，引着丁部长在屏风旁站定，也不主动跟汪主席等人打招呼。赵凯尔不认识丁部长，但见汪主席站了起来，显得颇为意外，他识趣地迎上前来，绕过李岩，摆手请丁部长上座。这位被唤作"丁部长"的，五短身材、阔面背头，一双巨大的眼睛藏在一副玳瑁变色眼镜后面，神情捉摸不定。

丁部长冲着赵凯尔微微一颔首，便健步走了过去，坦然落座在赵凯尔刚才的位置上。他坐定之后，伸出右掌作势下压，让大家都坐下，这才同汪主席握手。李岩则带着另一位客人往自己的座位走去。众人错落有致地慢慢把屁股再次换上椅子，这才注意到包括李岩刚才的空位，十一把椅子都已经有了主人，还缺两把椅子，雷古月坐下的屁股又抬了起来。正不知所措时，眼明手快的小刘经理已经搬来了两把椅子，却不知道该往哪里加。赵凯尔见不便劳动作曲家老马，只能让小刘经理把两个新加的座位安在了林巧玉和雷古月中间，招呼苏黎给新来的那位客人让了座。这样一来，赵凯尔就坐到了下首，作为东道主，倒也说得过去。

李岩带领那位客人走到丁部长右手边站定。李岩扬起略窄的四方脸，架着一双三角眼，扶着比他只矮了几公分的椅背，朗声说道："很荣幸丁部长光临。我再给大家介绍一下，这一位——"他拉起那位客人的手，"是邢老板。"邢老板赶忙抽出手来向大家抱拳致意，并与李岩互相谦让着谁坐在丁部长的旁边，终究是拗不过李岩，落了座。而丁部长仍旧用那双藏在眼镜后面的大眼睛扫视着众人，一一微微点头，到了岳远方，愣了一下。小岳笑道："丁部长贵人多忘事，我就是电视台的小岳。"

"哦。"丁部长若有所思，伸手去拿烟，旁边的邢老板赶忙给他点上火，"我想起来了，小岳，听说你和我是亲戚？"

岳远方一愣，一双小眼睛左右一扫，像是要询问这种话是谁说的。张导突然呵呵一笑，说："那只是个无聊的传说，我们台里有些人可能误会了。"

丁部长一皱眉："误会？"

岳远方忙站起身来，问道："张导，真有这样的传说？哎呀哎呀，那可真是抬举我了。"接着向丁部长解释道："丁部长，我觉得可能是一种讹传。其实呢，我跟令爱倒是同学过。小媛她最近还不错吧？"

丁部长嘴角一撇，道："你跟小媛同学，这事儿我知道。不过我听说的是，你和小媛还谈过恋爱，有这事儿吗？"

岳远方有点紧张："哎哟丁部长，这可真是误会，我跟小媛谈没谈过，您还不知道？再说小媛早就结婚了，人家不是过得挺好嘛。"

"哼！离啦——"丁部长微喟一声，似乎不愿意继续这个话题。柳莺见赵凯尔和苏黎面前已经新摆好了餐具，酒杯在手，主动站起身来打岔："今天托赵总和张导的福，再次见到丁部长和汪主席两位领导，要不我先给大家来一段《祝酒歌》吧？"

汪主席摆摆手道："柳莺你先别着急，既然丁部长来了，还是请丁部长先讲两句吧。丁部长，要不您给提个头儿？"

岳远方惴惴不安地坐了下来。丁部长倒也爽快，端起酒杯来说道："今天有些是熟人，有些是第一次见面，我就不多说了，本来我也是蹭个饭而已。"他说着话，目光直接越过岳远方，与柳莺、雷古月、赵凯尔、苏黎——一点头，众人也都半站起身双手擎杯，行注目礼。不料等到丁部长的目光落到林巧玉身上，竟有些吃惊，他怔怔地盯着林巧玉，一时出了神。林巧玉仍然低着头，默默不语，只用手轻轻转动着面前的酒杯。李岩察觉到林巧玉面色通红，用手捅了一下她，轻声提醒："小林！"随即向丁部长介绍道："丁部长，这是我们公司的小林。"

"小林？"丁部长醒过神来，追问道，"林什么？"

"林巧玉。"苏黎代答，在桌子下面也轻轻地踢了林巧玉一脚。林巧玉仿如醒悟，缓缓抬起头来，缓缓站起身来，直视着丁部长，轻启朱唇，缓缓说道："丁部长您好，我叫林巧玉。"苏黎注意到，林巧玉的脸色苍白，声音略微发颤，她猜想林巧玉可能是过于紧张了。

丁部长盯着她看了半晌，神情慢慢松弛下来，嘴角渐渐上翘，沉声说道："林巧玉，好，好，我看你挺面善，巧遇，巧遇。"邢老板笑着附和丁部长："我也看这姑娘挺面善，名字起得也挺好，巧遇，巧遇。"

丁部长提了三杯酒，当然他自己基本只是沾沾嘴唇就放下了。饭局就是这样，开好了头，后面就热闹得快一些，气氛也融洽一些。随着酒精下肚，大家很快放松下来，三三两两开始热乎起来。张导和袁大头你一杯我一杯，不亦乐乎。岳远方则缓过神来，和柳莺探讨起在自己节目中加入歌手助兴的设想，一边说话一边留意着丁部长的举动。雷古月则聚精会神地吃菜，时不时旁听一下柳莺和岳远方的谈话。赵凯尔主要照应汪主席和丁部长，一边留意袁大头和张导的战况，过一会儿端着酒杯绕到汪主席和袁大头身后来聊天敬酒。李岩、老马、邢老板和丁部长这边倒是比较冷清，有一搭没一搭地说两句话，互相敬杯酒。丁部长吃几口菜，喝了不过两杯酒，抽着烟时不时冷眼打量着别人。

酒过三巡，菜过五味，场面更加热闹，尤其是袁大头，话痨的本性暴露出来了。袁大头拎着醒酒器，给自己倒满，又找着张导的杯子给他倒满，一边劝酒一边说："我跟你说咋的啊，张导啊，你是名人大才子，又是电视台的领导，我有个事儿求你你看咋样？"

张导道："袁老板有什么事儿尽管吩咐，想看节目呢我给你安排，带几个人都行。"

"不不不，不是那事儿。我跟你说啊，我有个姑娘，正搁广院上学呢，这前儿呢还上课，说是十一月份要找实习单位了，您看看能不能帮我给安排进电视台实习实习？"

张导一听，伸手拍了拍岳远方，道："那正好小岳在这儿呢，小岳现在既是主持人，又是制片人。就让你姑娘来给小岳干个助理吧。"岳远方闻言立马表态："来实习没问题，不过我从来不用助理，栏目组倒是缺实习编辑。哎对了，袁总您家姑娘学的什么专业？"

"呵呵，小岳说话了，那指定行。我家姑娘先学的播音主持，后念的新闻研究生。"

柳莺在旁边说："我听说广院可是电视台的人才储备库啊，你家丫头那是高材生啊，一定长得很漂亮。对了小岳不也是广院毕业的吗？"

岳远方呵呵一笑："我那时候早，现在的孩子们认识我，我不认识他们。"话语间不免有些得意。

汪主席听到这话，冷不丁问道："那小岳你和丁部长的千金是在广院的同学吗？"

"哦不是不是，我们是党校的同学。"小岳赶忙把话题转回来，"袁总啊，那没问题，回头把我手机号给你家姑娘，让她随时给我打电话就行。放心吧。"

袁大头喜出望外，举起酒杯单独敬了岳远方一杯。张导又问道："袁老板啊，你家姑娘叫什么名字？"

袁大头把杯中酒一饮而尽，放下酒杯，认真地回答："这个啊，这个我得解释一下。我家姑娘不随我姓，随她妈的姓，大名叫个曹月。回头我让她给小岳老师打电话。我不扒瞎啊，她真是我的亲姑娘。"

正好走到他身后的赵凯尔闻言，随着众人笑了一场，给邻座的几个人都添了酒，道："这就是缘分啊，正好恭贺一下袁总的姑娘拜小岳为师，日后一定也能做个成功的名主持人。"几个人把酒言欢，热闹了一阵。柳莺见时机差不多了，又主动站起身来："丁部长，汪主席，各位老板，我很有幸再次跟几位领导坐到一个桌上吃饭，如果不嫌弃的话，我给大家献唱一首吧。"说完转圈看大家的反应。

这边邢老板正跟李岩和老马聊着后年奥运会搞单双号限行的事情，老马说："这事儿听说早就定完了，前几天媒体上也开始吹风儿，肯定是要搞的。家里还是得有两台车啊。"听得柳莺要唱歌，都静下来等着。丁部长自顾着喝汤，没有表态，汪主席看丁部长没反应，小眼睛一转，笑着对柳莺道："歌唱家啊，你的现场我可没少听，要不让你带来的小朋友表演一段怎么样？"

雷古月闻言大窘，惨白的瘦脸唰地变得粉红。柳莺毫不介意，就坡下驴，她伸出胖手，不由分说把雷古月从座位上拽了起来，给大家介绍道："小雷算是我的私人助理，平时帮我跑前跑后的，但是呢小雷不是干声乐的，他是个舞蹈演员。"

苏黎听说，忍不住跟旁边的林巧玉小声说："舞蹈演员啊，难不成让他跳段舞吗？"可是林巧玉仍然低着头小口吃菜，仿佛没有听到苏黎的话。苏黎意识到，自从对丁部长说完那句自我介绍的话之后，小林一直没有再抬头。

汪主席一听，更来了兴致，他转头征询丁部长的意见："丁部长，你看是要听柳莺唱歌还是看小雷跳舞？"

丁部长放下汤匙，拿过湿毛巾擦了擦嘴，不置可否地微微一笑。隔着玳瑁眼镜，谁也看不出他究竟是什么意见。柳莺接茬笑道："小雷的专业是国标，但是小雷有个自创的新舞蹈形式，叫作瑜伽舞。"

"瑜伽舞？"大家都是头一回听说这个名称，袁大头和张导率先鼓起掌来，朗声催促："那得让我们开开眼，请领导鉴赏一下啊！"

赵凯尔赶紧起身，招呼小刘经理找来几个男服务员把屏风撤一下，在饭桌和沙发之间腾出了不大的一片空地。雷古月见状，只好抹了抹嘴，掏出一条红丝巾，结结实实绕圈扎在额头上，然后站起身来，四下瞅了一眼，抄起自己面前那只空的红酒杯，来到那片空地。

只见雷古月双手捧着红酒杯站定，目光紧紧盯着那只红酒杯，似乎在欣赏一件宝物。渐渐地，他的腿开始弯曲，以一种不可思议的姿态蹲下身子，猫起腰，脚下却稳如磐石，纹丝不动。手中的红酒杯慢慢转动，似乎与手掌之间并无接触般顺滑，但又牢牢地掌控在五指之间。随着身体摇摆，雷古月的手肘和肩臂也开始腾挪翻转，但是不论如何变换姿势，那只红酒杯就好像被一条无形的绳子拽着，悬浮在半空。酒杯翻转中，不断反射着房顶的吊灯灯光，晶莹剔透、光影变幻。须臾，雷古月的身体又静止不动，他抬起头来，目光时而与众人相对，时而跟随酒杯移动，或远或近。身体和手势时静时动，静时如枯木，动时如陀螺，做出来的造型非常奇特，有时如山鹰，有时如长蛇，有时如虎豹，有时如孔雀。时而红酒杯又跳脱出他的手，顺着胳膊滚动上肩，或者站立在他的唇间，配合着下腰的动作，不仅是个被他操弄在身体上的玩物，更像是个听话的精灵，滑过他的肌肤，牵引着大家的视线。雷古月的瑜伽舞，一动一静，透着婀娜似水，一起一伏，美得不可方物。尤其是当他把目光投向你的时候，那双眼睛似乎会说话，含情脉脉，勾魂摄魄，让与他对视的人不由得浑身一激灵，汗毛直立。

汪主席看得目瞪口呆，等到雷古月收势坐回到座位上，才在众人的喝彩声中醒过劲儿来。他不断地咂摸着嘴，赞叹不已。雷古月表演了也就不到五分钟，却已经满头大汗，气喘吁吁，坐回到座位上还不停地擦汗，而他那双让人心惊肉跳的大眼睛也瞬间暗淡了下来，耷拉着眼皮子休息了。

就在雷古月跳舞时，两个男服务员端上来一只大盆，趁大家无暇顾及的时候给大家分好了餐。赵凯尔招呼大家："这是袁老板点的主菜，大家开动起来吧。"

这道菜就是"国色天香"。分好餐的两个男服务员正要离开，突然袁大头喊了一声："等会儿先别走。"两人停下脚步，众人不解地看着袁大头。袁大头指着其中一个服务员道："我看你有点怪怪的是咋回事？"那人定定地站在那里不作声。汪主席略微有些不悦，问袁大头道："大头，怎么啦？不要为难人家。"小刘经理闻言也凑了过来，小声地问那服务员："小毕，咋啦？"

“不是！”袁大头辩解道，“咋的呀，刚才我就瞅着这人贼眉鼠眼的，分个汤那眼睛滴溜溜乱瞅。要不这么的，我就问你，刚才我们点了三只甲鱼，一共几条腿？”后半句明显是问小刘经理的。

小刘经理眨巴眨巴眼睛，小声说：“三只甲鱼，那，应该是十二条腿啊。”

袁大头把脖子一梗：“那好，咱数数王八腿儿，看看你们有没有猫儿腻。”

汪主席小眼一斜，不悦地看着袁大头：“哎哎，行了，让人走得了。”张导、岳远方和邢老板、老马都七嘴八舌附和汪主席，示意让那俩服务员赶紧下去。赵凯尔和苏黎对视一眼，同时想到了一个小小的问题，之前点的“国色天香”例份是三只甲鱼，应该是十二条腿，可是现在团团而坐的宾主各方一共有十三个人。也就是说，分甲鱼汤的时候，至少有一个人面前那碗是没有腿的，那会是谁呢？赵凯尔连忙说：“哎呀，是我考虑不周了，各位领导不要见怪啊。咱说这甲鱼呢，主要是喝汤，腿不够，还有裙边儿，不要见怪啊。”

岳远方突然笑着说：“赵总多虑了，腿不够，头来凑，没准儿人家给咱留了一个脑袋呢。”说完这话岳远方意识到自己失言了，他自顾自用勺子扒了扒面前的小碗，安慰大家道：“没事没事，我这碗就没有腿，正好我喜欢喝汤。”然后尝了一口。

袁大头有点下不来台，他先看看桌上那一盆，只剩下半盆汤，隐约可见零星的甲鱼肉和几片百合，在汤水正中漂浮着一朵硕大的牡丹花，是用萝卜雕丝盘成的造型。袁大头再看看自己面前那碗，气愤地叫了起来：“不的，我碗里也没有。那谁，你们都看看，到底有几条腿？”

大家于是纷纷看自己面前的碗里到底有没有甲鱼腿，纷纷报上数来，有说有一条的，有说没有的。丁部长不言声，邢老板凑过去看看，向大家比画了个一的手势。这下清楚了，果然一共只有九条腿。

三只王八，九条腿。

叁拾

　　"等等……"迟远发话了，"我们第七道菜上的是霉干张烧肉，我想问一下那天有这道菜吗？"我也觉得苏黎所讲的故事似乎有些跑题，三只王八几条腿、"国色天香"这种不伦不类的创意菜并不是我们所关心的，包括那个人妖一般的雷古月的瑜伽舞，也似乎与主题无关。我接着迟远的话说："可不是嘛，我们关心的是小林在这场饭局中发生了什么，究竟丁部长认没认出小林就是楚楚？还有，老邢当天也在场，老邢有没有认出小林就是给你做牛肉米粉的女孩儿？"

　　苏黎还没有说话，老邢急忙道："迟记者，老叶，你们不着忙，且听苏黎继续说。我可以先声明一点，那天晚上一直到后来跟凯思文化的合作结束，我都没有把小林和那碗牛肉米粉联系到一起。不过我印象很深的是，那天确实有一道菜是霉干张烧肉。"

　　"而且，那道菜就是小林——林巧玉做的。"苏黎接过话头，"刚才呢，我确实铺垫得有点多，不过接下来发生的事情，相信你们多少也有所耳闻。"

　　这话没错，听到一半的时候我就想到了，传说中的神人"段子手"张导应该就是在那场饭局上被经侦带走的。想到这一点，我不由得多想了一层：张导在那个场合被抓是不是有人在背后出招？袁大头给赵凯尔出资，而在中间牵线的应该就是张导和汪主席，至于袁大头是不是汪主席的"白手套"，我想八九不离十。联想到赵凯尔、张导、汪主席和投资人袁大头的这条关系链，那么如果有人背后出招令张导被抓，那么这个人除了李岩还能是谁呢？

苏黎喝了一小口酒，继续她的故事。

赵凯尔既尴尬又愤怒地盯着小刘经理。那边袁大头不依不饶地把短袖袖口往上撸了撸，伸出手在空中虚砍两刀，粗声粗气地说："今儿可不是我矫情啊，咱做生意的人，讲究一个诚信。你开饭馆也一样，赶上谁宰谁，跟我们没关系，但你也不瞅瞅，今天在的是你能宰得起的吗？！赵总啊，我不是冲你，咱们的事儿我不带秃噜反账的。咱就说这事儿，你们这饭馆气人不气人？"

小刘经理这时已经傻了眼。通过席间的言谈举止，她早已明白到这些人的地位、能量绝不在她唯一认识的赵凯尔之下，而赵凯尔已经是某家大传媒公司的老板。小刘经理急得额头渗出了白毛汗，小裙装下面的两条细腿不住地打颤。

不等赵凯尔发难，小刘经理又鞠躬又道歉，匆匆忙忙地说："真是对不起各位领导了，这肯定是后厨不小心掉了材料，绝对不是故意的。"

赵凯尔没好气地说："小刘啊，哥头一次在你这儿接待重要客人，你竟然整这一出，你叫我在领导面前咋替你说话啊？！"

袁大头站起身嚷嚷着："叫你们老板过来！"汪主席伸手拍了拍袁大头，斥道："你干啥啊大头，怎么净事儿呢？你瞅你那样儿，没看丁部长在这儿呢吗，一个没成色的玩意儿！"一急，汪主席的口音越来越重。袁大头挨了呲儿，一屁股坐下来，拿余光偷偷观察着丁部长的表情。

小刘经理感觉有缓儿，顺着汪主席的话赶紧向丁部长弯腰哀求："对不起领导，您大人有大量，这道菜呢我做主给您免单了，您还有什么要求，只要能消消气儿，我一定照办。"

丁部长熄灭手里的烟，不满地看了汪主席一眼，慢条斯理地说："小李啊——"李岩闻声，立即躬身起立，"哎"了一声。丁部长接着说："吃个饭而已，没多大事儿，不要跟这些人一般见识。"李岩又"哎"了一声，招手示意小刘经理到自己身边来。这时汪主席和袁大头的脸色都变得更难看了，张导、赵凯尔十分紧张，而岳远方、老马、柳莺等人则不尴不尬地，只能保持着沉默。

丁部长又说道："不要因为一点小事，影响了大家的心情。我看这样，既然是你们凯思文化做东，那就你说了算吧。"李岩点点头，转身对小刘经理低声说道："你这样啊，缺斤短两的事情确实很恶劣，这是你们不对。所以呢，你该打折打折，该免单免单，回头后厨也好、服务员也好，该处理处理。其他的呢，我也不多说了。你看怎么样？"

小刘经理精神一下子放松了不少，感激涕零地回头去征求赵凯尔的意见。赵凯尔气鼓鼓地，意犹未尽，冷冰冰地对小刘经理说："我提个要求，今天的厨师，还有他俩——"他用手一指那两个男服务员，"你都得开除，算是给大家伙儿一个交代。"小刘经理慌忙点头称是，忙不迭地往外走，招手让那两个服务员也赶紧离开："你俩赶紧出去。"

不料那个叫小毕的服务员突然挺直了身子，梗着脖子叫了起来："凭什么要开除我们俩？"

汪主席一惊，筷头儿刚夹起的一块肉被吓掉了。小毕委屈地喊道："菜是后厨做的，我们只管上菜，为什么要开除我们俩？！"他这一喊，所有人的目光全都聚焦在他脸上了。只见这小毕，个头不高，充其量也就一米六多一点点，寸头板正，眉清目秀，肩宽明显超出常人，别具一番玉树临风、岿然不动的气质。本来背对着他的柳莺也转过身来正眼看着他，柳莺一看他，惊讶地拿手一指小毕："你叫什么？你不是……不是那个——小毕吗？"

小毕见柳莺认出他来了，他嚅了嚅嘴，想说什么又忍住了，粉脸涨红，大眼带泪，这份委屈不知是因菜而起还是因为别的什么。柳莺扭头喊道："张导、老马，你们看看是不是他？"

张导顾不上避嫌，隔着岳远方伸手就去拖柳莺的胳膊，口中轻声道："柳莺你认错人了吧。"老马在柳莺的提醒下定睛注目看了一会儿小毕，却不答话，木呆呆地低声感叹："呀，呀——"

苏黎被闹糊涂了，她看看赵凯尔，赵凯尔也有点懵圈。苏黎再瞅汪主席，见他旁若无人，自顾自喝汤。丁部长却放下手中筷子，饶有兴趣地瞧了瞧小毕，再瞧瞧身旁的汪主席，含笑说道："柳莺啊，这个小伙子你们认识？"

柳莺被张导一拦，醒悟过来自己多事了，这边丁部长一问，她反而不知道该怎么回答了。她支吾了半天低声说道："哎呀那个确实是认错人了，不认识不认识。"丁部长不满意，转头看着怒发老马又问道："马老师，你们是不是认识这个人？"

老马慌忙干咳了一声，忙不迭地一边从兜里摸烟一边摇头道："不认识，面善，面善。"

赵凯尔站起身，大声叫小刘经理："刘经理，还没听见吗？都开除了！赶快让他们走吧。"那边李岩端起酒杯，越过老马敬了邢老板一杯。

小毕突然大叫起来："你们这些伪君子！你们敢说不认识我？！我都这样了，还怕个屁啊，五年前跟你们在一个桌上吃饭，现在你们都不认识我了？！……"小刘经理慌得扑上前去，拉着小毕的胳膊就要往外拽，另一个服务员也拉着小毕劝他出去。小毕气得青筋暴露，脑门上汗水直流，眼中泪水也早忍不住滚了下来，他边后退边喊："伪君子！你们问问他，主题歌的事儿怎么黄的！姓汪的，你害苦了我……"眼看着言语就要不堪，汪主席侧身吩咐了一句，袁大头也站起身来，和小刘经理一起把小毕连推带搡地往门外赶。

正在大厅里吃饭的大刘和丁部长的司机闻声跑了进来，一边一个夹住小毕带出门去。张导、柳莺、老马几个人的脸色十分难看，当着丁部长的面，谁也没再提什么主题歌的事儿。

这一番闹腾，终于安静了下来，那边夹在张导和柳莺中间的岳远方也不知哪里去了，剩下的十二个人安静了几分钟，各自埋头吃菜。把个赵凯尔窘得浑身难受，他端起酒杯来找张导碰杯，暗示他活跃一下气氛。张导会意，喝完杯中酒，拿起擦手巾擦了擦嘴，开口道：

"袁老板的女儿去小岳组里实习，肯定会有前途。现在小岳在台里人气旺得很，你别看他不算帅，可是他的节目收视率很高。而且小岳有个本事，就是别人的节目过审，来回改个三五遍是正常的，可小岳的节目基本上就是一遍过，真是没话说。"

众人复又抬起头来，认真听张导说话，努力把这尴尬的时刻尽快忘掉。丁部长呵呵笑了两声，出其不意地开口打断了张导："那你说说，这是为什么呀？"像老师提问一样。

张导莞尔一笑，道："台里很多人也很奇怪，跑来找我打听，因为我也是编审会的成员。我告诉他们，反正小岳的节目来过会，我是不敢提意见的，一律给绿灯。哪怕他里面有方言发音，字幕有错别字，我都不吱声，有小毛病都让给别人挑去。"说到这里，他故意一顿，等着别人再来追问。

赵凯尔正待开口，袁大头抢着道："我猜呀，岳老师肯定是台长的亲戚，对不对？"

张导偷眼瞥了一下丁部长，哈哈一乐，摇晃着脑袋说："非也非也。刚才说了，小岳的节目确实成熟，立意高、见地深、题材大、形态新，大毛病咱也挑不出来，无非也就是些方言啊、错别字什么的。但最重要的是，小岳的口才极好，为人又极其自信，他做好的节目样片，你要想鸡蛋里挑骨头找点问题出来，那你就得面对小岳的唇枪舌剑了。他不把你辩倒决不罢休。你想我们编审组里好几个都是行政干部出身，赶上小岳这个又有本事又不服管的能人，谁不忍让三分啊，何必自讨没趣？"

赵凯尔终于插上话："张导不妨讲个岳老师舌战领导的段子，我们听听吧。"

"好，我讲一个他这节目刚创办时候的事儿吧。"张导说，"不过咱可有言在先，这是个段子，对事实略微呢有那么一点演绎，并没有拿小岳寻开心的意思啊。

"话说老台长点名小岳做了主持人之后，小岳在台里的人气扶摇直上。没多久，小岳打报告创办了他自己的谈话节目，不但自己主持，还自己做制片人，一炮而红。偏偏这时候老台长不知道为什么，对小岳开始有了看法。有一回小岳的节目过会，老台长有备而来，对小岳进行发难。

"那次节目我记得是讲'歧视'的，说的是社会性的歧视，比如有地域歧视：就像咱们北京人歧视河南人、大连人歧视黑吉辽的其他东北人、上海人歧视苏北人等等；有身份歧视：好比大学教授歧视煤老板、煤老板又歧视工薪族之类的；还有引申的语言歧视……"他拿手指点了点门口的方向，"例如咱们以前把她们叫小姐，现在叫她们服务员，本质上是对从事性服务的那群人进行歧视的语言引申。还有更深的，叫文化歧视：这个文化歧视不仅仅指文化程度高的歧视没文化的人，更多的是指东西方文化之间、西方文化和穆斯林文化之间、基督教文化和犹太教文化之间互相看不惯，都觉得自己的文化最牛，别人的文化不值一提——对，是这个意思。"张导越讲越投入，声调不断提高，"小岳在节目结尾总结说了一句话：'可见啊，咱们这个社会充满了各种各样的歧视，可谓包罗万象、罄竹难书。'过审的时候，老台长就抓住这句话要挑他的毛病。老台长说：'小岳节目立意不错，但是结尾这句话用词过于深奥，以咱们国家的群众文化程度来说，怕是很难理解啊。如果你的总结陈词让观众听不懂、看不明白，那是不是也是一种歧视啊？'"

袁大头听得很认真，听到这里，不住地点头称是。但他右边的汪主席似乎没有任何兴趣，一脸恼怒地斜靠在椅背上，冷眼看着张导说话。

毕业于人大新闻系的苏黎，对张导讲的故事颇感兴趣，看到袁大头热情捧场，一时想到"袁大头"这个歧视性外号——应该还有一种身体歧视，张导没讲，不知岳远方节目里讲没讲。她聚精会神地听下去，想知道机智过人的岳远方如何化解台领导的刁难。

张导得意地一笑，接着说："你们猜小岳怎么说？他站起来说：'虽然咱们台的观众整体文化程度不高，但是据央视索福瑞的数据，我们节目的观众普遍都是高知人群，其中有百分之七十八都具有大学以上文凭。所以我不能对他们进行歧视。'然后他又补了一句话，这句话说完，台长那脸直接变成了茄子色儿，再也不吱声了。打那以后，编审会的这帮人对小岳是又爱又恨，爱的是他的节目收视率高、社会反响好，恨的是谁也不敢再惹他，怕显得自己没文化。"

"哦？谁对我又爱又恨啊？"岳远方冷不防出现在张导身后，带着主持人的职业微笑问道。

张导吓了一跳，慌忙起身解释道："哈哈，没说你坏话，夸你有水平呢！"岳远方不接话，俯身对张导耳语了几句，只见张导满脸笑容立刻僵住了，原本红扑扑的脸蛋儿瞬间变得煞白，颤声问道："在哪儿呢？"岳远方冲着门口一努嘴儿，张导惊恐地回头，众人跟着往门口看，原来有两个男人正站在门口，盯着张导。

张导的身形立马矮了半头，他回头看向汪主席，汪主席也惊讶地合不拢嘴，强作镇定地问："什么事？"张导哆哆嗦嗦说不出话，岳远方代为答道："公安部经侦局的，要带张导走。"

"啊？"这回不但是汪主席，一众人等都吃了一惊，袁大头甚至惊得跳了起来，六神无主地看着汪主席。只有丁部长和李岩不动声色，稳坐钓鱼台。汪主席定了定神，回头向丁部长求助："丁部长，您看这怎么回事，怎么抓人抓到这儿来了呢？"

丁部长悠闲地点起一支烟，悠悠地说："老汪啊，不在其位不谋其政，你我已经是平头百姓啦，人家办公事还用看我们面子吗？"

张导看这架势，没有人会出面调停，他想了想，重新挺起了胸膛，默默收起桌上的手机，一言不发，脚步沉重地走了出去。

岳远方目送张导的背影消失在门外，转回头来浅浅一笑，看着丁部长说："我来把张导的故事讲完吧——我对台长说：不要低估你的观众，刻意用浅显易懂的话来迎合他们，才是最大的歧视。"

除了丁部长，再没有一个人笑得出来。

叁拾壹

"原来张导是这么被抓的啊。"孙美心说道，"传说的版本倒是有好几个，看来没一个是真的。"

的确如此，江湖上的传言，有说张导嫖娼被带走事后查出经济问题的，有说被边控很久离境时被拦住的，有说在台里工作会上给带走的，我就至少听过这三个版本，也有凯思文化的人私下里告诉过我，张导是在跟他们老板吃饭时被抓的。当然，局外人对张导被抓的细节，无非是谈笑八卦一番，并没有人去深究，我们知道的是，著名的"段子手"、电视台名导演以经济诈骗罪被关了几年，从此销声匿迹。

见惯了世面的男人，还学不会沉默，要么是在厚颜无耻地吹牛皮，要么就是心怀鬼胎地拍马屁。张导其人，数年如一日坚持吹牛皮和拍马屁，最终戏剧性退场。我想，这大概也是命中注定。

苏黎点点头，说道："张导是赵总拉来这笔投资的中间人，以袁大头的名义注资参股，我不说你们也应该猜得到，袁大头只是一个代理人。那天晚上李岩把丁部长和邢老板领来，我和赵总并没有太担心，他无非也就是搅搅局，引入一个竞争者。既然赵总安排大家见面吃饭，说明我们的投资事项已经谈妥了，李总这时候参与进来已经太晚了。"说到这里，苏黎用责备的目光狠狠地盯了老邢一眼，"真没想到，张导在那个节骨眼儿上出事，局面急转直下。张导被带走之前，一点迹象都没有，即使出了小毕闹场那个不愉快，我看赵总和李总也是立场一致，尽力把事情平息下去的，我也不怎么担心。"苏黎这话我理解，在广告圈混了这么多年，我看到大多数人在利益面前是不在乎气节、脸面的，想必资本圈里更加是这样。我揣摩着汪主席的心态，同时想到了另外一个问题：老邢对那天晚上他所扮演的角色到底知不知情，既然最终老邢注资参股了凯思文化，为什么公开信息却看不出来？我没有机会问话，因为苏黎没有停嘴，再一次把矛头指向了老邢："后来我才知道，那天张导被抓是李岩在背后捣的鬼，彻底毁了袁大头和赵总的协议，而李岩找来你邢老板就是为了乘虚而入来截和的。"

老邢认真地听苏黎说到这里，歉意地一笑，缓缓说道："苏小姐刚才提到凯思文化，我才想起来，九年前是跟你在一个桌上吃过饭。哎呀，时间太久了，抱歉抱歉。至于林巧玉，我那天确实没认出来，也根本没往那儿想。现在回想起来，你说我帮了她一个忙，坏了你的事，表面上看还真是这样。不过这事儿另有隐情，对我来说，早就过去了，现在拿出来说也无妨。"

他略微停顿了一下，看着王光斗问："丁森前几个月去世了，你知不知道？"

王光斗一脸愕然："丁森是谁？"问完他就马上恍然大悟，我们也都明白了，丁森就是丁部长，不过可能是退休之后用的化名。秦沛怡扭头看看王光斗，那眼神不知是怜悯还是漠然。

老邢没去理会王光斗的反应，自顾自接着说："简短些说呢，当年我拿了马哥的钱托我表舅送礼周旋，事情最终是钱去人空。但是这却成了我表舅的一个把柄，被人拿住了。我记得，九年前的那天下午，我表舅找我，说需要了了这个事儿。了结的办法就是我出三千五百万，以另外一家公司的名义注资凯思文化，等凯思文化成功在美国上市之后，退回我的本金，收益归那家公司所有。"苏黎打断说："是三千万，不是三千五百万。"老邢笑了笑解释道："注资是三千万，我实际拿三千五百万，事后给我回款也是三千万。就这么回事。"

"那五百万呢？"许久不说话的王男开口问道。

"那五百万，就是我投资那家公司项目的损失啊。"老邢笑道，"你想啊，那家公司是在开曼岛注册的，它在北京需要注册子公司，需要租办公室，需要开支，总得花钱吧。"

我明白了："哦，那五百万就是它的项目运营收入。我猜多半是影视剧投资项目。"影视剧投资对于行外人来说是个没底儿的筐，于行内某些人却是个聚宝盆。肖士朗也若有所悟地点头道："嗯，车行也一样，外行人投钱进来，有的赔没的赚。"

老邢接着道："是什么投资不重要，反正我就当花五百万，替我表舅把事儿了了。哎呀，当初谁让我把他给牵连进来了呢。不过呢，苏小姐你可以回忆一下，那天吃饭是咱们见过的唯一一次。第二天，也就是国庆节前一天，我又跟赵总和李岩见了一面，签了合同，国庆节之后打了款。再之后，我从未去过你们公司，也没有跟你们的任何人见过面，接洽过任何业务。之后所有的对接，都是别人完成的。到了第二年年中，我的三千万回来了，我也就解除了那家公司的总经理职务，从此跟这件事毫无瓜葛了。"老邢说完这话，他背后的玻璃窗外又亮起一道闪电，把他衬托成了一个剪影。如老邢所说，他只是被迫帮别人做了一次影子投资人的局。设局的人可真够精明的，用境外公司名义，用老邢的钱，玩儿了一把借鸡生蛋，而真正的影子投资人借着凯思文化的上市，大赚一笔。

孙美心道："那这么说，真正的受益人就是丁……丁森喽？这里头李岩也拿了百分之一的原始股,邢总这是为他人做嫁衣,反而得罪了人。"

"老邢是在不了解情况的时候,无意之间搅了局,也是被迫的。这不能怪老邢。"我这话其实是说给苏黎听的,"要不是出了张导那个意外,袁大头的投资意向应该也不至于黄掉。"

迟远提醒道:"故事很复杂,但是苏小姐你还没有提到霉千张烧肉这道菜。"

苏黎环视了一圈,像是在确认这些铺垫已经让我们搞清楚了人物关系和当天的情势,然后啜了一小口酒,说道:"请你们见谅,这就是那天前半段发生的事情。张导突然间被带走,我们全都惊了。赵总和我这时明白了,袁大头的投资肯定是没戏了,而李总带来的人很明显就是来截和的。赵总比我更着急,因为和风投的对赌协议规定,如果不能如期上市的话,他就会失去公司的控制权,所以临到了儿由于业绩的问题不得不引入新的投资。当时我是没考虑那么多,该是你的总归是你的,不该是你的,付出多少也得不到。"说到这里,她稍稍停顿了一下,似乎在回味自己悟出来的哲理,"但是当时出了张导这档子事儿,袁大头和汪主席已经坐不住了,两个人推说还有别的事,要提前走。他俩一说要走,剩下的岳远方、老马、柳莺和雷古月走也不是,不走也不是,很尴尬。这时候丁部长就说了:你老汪饭吃一半就走,怕是不给我面子吧。汪主席和袁大头只好继续苦着脸坐着,眼看着李岩成了饭局的主角。

"李岩站起来说:'今天晚上有点小意外,各位可能都不大尽兴,我代表赵总向大家赔个礼。不过呢丁部长在这儿,还给我们介绍了投资意向,这对我们凯思文化来说可是雪中送炭啊!'当时我还不知道张导的事儿是李岩背后捣的鬼，他这话一说，对赵总来说不亚于救命稻草。所以赵总马上附和着李岩，认真地跟丁部长和邢总攀谈起来。其他人一看，这饭局还得继续，也只能厚着脸皮陪着。岳远方代替了张导的角色，时不时甩几句幽默话，活跃气氛。

"赵总吩咐把剩菜都撤下去，准备重新点几道菜。岳远方想得多，提醒说：'刚才服务员一闹，有可能后边厨师已经被开除了呢。'我也想到了，如果食客得罪了厨师，再点菜没准儿就会给你使出什么花样来。是不是有这个潜规则，王师傅？"

她突然这么一问，把王光斗问得一愣。方才老邢说丁森去世，王光斗虽然没多大反应，但是闷不作声一杯接一杯喝酒，垂头丧气的。我想，转移一下话题，对他也许是个间接的安慰，于是帮腔道："王师傅自己就是厨师长，肯定非常讲究职业道德。不过苏小姐担心的也有道理，一般的厨师，多多少少是有些办法报复客人的。"因为帮助老邢做"宴遇"这件事，我多少也了解一些这个行业的潜规则。比如客人嫌菜有问题，类似咸了、生了什么的要求回锅或者要求重做的时候，有些无德的厨师就会在重新上桌的菜里吐口唾沫。那么赵凯尔威胁要把人家厨师开除的话，备不住人家已经听说了，再给你做菜，你还敢吃吗？

王光斗愣了一小会儿，明白过来苏黎的意思，回过神来反问道："那你们为什么还要点菜？"

"赵总也张罗点菜，李总也张罗点菜，我知道公司现在只有邢老板这一个资金来源了，不管李岩的目的是什么，我们也不能因小失大，再把这个投资意向给弄黄了……"

"于是，你就推荐林巧玉充当厨师给你们炒了几个菜。"迟远道，"其中就有这道霉千张烧肉，对吧？"

"差不多吧，"苏黎解释道，"我当时纯粹是为公司着想，我也判断小林一定会帮我，不，帮赵总脱离眼下的困境。如果我知道她跟丁部长还有邢老板的渊源，哪儿还敢出那个馊主意啊？"

孙美心乐了："话不是那么说的。你一心为公司着想，促成了这笔投资，解了燃眉之急，可不能叫馊主意。"

"不是馊主意是什么？我让小林出了风头，结果那百分之一的原始股就成了小林的了。"苏黎苦笑道，"这些年我都不明白，李岩为了结交权贵，自己把那百分之一让出来，你邢老板为什么也不要，反而做人情送了小林？如果你说你那天就认出小林是给你送牛肉米粉的恩人，我倒能理解，可是你刚才也说了，根本没意识到。我现在不明白的是，你为什么跟李岩一样，做了这件损人不利己的怪事呢？"

苏黎说的"怪事"，在常人看来绝对属于"阴损"，坏了别人的好事自己还不图便宜，多么招人恨啊！

老邢无奈地赔笑："损人的事儿真不是我诚心要做的，但我答应我表舅舍了五百万，让我表舅从此高枕无忧也不能说没有利己，至少对方不再拿着我表舅的把柄说事儿了。我表舅说了，这笔投资到位，凯思内部高管答应把自己应得的百分之一原始股出让给我个人。但是去之前我就想好了，我可不想卷入过深。我宁可拿钱销事儿，也不愿意深陷其中，这也是我打完款之后就再也不露面的原因。"

我感慨道："老邢这一点倒是挺明智，不拿不明不白的钱。不过，在那种情况下，即使李岩情愿出让这个股份，目的是结交权贵，如果你表态不要的话，李岩为什么不顺势收回据为己有呢？要知道，按照凯思文化后来实现的最高市值来算，百分之一也有大几百万呢！"

苏黎笑道："叶总有所不知，李岩的为人极其注重面子，虽然经常当面一套背后一套，但当丁部长的面自食其言，他可万万不敢。他私下里跟丁部长承诺的事情，被邢总当众拿出来做了安排，他只能眼睁睁看着。"

"我明白了。这百分之一是块实名的期权，本来是内部用来激励高管解决投资问题的肥肉，赵凯尔既然许出去了，自己没拿到，也不敢失信坏了这笔投资；李岩为了把事情促成，忍痛割爱，让了出去，场面上说话也不敢再要回来；而丁部长那边把这块肥肉当作奖励，也当作长期的诱饵想把老邢套得深一点；但老邢又不想惹骚，花钱了事就已经很满足了……所以这块肥肉反而烫嘴了。"我这时头脑清醒了不少，渐渐理出了头绪。

"呵呵，叶总真是一个理性实在的广告人。"迟远说，我也不知他这是夸我呢还是暗讽我迟钝，"加上当天发生了小毕大闹包间、张导突然被抓的事情，想必在场的当事人谁都不愿意再节外生枝，那自然是出钱的人怎么说怎么是了。"

老邢笑了："迟记者明鉴，哈哈。哎呀，当时我的心态就是把这块烫嘴的肉甩得越远越好，我明知道丁部长的意思，可我不愿意接，李岩不可能当面食言，在场的小岳、柳莺、雷古月和老马都是局外人，所以我只能找个看起来过得去的借口把这百分之一再扔回到他们公司内部去。"

"赵总或者我，都可以代持啊。"苏黎不服气地说。

"赵总是大股东，我可不想得罪李岩，再介入他俩中间去。"

"所以，当时只有我是可以得罪的了？"苏黎有些泄气，"所以，你后来喝醉酒兴高采烈地说把那百分之一全权委托给小林处理，是不是在演戏？"

"谢谢你。"老邢郑重地对苏黎说，我可以瞥见他的眼眶又湿润了起来，"做人挺难的，必须要取舍。但是今天回想起这件事，我一点也不后悔，而且还很高兴，哎呀，真是无心插柳，没想到报了当年那一碗牛肉米粉的恩。"

听到这里，我深深地替老邢感到悲哀。作为一个商人，不仅需要花钱买平安，还忍着巨大的诱惑，把送上门的财富拱手让人，而且还得顾虑周全不要得罪人。要说理性，我远远不及老邢。不过事皆有因，如果当初不是黄永历骗走了他的全部身家，也就不会有后来的一千万行贿的把柄，如果不是他如履薄冰地要摆脱这种见不得人的交易，也就不会歪打正着，千倍万倍地回报了当初的一碗牛肉米粉——一碗忘了放盐的牛肉米粉。想到这里，我又替老邢、替林巧玉感到高兴。

"我没征求林巧玉的意见，主动跟大家介绍说她的厨艺特别棒，拉着她一起说给大伙炒几个菜。"苏黎说道，"在那种情况下，林巧玉没办法推辞，她只能大大方方地答应了，跟着我去了后厨。

"我和林巧玉配合，一个备菜，一个炒菜。小刘经理一直跟着我俩帮忙张罗材料。出了刚才的不愉快，他们吓坏了，任由我们想怎样就怎样，没什么好说的。就这样，我俩搭档着弄出四个菜，那四个菜是——"

叁 拾 贰

老邢抢着说："黄焖水豆干、干锅娃娃菜、香辣金钱蛋，还有一道就是霉千张烧肉。我印象很深，这几个虽然都是农家家常菜，但是个个好吃，可以说比大别山庄自家做的菜好多了。我们大家吃得赞不绝口，把之前的不愉快和尴尬气氛几乎全忘了。"说到这里，他突然停下来，意味深长地盯着苏黎，似笑非笑。

"这么看来，你和林巧玉挽救了凯思文化的上市危机啊。"孙美心的话中明显带着嘲讽的意味。

苏黎转头看了一眼孙美心，没有回应她，而是冲着老邢说："我知道你什么意思。你不就是想说其实我不会做菜，那些菜都是林巧玉一个人弄的吗？"

"哈哈哈——"老邢笑了起来，"现在我知道了，当时可真不知道。我知道的是，霉千张烧肉这道菜，小林说得有道理，那道菜一定是她做的。"

苏黎无奈地叹了口气，说："事到如今，也没啥可丢人的，实话说，那些菜都是林巧玉一个人做的。我真的不会做菜。那天我充其量也就起到了两个作用，一是劝服她做了那几个菜，二是帮她洗洗菜——我连切菜都不会，当时。"

她诚恳的态度，换得了好几个人的肯定。王男、秦沛怡和王光斗都对她微微点头。不料她话锋一转，变得激动起来："本来我跟她商量好，就说是我俩合作一起炒的菜，可是没想到关键时刻，林巧玉摆了我一道。"

"怎么叫摆了你一道？"我问道。

"怪就怪岳远方问了一个问题。"苏黎这话说的，好像我的问题也问得不合时宜，"我跟她在后厨商量好，如果大家问起来，就说黄焖水豆干和香辣金钱蛋是她做的，干锅娃娃菜和霉千张烧肉是我做的。唉，我那时候太年轻，有点二百五，一心想着在赵总面前露个脸。可是没人问这菜都谁做的，我傻乎乎地主动介绍说，这俩菜是小林做的，那俩菜是我做的。"

老邢微微笑着说："呵呵，没想到岳远方就问了你霉千张烧肉的问题。"

"他问我说，'这个霉千张应该跟臭豆腐差不多吧，这个菜本来是上不了席的，可是今天一吃一点都不觉得掉价。你说说为啥要做这个菜呢？'这一问把我问住了，因为做啥菜、咋做都是林巧玉定的，我哪儿知道哪个能上席哪个菜上不了席啊。"

"小岳纯属是为了活跃气氛，给丁部长留下好印象。"老邢道。

"你不也是为了讨好丁部长？"苏黎反问，继续道，"我也不知道发生了什么，小林那天晚上本来不怎么说话，自打炒完菜就突然变了一个人一样，活跃起来了。小岳问我话，我答不上来，赵总刚要帮我打岔，小林说话了——

"林巧玉说：'刚才大家喝了不少红酒，后上的菜口味要适当重一点，才容易吃出味儿。但是他们后厨能用的材料偏素，正好有这个霉千张，我觉着可以用一点点臭味儿刺激味蕾。'她这话一说，明显就把我出卖了不是？"

　　原来如此，烟酒刺激之下，味蕾就不那么敏感了，人的口味就偏重。原本是很浅显的一件事，平常没人去琢磨，经林巧玉这么一解释，却显得非常有道理。我们平时喝啤酒，配着烤串儿是最惬意的，喝白酒，就爱配一盘儿炸花生米，因为它浓香偏咸，对味蕾刺激更大。这个姑娘不但精于厨艺，还能用心研究食客的状态和感受，真让人钦佩。

　　"结果丁部长一听她这话，马上举着酒杯夸奖她厨艺高超，主动要跟她喝酒。这么一来，林巧玉成了大家一致讨好的对象了。林巧玉也真的好像变了一个人，大大方方地，来者不拒，一气儿喝了好几杯酒，不一会儿就醉了。快结束的时候，邢总说要委托一个人代持那百分之一的原始股。就这样，我眼睁睁看着林巧玉顺理成章地拿了那百分之一。"

　　"话不能这么说。"老邢道，"那百分之一原本就是李岩的，交到李岩手下的人'代持'合情合理。这样一来，我也干净了，对丁部长也有个交代。"

　　"哼！"苏黎不屑道，"你邢老板不缺钱，图个自己干净，吃完饭一抹嘴就走了。公司引资的事儿算是有了结果，可是赵总的百分之一原始股没了，我费心费力一晚上，闹个竹篮打水一场空。而那个李岩，把喝醉的林巧玉带走了，一晚上也没回去……

　　"我看透了林巧玉。打那以后，我就跟她绝交了。我迅速搬出了原来的房子，在公司里也不再跟她说一句话。转年春节之后，林巧玉离职了。公司上市之后，我又听说她出国了。"

　　老邢自顾自倒了大半杯酒，叹道："哎呀，说到这儿，我完全明白了。今天这个饭局一定是小林在背后安排的，在座的各位，都是跟她有缘的人。包括苏黎女士，如果不是你举荐她做李岩的手下，不是你那天晚上鼓动她给大家做菜，她也不会拿到这个补偿，那笔钱确实是她应得的。我提议，大家一起敬她一杯。"说着又自顾自干掉了杯中酒，其他人或感慨或迷离，随着举起杯一起喝了一口。

但是老邢这话不全面，在座的人中，目前还不能确定我和迟远一定跟林巧玉的命运有交集。这时窗外又亮起一道闪电，在我眼前一晃，那个红衣女子飘飘的身影又出现在我眼前。挥之不去的噩梦，那是上上个月在旧金山金门大桥上，我驱车过桥时看到的一幕。

迟远也喝掉杯中酒，若有所思地沉吟不语。我则突然醒悟，大声问道："苏黎，你知道林巧玉出国去哪儿了吗？"

苏黎道："美国，具体哪个城市我不知道。"

"我知道。"对面的银发老太太秦沛怡突然道，"旧金山。"

旧金山？我不禁感到头皮发麻。众人都看向我，却没人在意秦沛怡怎么知道林巧玉的下落。

不可能这么巧！不可能！我在心里默默地祈祷，头顶直冒虚汗。这时两个飘飘忽忽的身影走到我旁边，一个在左，一个在右。一边端上来一只燃气底座，放到了桌上，熟练地打着了火，蓝黄的火苗喷薄而出；另一边将一只冒着腾腾热气的铁锅子坐上了火。锅子本来是煮好的，一放到炉子上就开始重新沸腾。五六条完整的小鱼躺在浓白的汤中，巨大的姜块若隐若现，白汤表面还漂浮着两片紫苏叶子。

"锅仔黄鸭叫。"一个遥远的声音在我耳边响起。第八道菜来了。

旧金山！看到这道菜，让我一下子清醒了。

就是这么巧！我万般无奈地逼迫自己接受现实。人与人的缘分，奇妙无比，不到最后一刻，你无法知道究竟是善缘还是恶缘。

百感交集的我不由自主地哆嗦起来，牙齿直打颤，大家都看向我，我低下头，泪水夺眶而出，喃喃道："对不起！我明白了。"

"你明白什么了？"王男大声喊道。

"你快说，你见过楚楚吗？她怎么样了？"肖士朗也大叫起来。

"她死了！"我泣不成声。

鱼还是那么细嫩，汤还是那么鲜美，随后送上来的锅巴饭再次确认了我的判断。楚二妮就是丑丑，楚楚就是二妮，小楚就是楚楚，林巧玉就是小楚，而 Chloe 就是林巧玉。

熟悉得不能再熟悉的味道。

"我上次吃到同样造型、同样风味的锅仔黄鸭叫，是在旧金山，一家名为 Chloe 湘滋味的湘菜馆。"我开口说道。在此之前，我花了好几分钟平定情绪，喝下一满杯红酒。

霉千张烧肉

主料：霉千张 500 克，猪前尖肉 300 克

配料：尖椒 50 克，线椒 50 克，青蒜 30 克

辅料：菜籽油，猪油，盐，生抽，豆豉，大蒜，五香粉，黑胡椒粉

做法：霉千张切片，用猪油煎至焦黄，出锅备用；猪肉切片，裹五香粉、生抽腌制5—10分钟，小火炒熟备用；爆炒尖椒、线椒和青蒜段至七成熟，加入煎好的霉千张和猪肉片，加豆豉、盐、黑胡椒粉翻炒后出锅。

叁拾叁

到达旧金山的当天，我和小龙两个人，下了飞机取了车，就直奔九曲花街，也就是伦巴底街。小龙是我的球友，正好辞职换工作，有了空跟我一起到美国来。但是我临行前跟朋友借的佳明导航仪好像有点问题，跟着导航走怎么也走不到目的地，绕来绕去总是开到临时封闭的路口去。莫名其妙地开了十几分钟，我才发现总在两个街区之间来回绕，在停车等红灯的时候，我们发现临时管制的街道内热闹极了。

"快看！"小龙兴奋地喊道，"人妖，人妖。"小龙虽然有驾照但是不会开车，所以这次美国自驾，全靠我当司机。我不禁皱皱眉，这是美国，又不是泰国，哪里来的人妖呢？我随着小龙的指点扭头看去，"我去！"可真是开了眼了，原来这条街道被临时封闭，是在搞游行集会。整条街道被人群挤得水泄不通，彩旗飘扬、气球飞舞。人们全都身穿奇装异服，花枝招展的，随着音乐节奏扭来扭去。熙熙攘攘的人群中，有五大三粗的壮汉，穿着粉红色的三点式比基尼；有颧骨高耸的大洋马，穿着和服；还有涂脂抹粉的黑人，穿着毛茸茸的兔女郎泳装，踩着高跟鞋；有的人脸上涂红画绿；有的戴着大墨镜；还有的画着小丑妆；有的只画一张猩红的大嘴巴；有男人挺着硕大的乳房；有女人戴着礼帽、唇边粘上假胡须……

我突然想起来了，来之前好像在哪里看到过一条新闻，旧金山的同性恋大巡游大概就是这段时间，看来正巧被我俩赶上了。

按照导航规划的路线，这个路口我应该右转开进去，但是封路了，只能直行。就在红灯即将变绿的时候，小龙又喊了一嘴："你看，还有中国人。"原来就在人群的边缘，真的有两个女同志，一个头戴兔子耳朵，蓬松的黄发垂肩，穿着金色紧身衣和运动鞋；另一个则一身西装革履，戴着一副墨镜，画着胡须，齐耳短发，这一对儿个头儿都不高，都有着东方人的面孔。我看了一眼，准备启动车子，随口说了一句："日本人吧？"

小龙听了我的话，摇下车窗，恶作剧式地冲着那俩人大喊一声："变态呀！"我依稀看到那两个人转头看向我们，像是听到了。我一踩油门，同时清晰地听到了一句地地道道的京骂，余光里，分明是那个兔子耳朵冲着我们伸出了中指。

在国外被人骂了，我和小龙都有些不爽，但是最终找到了花街，游玩之后我们又跑到渔人码头吃了顿大螃蟹，也就把这事儿忘到了脑后。

第二天，住在旧金山的同学雁儿一家特地招待我们。一大早雁儿的老公盖瑞开车来接我们，我和小龙坐上盖瑞的车四下观光。

盖瑞是谷歌的工程师，他带着我们来到谷歌的园区。这个企业园区是开放的社会化园区，一幢一幢半新不旧的矮楼错落有致地排列在树林和草坪之中，盖瑞开车带着我们来回转悠，介绍说这边是研发无人车的，那边是搞 AI 研究的。"我们开发出一套系统，可以用摄像头捕捉人的面部表情，来判断这个人做事或者看书的时候注意力的集中程度，有没有走神。"盖瑞介绍说，"这个技术的未来应用会很恐怖，它甚至可以通过分析你讲话时的微表情来判断你有没有说谎。用不了多久，学校、海关、工厂以及人流量集中容易发生恐怖袭击的公共场所都能用上这套系统。"

最后，盖瑞带我们进入一幢办公楼。这个办公楼的造型、气质与国内的大学教学楼近似，我们走上旋转楼梯，上到二楼，来到一个巨大的开敞空间。原来这里有一些对外展示的仪器设备，其中包括各式各样的手机展品。还有一间仿建的员工办公室。盖瑞解释说，这里不是真正的办公室。谷歌的办公室原先是允许外人参观的，但后来由于参观的人实在太多，影响正常工作，所以他们另外布置了一间办公室专供游客参观。我和小龙迈步走进一个员工的工位空间，不断惊叹这里人均办公面积的豪奢。足有十八平方米的空间，巨大的两面台、三台显示器、两部电话机还有咖啡壶等硬件都不是我们艳羡的重点，重点是沙发、懒人椅和一个布置得相当温情的狗窝。随后，盖瑞又开车带着我们前往乔布斯的故居，我们在附近停车后从街角走过去，绕着乔布斯的故居兜了一个小圈儿。这栋老旧的二层独栋，位于一个十字路口的把角，坐落在草坪中央，草坪的占地面积有半亩多一点。说实话，相比附近其他的住房，乔布斯的故居远远算不得豪宅。盖瑞像导游一样领着我们，一边走一边讲解：乔布斯的家人还住在这里，虽然他的房子已经成了全世界游客和果粉儿们瞩目的焦点，但是没有人随意打扰他们。大家都是远远地停好车，路过这里，远远地拍个照片，绝对不会闯入他家的草坪。

中午吃日餐的时候，我们闲聊了一番。我问盖瑞，美西的华人多不多，本地有没有华语的报纸和电视频道。盖瑞告诉我们，美西的华人非常多，而且聚集程度相对较高，旧金山、西雅图、洛杉矶都有比较大的华人社区，不但有不少汉语报纸，旧金山还有两个华语电视频道，但不是国语而是粤语和英语的双语频道。小龙笑着说："那说明在国外的华人，主要以广东人居多，可见一百年前被'卖猪仔'的后代不少啊。"盖瑞不置可否，说了句："这里湖南人也挺多的。"我问道："哎对了，这里的电视台、电台和报纸是不是谁想开就能开呀？"盖瑞笑道："倒也不是那么随便，都需要申请执照或者频率，但是媒体行业跟其他行业差不多，只是一门生意而已，基本上谁想投资都可以。"我和小龙对这个回答并不是特别能理解，没法再深入下去，我只好转换话题："盖瑞，那你说这里的华语台都播些什么呢？是不是偏重一些华人社区的新闻？"

盖瑞道："一般来说，华语频道主要覆盖华人，但是也不能只顾华人观众，它还要考虑其他族裔的，比如白人、黑人、南美移民或者印度人，所以报道的内容不仅仅照顾华人的口味。"盖瑞停下来嚼了两口寿司，接着说："不过也有很明显的偏向。比如前两天有两个华裔在马路上打起来了，有个华语频道竟然搞了两个小时的现场直播。还有一个有意思的事儿，几个月以前吧，西雅图有个北京来的新移民，买了块高档墓地，花了不少钱，刻了个高碑，上面写着'慈母赵欢千古'。谁知道，下葬的时候他却埋了一只小狗进去，还跟牧师争执起来。这种事儿其实是很无厘头的，但是这两家华语频道连篇累牍地报道、炒作，甚至找一些所谓的专家连线做什么心理分析。"我听得目瞪口呆，小龙却大笑起来："盖瑞你真会讲故事，这肯定是电视台为了炒作弄的假新闻。在国内呀，这叫恶炒，哈哈……"盖瑞摇摇头："还真不是。这件事我听西雅图那边的朋友说过，好几个人亲眼看见的，下葬的时候的确抬了一只小狗去的。"

下午我们又参观了胡佛塔，傍晚的时候雁儿领着两个女儿在斯坦

4
1

福购物中心跟我们仨碰头。老同学见面，自然是相见甚欢，嘘寒问暖，盖瑞是湖南人，提议带我们去吃湘菜。我和小龙有些诧异，大老远跑到美国来吃湘菜，能有咱国内的地道吗？盖瑞瞧出来我们的疑虑，一边开车一边跟我们讲："国内来人，我们一般都带去吃意大利菜，或者寿司。今天呢一方面是我好久没吃湘菜了，有点想；另一方面呢，正好我之前订好了这家，原打算招待几个老外的，但是他们临时决定去优胜美地了，我订的位还没取消，咱今天就吃湘菜了吧。"小龙说："盖瑞哥，我也是湖南人，能在异国他乡吃一口家乡口味，也是不错的。"但我听得出来，小龙和我一样，对国外的湖南菜并不抱太大期待。小龙接着说："对了盖瑞，我听说美国的公园门票是按车卖的，一辆车一张票，一张票管七天随意进出，对吗？"

"对的。"

"那你看——"小龙瞅了我一眼，我明白他的意思，正犹豫着要不要阻拦，他已经说出来了，"我们明天也要去优胜美地，是不是就不用买票了，把那些老外的票拿来用就可以了？"

盖瑞犹豫了一下开口道："这个倒是不违反美国法律，我也听说过，不少中国留学生都这么干。不过话说回来，虽然人家不查，但也省不出多少钱来。要不这样，明天等他们回来我问问他们再说。"雁儿的大女儿坐在我身后，突然说道："Daddy, is that immoral？"盖瑞从后视镜里看了女儿一眼，慈祥地说："I'm pretty sure！"

我忘了向他们介绍，小龙是北京外国语大学的西方文学硕士。

到了吃饭的地方，停好车之后，我们从后院的停车场爬楼梯直接上二楼，并在大厅最里边的一张圆桌落座。盖瑞解释说，国外的餐厅很少有单间，这家也不例外。从内装修来看，丝毫看不出这是在国外，水磨石地面，木质大圆桌，中式靠背椅，浅黄色餐布，房梁上悬吊的红灯笼，都跟国内一样。墙角站立的音箱里，也放着粤语歌曲，甚至连来来往往的服务员一水儿都是中国人，穿着中式的斜对襟短褂、粗布裤子和系袢布鞋。就连桌上摆放的卫生筷子和成套密封的碗碟，以及粗瓷水盅，也是典型的南方小饭馆儿的摆设。如果不是看到一桌一桌的洋人，笨拙地用筷子歪着头吃饭的话，我还以为瞬间又回到了国内。

我和雁儿聊着天，那边盖瑞和小龙把菜点了。我不经意地瞥了一眼他手中的简易菜单，后面的数字把我吓了一跳，貌似个蒸水蛋的标价就是二十几美元。早就听说国外的中餐又贵又难吃，不过人家雁儿两口子一番好意，那就既来之，则吃之吧。

不一会儿上菜了。作为湖南人的媳妇儿，雁儿热情地给我们一一介绍：这是血鸭，这是土鸡汤，这是双色鱼头，这是攸县香干，这是红薯粉，这是金钱蛋，这是红菜苔，这是红烧肉……

这满满一桌菜，色香兼备，就是不知味道怎么样。烫完杯子碗筷，盖瑞自信满满地说："尝尝吧。"我和小龙稍微客套了一下，拿起筷子。小龙尝了第一口菜，表情就变了，换一道菜再尝一口，眉眼就舒展了。我喝了一口鸡汤，热乎乎、鲜美美、咸香辣三味俱全，再尝一筷子鱼肉，咸滋滋、香喷喷、肉质细嫩——这分明是我吃过的最好吃的湘菜啊！我和小龙顾不上评价，甩开腮帮子开动起来。雁儿的两个女儿，一边吃饭一边乐呵呵地看着我俩，很是得意。

菜好吃，谈兴也愈加浓，这顿饭给我的美国之行开了一个愉快的头。正吃着，小龙悄悄地捅了捅我，小声说："老叶，你看那边那个领班，是不是很漂亮？"

我回头一看，在大厅远处，灯光不那么明亮的地方，靠墙站着一个身穿套装的姑娘，胸前别着一个亮晃晃的胸牌。那位姑娘短发齐耳，额头明亮，长着一个精巧的小鼻子，翘嘴唇涂着晶莹闪亮的唇彩，白色衬衣的大尖领翻搭在套装的外面，瘦腰细臀，亭亭玉立，不过目测应该也不会超过一米六五。仿佛注意到我在看她，她突然动身迈步，向我们走了过来。

姑娘走到近前，面含微笑，对着我说道："先生，有什么需要吗？"当她注意到我身后的小龙时，表情稍稍凝固了一下。我有点尴尬，这是在国外，如果不小心盯着哪个洋妞儿看被人发现了，弄不好会被起诉吧？幸好对方是中国人，我赶紧找个借口应付一下："不好意思我没啥事儿，我就想打听一下，你们这店里的厨师都是中国人吧？"

姑娘笑了，盖瑞和雁儿也笑了。我意识到自己问了个傻问题，马上改口道："哦不，我的意思是，你们厨师是不是都是湖南人？"

姑娘认真地回答："大多数厨师都是湖南人。先生您问这个干什么？"一口地道的京腔，我完全听不出她有什么别的口音，看来她应该不是湖南人。她的目光又越过我，看向我身旁的小龙。"哦没事，我就是问问。"我讪讪地回答。盖瑞解释说："我朋友从国内来的，夸你们的菜做得地道呢。"

"谢谢。"姑娘微一点头，转身就要离开。我注意到，她的胸牌上写着名字：Cindy。

"Cindy，"我喊道，"你们的菜真地道，我想问问你们这家店叫什么名字？"我这是给自己找个台阶，暗示着我会再来光顾。但是她头也不回地走开了——也许她把我当作一个没话找话的浮浪游客。

小龙又捅了捅我，指指我面前的纸巾包。我一看，纸巾包上写着"Chloe湘滋味"。小龙低声对我说："叶哥，你说这姑娘是不是昨天咱们看到的那个？"

"哪个？"

"就是那个，游行的，头上戴着兔子耳朵的那个。"小龙说道。我恍然大悟，赶忙再看 Cindy 离去的身影，不高的个子，细腰瘦臀，坡跟小皮鞋在油腻腻的地板上越走越远。就是她！

叁 拾 肆

"那个跟 Cindy 在一起的女同性恋，是 Chloe 吗？"苏黎转过头来问我。

"我不知道。"我回答。我真的不知道，那天看到的那个穿一身西服套装戴着大墨镜的女郎是不是 Chloe。"我知道的是，Chloe 死了，就在我们吃完那顿饭的第二天。"

"你胡说！"老邢暴躁起来，他的眼睛都红了，直勾勾地瞪着我，"你怎么确定，Chloe 就是林、林巧玉？"显然他还没能自然而然地把这几个人名对应起来，但是他质疑得对，我还没有讲清楚。其他人都不再吃菜，也不喝酒，静静地等着我把故事讲下去。

"老邢我问你一件事。"我想了想，问道，"你刚才说丁森几个月前死了，那你知道他在什么地方死的吗？"

老邢一愣，不知道我的用意，但还是回答了："我前几天去养老院看我表舅，他告诉我，丁森在旧金山他女儿家里，因为食物中毒去世了。"

"那就对了。"我坚定地说，"今天这顿饭局之前，没有吃到这些菜，听到你们前面讲的那些故事，我根本不会把这些事情联系起来，也根本不可能意识到，Chloe 就是林巧玉，而林巧玉就是丑丑！"

"丑丑？"迟远问道，"你的意思是说，你除了在旧金山和她有过交集之外，还在其他场合见过她？"

我沉重地点了点头。看看窗外，恍惚间觉得这世界真的太小了。一个人这一生中，会遇到很多人，往往不经意间的一句话、一个眼神，就成了生命中抹不去的印记。蝴蝶效应，我想。但是我很快又摇了摇头，这比喻非常不恰当。大家看我又点头，又摇头，好几个人都要张嘴追问我。我摆手示意他们不要着急，定了定神，又对老邢说："老邢，你记不记得咱俩来的路上说起的话题？你只提了一句，一碗牛肉米粉就能让你泪流满面，刚才你也讲了牛肉米粉的故事。"老邢道："对，当时我也问你来着，你没回答。现在我知道了，是这份锅仔黄鸭叫。"说到这里，老邢突然大叫起来："哎呀呀，这么说，Chloe 真的就是她？"

"一定是！"我说道，"因为这份锅仔黄鸭叫的做法和味道，我一辈子也忘不了。不仅如此，今天是我第三次吃到了。上一次是在旧金山，再上一次，是在十八年前……"

于是，我简短地讲述了十八年前，在我出差途中吃到那份锅仔黄鸭叫，以及在那家乡野饭馆碰到过一个叫"丑丑"的女孩儿的事情。从年龄、长相，再结合今天晚上这一系列故事的发展脉络，我完全可以断定，那个乳名叫作"丑丑"的姑娘，就是来北京上学投靠在表舅家的楚二妮；而在旧金山开湘菜馆的 Chloe，就是从凯思文化离职后出国的林巧玉。

不然，为什么是我，还有理工男王男、胖厨师王光斗、"肖十一郎"肖士朗、成功商人孙美心、银发老太秦沛怡、资深白领苏黎，为什么是我们被安排到了一起？

"等等！"肖士朗不解地说，"刚才叶总说到你们在旧金山点的菜，好像没有这道锅仔黄鸭叫啊？"

苏黎也帮腔道："我觉得叶总的推断还缺少证据，你亲眼见过那个Chloe吗？又怎么能确认Chloe就是小林呢？"

"你们听我说……"我娓娓道来，"刚才你们提到了，在大别山庄吃的那顿饭，包间里有一幅唐寅的画还记不记得？再者岳远方提到过，丁部长的女儿叫小媛对吧？还有，神仙居的那副对联怎么说来着？"

王光斗认真地回答我："入座三杯醉者也，出门一拱歪之乎。"

我和小龙以及雁儿一家人吃得非常尽兴，不料过了一会儿，Cindy又回来了。她还端来一道菜，盖瑞一看忙说："不好意思是不是弄错了？我们的菜已经上齐了呀。"

Cindy把一只坐在酒精炉上的小铁锅放到桌上，看着我说："听说这位先生是从国内来的，我们老板Chloe亲自下厨，特地赠送这道菜给这位先生尝尝。"

这就是锅仔黄鸭叫。

起先除了感激，我并没有过于在意。一来感激这家餐馆挺近人情，二来感激Cindy似乎并不计较昨天我和小龙的无礼。伸指拈筷，我愣了。只见那黑乎乎的扁铁锅内，白花花的浓汤飘着几星油，两片紫苏叶子，五六条扁嘴短须的四寸小鱼并排躺在汩汩沸腾的汤中，微微颤动。

"哎呀，抱歉抱歉——"盖瑞略有些尴尬地说，"我就是隐隐约约记得这有一道特好吃特正宗的锅仔黄鸭叫，怎么给忘了点了呢。"

"不怪你，这菜单上没写这道菜。"雁儿提醒他说。

"哦，是吗？"不仅盖瑞，连我和小龙都觉得奇怪，这么好的一道看家菜竟然忘了写在菜单上。转念一想，兴许外国人对小鱼不怎么感冒，也没准儿是材料不太有保障，让它成了一道时令菜呢。

随后上来的锅巴饭，配合着鱼汤，让我们六个人生生地撑了个肚儿圆。也许是时差的关系，让我思维很迟钝，这道菜虽然勾起了我的味觉记忆，隐隐觉得似曾相识，但终究没有把它与十八年前的经历搭上线。

除了最后送的这道菜，这顿饭花了盖瑞四百多刀。我和小龙一边剔着牙，一边感叹国外的中餐是真不便宜啊。

盖瑞付账的时候，我和小龙一起去了一趟洗手间。绕过设在大厅中部对窗的吧台，有一个很小的拐角，转过去迎面是一座立式屏风，屏风背后是洗手台，洗手台两侧分别有两个小门，门上都贴着男女公用的标志。我和小龙从洗手间出来，在那座屏风的背后发现了一幅画。那幅画高两米左右，看起来跟屏风不是一体的，应该是后来摆放上去的。小龙把干手机让给我用，自己甩了甩手，嘴里嘀咕了一句："我去，把山水画挂到厕所来了，真是亵渎文化啊。"

回到吧台附近，我四下张望，从这里可以看到大厅的全局。偌大的餐厅，有三十到四十张桌子，大部分都有客人，只有两三张大圆桌是空着的。大多数食客都是白人，我留意了一下，没有看到用刀叉的，看来老外如果喜欢吃中餐，学会用筷子是一个硬性门槛儿。

我注意到除了一张大圆桌围坐着一群中国人之外，还有一张小方桌，也有两个中国人，看样子刚刚结完账，一个中年妇女正把一张20美元的钞票往桌上放。小龙歪歪头跟我说："我猜那俩人点了一百块钱的菜。"这时看见 Cindy 手拿一个保温盒，正向那桌走过去。我说："还有打包带走的，不然俩人不会吃那么贵。"

我俩正要往回走，忽然听到那个中年妇女惊讶地说："What's

this？"回头看去，见那妇女看着 Cindy 手里的保温盒，不解地问道。日本人？我和小龙不约而同站住了。

但 Cindy 并没有用英文回答，而是用的中文："这是我们老板特地送给二位的菜，可以带回去品尝。"一个苍老的声音响起："什么意思啊？你们老板是谁呀？"

Cindy 还没有答话，那妇女生气地站了起来，改用中文不耐烦地说："什么情况啊？！你们没事儿吧？不要不要！"说着她又从坤包里拿出一张票子，往桌上一扔，"再给你二十小费。走吧，爸。"原来她对面那位顶着稀疏白发的老头是她的父亲。

Cindy 压低了声音，着急地说："对不起，不是为了小费。这是我们老板亲自下厨，送给你们的，不要钱。"谁知这话并不太中听，老者不乐意了："哟，小丫头，看我可怜啊！"他女儿恼怒了起来，大声嚷道："莫名其妙！你们老板什么人啊？我来你这儿吃饭，算是给你脸了！你知我是谁吗？"说完伸手搀起老者，一边自言自语似的抱怨道："要在国内，我吃你的饭，你还得给我钱呢……"

周围的食客纷纷停下了筷子，看向他们。Cindy 脸上有点挂不住了，尴尬地站在那儿不知如何是好。小龙和我对视一眼，一起走了过去。

"老爷子诶。"我觉得更年期妇女不大好惹，决定从老头儿下手，"老板免费送个菜，这是好事儿啊。"老头儿个子不高，拄着手杖从椅子上站起来之后，比他的女儿还矮一个头。茶色眼镜后面，一双巨大的眼睛警惕地盯着我。他没有回答我，搀扶着他的女儿也警惕地看着我们俩，仿佛我俩是餐馆的保安一样。

小龙就没有我这么客气了，他拿起桌上的两张钞票，递给 Cindy，说："拿着，这是你的小费。"又拿起桌上的保温盒，伸手一递，差点捅到那妇女的鼻子底下，生硬地说："这是人家老板的好意，不要拒绝。"Cindy 可能没想到我俩的出现，她顺从地接过钱。那女的慑于小龙的气势，竟然没敢说什么，接过了保温盒，作势还要放回桌上，却被小龙再一伸手挡了回去。

周围的人们还在好奇地观望着我们。我一回头，扫见吧台后面的酒架上方正中位置，跟所有的中餐馆一样供着一尊关公铜像，两支电蜡烛荧荧如豆。我走近一步，伸手搀住了老人的另一边，小声说道："这家老板好得很，刚才也给我们送了一个菜呢，真的很好吃！你看——"我伸手一指吧台方向，"人家供着关老爷呢！都是中国人，互相照应着，也是应该的。"一边说，一边半推半搡地拥着他们往外走。

那女儿不再坚持，只得收敛了脾气拎着保温盒，倚着老者往门口去。老头儿顺着我指的方向看了一眼关老爷，又看了我一眼，问道："你认识我吗？"

我笑着说："嗨，不认识不也都是同胞嘛。在国外，见着中国人，至少觉着面善，对吧？"

老头儿又看了一眼关老爷，嘴角一动，点点头小声道："面善，面善。走吧，小媛。"然后随着女儿一步一挪向门外走去。

我和小龙看着他俩离去，回头冲 Cindy 做了个"OK"的手势。经过吧台的时候，我又看了一眼供在酒架上方的关老爷。这时我注意到，酒架两侧，昏暗的射灯阴影里，还挂着一副对联，卷轴很老旧了，暗黄的裱边、灰黄的宣纸、脏兮兮的草书大字，确实很不醒目。

"对联上写的什么？"苏黎明知故问。

"入座三杯醉者也，出门一拱歪之乎。"王光斗一字一顿地替我回答，"那幅山水画呢？"他问道。

　　"一定就是唐伯虎的女几峰图了。"老邢说道，"这幅画是好画，可是大量印刷到处贴，也太滥了点儿。你说包间里贴一张倒还靠谱，弄到洗手间门口去，哎呀……"

　　"哼，有些在酒宴饭局吃香喝辣的人，嘴里聊的心里想的，比厕所还脏呢！"苏黎的话多少有些愤世嫉俗，不过却让我们无言以对。

　　迟远抿起嘴，皱起眉，捻了一个响指，轻声说道："有点意思。"看到我们注视着他，他微微笑了笑，说道："这么说，Chloe 就是林巧玉喽。叶总你那天见着她没有？"

　　我叹着气，遗憾地说："那天没有。当时我满脑子都是出国自驾的兴奋劲儿，加上时差和红酒的关系，脑子也不灵光。没想到第二天一早，我在金门大桥上亲眼看见 Chloe 从桥上跳了下来。"近两个月之后，在这电闪雷鸣暴雨倾盆的夜里，后海边的胡同深处，那红裙飘摇的身影和苍白的脸、凌乱的短发再一次迎面向我扑来——那一幕好像就在我眼前，格外清晰。

　　大家都沉默了。

　　迟远给自己倒了小半杯红酒，拿到嘴边，又放下了。他转头看着我问："叶总，您在旧金山 Chloe 湘滋味吃饭，是哪天的事儿？"

　　"正好两个月之前。"

　　"6 月 28 号？"

　　"对，"我想了想道，"当地时间是 6 月 28 号晚上，北京时间应该算是 6 月 29 号了。"

　　"你怎么确定第二天看到的跳桥女子就是她呢？"迟远又问道。

　　这一问把我问住了。

锅仔黄鸭叫

主料：黄鸭叫 4—6 条

辅料：葱白 3—5 段，锅巴饭

配料：紫苏叶，干辣椒，小葱，姜块，大蒜，啤酒，盐，白胡椒粉，花生油，香油

做法：黄鸭叫洗净去鳃去鳍，葱白切段，姜切块，小葱切碎；黄鸭叫下锅用花生油
　　　小火煎黄，加入干辣椒、姜块、葱段、大蒜翻炒 2 分钟；淋少量啤酒；加入
　　　白开水、白胡椒粉、适量盐、紫苏叶，开锅后加入少量香油。小火长煨。

叁拾伍

　　我不相信这一切都是巧合。

　　正如我根据所见所闻推想的，Chloe 就是林巧玉，也就是我十八年前见过的那个乡村小姑娘丑丑。锅仔黄鸭叫，唐寅的山水画，神仙居的那副对联，还有在 Chloe 湘滋味遇到的老头儿，那老头儿叫女儿为"小媛"，好巧不巧岳远方在大别山庄的包间里提到丁部长的女儿也叫"小媛"！如果，那两个人就是丁森父女，那么 Chloe"亲自下厨"赠送的那道菜是什么呢？

　　"宫保鸡丁！"老邢好像看出了我在想什么，他大声说道，"时间对上了——我表舅告诉我，丁森三年前借口出国看病就再没回来，听说一直住在旧金山。并且他死的那天是……"

　　"6 月 29 号。"秦沛怡道，我发现她的眉毛舒展了，鱼尾纹显露出来，但是气色不错，满面红光，年轻时的余韵犹在，"我家老唐每天都看免费的报纸，跟我说 6 月 29 号同一天，湾区有两个华人移民非正常死亡。一个是食物中毒，一个是跳桥自杀。跳桥自杀的那个，就是 Chloe。"

　　迟远抬起头来，沉声问道："您确定是 Chloe？"

　　"确定，报纸上写了她的名字。"老太太明确地说，"虽然只写了英文名，没写中文名，但是配了照片，我一眼就认出她了。"秦沛怡的话进一步证实了我的推断,那个跳桥的女子就是她。老太太深深地叹了一口气,接着说:"报上说了,跳桥的华人女子是一家很有名的湘菜馆老板。"说到这里,老太太分别打量了孙美心和苏黎一眼,"我刚才说还是不见为好,现在你们明白了吧?"

她话里隐含的戏谑意味让大家都很不满,所有人都瞪着她,但没人开口。一道明晃晃的闪电从窗外扑进来,略微稀释了一点点憋闷的氛围。

孙美心摇摇头道:"不对。如果林巧玉已经死了,那这些菜是谁做的?"我们看着这一桌菜,除了凉菜,还有珍珠圆子、宫保鸡丁、牛肉米粉、莲藕炖排骨、醪糟豆腐、手撕包菜、霉千张烧肉、锅仔黄鸭叫,到目前为止除了迟远,我们在座的每人一道菜,每道菜一个故事,几乎串起了这个女人的一生。以我自身感受,以及对其他人的同理心,这些菜绝对是同一个人做的。也许是想到了一起,我们八个人同时看向了迟远。

窗外还在下着雨,这时又一道强烈的闪电亮起,照亮了迟远的脸。他的眼眸里,划过一道亮光,使得这个瘦瘦弱弱的男子显得有些诡异。我们谁也没有开口,但我们眼里的疑问都是一样的:你到底是谁?林巧玉到底是死是活?这顿饭局的目的是什么?

迟远相当镇定,他不慌不忙地呷了一口酒,把酒杯放回桌上。我突然发现了一件事,自从开餐以来,桌上的三个中型醒酒器始终没有空过。看来一直有人在不声不响地添酒,只不过大家都没有注意到罢了。迟远伸手从裤兜里掏出手机,放在桌上,说道:

"不知道各位注意到没有?自从我们进入这个房间之后,就没有手机信号了。"

"是吗？"好几个人都同时掏出手机来看。可不嘛，从进屋开始，我们每个人的手机都没有响过，不仅是没有电话铃声，连信息提示音都没有响起过。我也拿出手机看了看，仍然没有信号，除了它一直在录音，电量已经所剩无几。

肖士朗冷冷地说："我早就发现了。迟记者，你想说什么？这到底是不是你设的局？"

迟远微微一笑："的确是我召集的大家，但不是我设的局。到现在为止，我还是不清楚背后的人是谁，也不清楚他的目的是什么。"此言一出，大家都惊叹了一声，分明透着深深的怀疑。

苏黎叫道："我知道了，是你！"她的纤纤玉手毫不客气地指向了沉默许久的王男，"我们每个人都跟小林有交集，但只有你是她的亲人，你是她的表弟。说，你有什么目的？"

王男扶了扶自己的黑框眼镜，苦笑道："今天这顿饭之前，我一直以为表姐早就跳河死了，根本不知道后来的事情。再说我也不是表姐的爱人。"

"爱人"这个词儿从他口里说出来，显得格外刺耳，于是大家又把目光转向了肖士朗——除了迟远。

肖士朗还没来得及分辩，迟远说道："我认为，既不是王男，也不会是肖士朗。因为，这个人用我抗拒不了的条件，诱使我组了这个局。在座的各位恐怕之前都不认识我，所以都不会是在暗中设局的人。但我至今不明白，这个人利用我组饭局的目的到底是什么。"

"条件？诱使？"我忍不住问道，"你能说明白点儿吗？"

"说也无妨，"迟远眼珠一转，看着我深沉地回答道，"不过，如果我猜得没错的话，我们应该还有一道菜。"

"油条胡辣汤。"仿佛为了印证迟远的猜测,玄衣女郎立即出现了。两个女郎各端一只大托盘,一人给我们大家面前依次放上一碗浓汤,另一人则把手中的托盘放在了桌子上,那是一小堆切好的油条,每段十厘米左右,整整齐齐。出人意料的是,胡辣汤并非每人一碗,有一个人没有,这个人就是迟远。

严格来说,胡辣汤和牛肉米粉都不能算是正式的菜肴。牛肉米粉应当算作主食,胡辣汤只能算是小吃。在河南北部,这种又烫又辣的高热量食物经常被当作早餐的一部分,连正经的主食都算不上。但这时没人在意这些细枝末节,迟远面前没有胡辣汤,他该如何被打动落泪呢?

等了一小会儿,仍然没有人给迟远补上那碗汤。老邢忍不住了:"迟记者,看来这碗汤里也有故事啊……"

老邢说完那句话,就紧紧地盯着迟远,我们都静静地等着。只见迟远默不作声地盯着桌子上的油条看了一会儿,似乎勾起了回忆。片刻之间,他的眼眶湿润了,胸脯一起一伏。一直文文弱弱胸有成竹坐在那里的迟远,终于激动了起来。我们看见,迟远的眼角开始有泪花儿,慢慢堆积,聚成一颗硕大的泪珠,无声地滚落下来。

这个场景让我感到无比震撼,又想起了自己创作的那句广告语——"每个人的味觉记忆中,都有一种味道,能让自己泪流满面。"然而让我感到震撼的并不是这句话,而是这句话被今天的幕后操纵者实现了。何止是实现,简直可以说像神仙一样地把玩。

"我想……"沉默了一会儿,迟远缓缓开口,"我可能被骗了。"

"是谁骗了你?"我话一出口就觉得多余,作为今晚饭局的代理人,能骗他的肯定是背后的操纵者。

"准确地说，是被利用了。"迟远道，"有人告诉我，如果我能按照名单找到你们，促成今天的饭局，那么我会得到一个非常重要的信息。"

"什么信息？"这回不只是我，而是好几个人异口同声地问道。

"这件事与今天的饭局无关，但是成功地利用我把大家召集到这里，一定有他的目的。"迟远道，"至于是什么目的，我仍然想不出来。"

这句话说了两遍了，我们所有人，包括迟远，都不知道这顿饭局的东家到底有什么企图。不过我想到另外一个问题："迟记者，我今天纯粹是蹭饭来的，你可没有联系过我呀。"

迟远抹了抹脸颊上的泪痕，说："名单里有你，我只需要通知邢总，你自然会来的。"我心里一凉，感觉到被什么人从暗地里盯着呢。迟远继续说："既来之，则安之。事前的约定我们还是要遵守的。"

迟远开始讲故事。我们听从了他"既来之，则安之"的劝慰，开始品尝胡辣汤。

胡辣汤的特点除了又烫又辣之外，高下之分就在于汤底和内容物的区分。除了小麦淀粉、老火牛肉汤之外，讲究的还会适当添加羊汤、高汤等，丰富口味儿；除了必备的花生米、海带丝、豆腐丝或豆腐块、腐竹之类的内容物，还会有牛肉，至于要求不同的口味儿则可以加入各种千奇百怪的食材；而配料更是丰富多彩，有砂仁、花椒、胡椒、桂皮、白芷、甘草、木香、豆蔻、草果、良姜、大茴、小茴、丁香等近三十余种香料或者药材，简直像"药膳"一样。虽然不怎么上得了台面，但是民间却给这碗汤赋予了皇家色彩：相传胡辣汤的祖宗其实是明朝皇宫中的"御汤"，是只有皇家才能品尝得到的。清兵入关之后，有位御厨带着食谱流落在河南逍遥镇，流传演变至今，或简化或改造，各地的胡辣汤已经千变万化了，是一道没有严格标准的小吃。而用油条配胡辣汤，可以说是早餐的一种常见吃法。我印象中的真武庙小吃街就有这个。

刚才的锅巴饭我没怎么动，就拿起一段油条，蘸了一点胡辣汤，放入口中。香鲜烫辣脆口入味，的确别有一番风味儿。我们一边品尝这风味独特的胡辣汤，一边听迟远说话，有几个人还跟我一样，拿油条泡在胡辣汤里吃。

"1999年的暑假，我跟着西阳市公安局的两个刑警一起，到北京上了一个短训班。"迟远说道。刚才介绍过，他是西阳日报的记者，很有可能他就是在西阳上的大学。"我是西阳大学新闻系的学生，这一年的暑假本来是要到西阳日报法制版实习的，刚好听说了这个短训班，而且参加这个班学习的刑警中，有一个是我的朋友。我就托了关系，要了一个实习刑警的名额，跟着他俩一起来了北京。短训班时间不长，正好一个月，从7月初开始到8月初结束。结束的那天，发生了一件事……"

叁拾陆

十六年前，在王男拿到录取通知书的同一天，迟远参加的短训班举行了结业仪式。

参加短训班的学员，绝大部分是来自全国各地的刑警，也有个别政法干部，只有迟远名义上是实习刑警，其实只是个报社实习记者。整个短训班有将近三百人，结业仪式结束之后，大部分学员都匆匆忙忙地背着行李赶到火车站，搭乘夕发朝至的火车返回单位。由于西阳市并非中心城市，没有夕发朝至的火车，迟远这三个人只能等着明天早上再去北京站坐火车返回。他们与其他拉拉杂杂还没有走掉的人一起，决定晚上聚个餐，算是告别宴。

聚餐的地点在护城河边上的一个烧烤摊。与迟远同来的两个刑警分别名叫王猛和胡艺彬，两人都比迟远大好几岁。王猛年岁最长，生的高大威猛，一脸络腮胡，绰号叫作"王老虎"，初来乍到的时候总被教员当作山东人。中学时迟远就认识王猛，两人关系很好。胡艺彬则文气得多，标准的中等个、宽肩膀、修长的两条腿，穿起警服来可比王猛帅气。但是在培训期间，大家都不能穿警服，这是校方的规矩。

天南海北的警察们，聚在一起烤串儿喝酒，话题一开始是围绕着天气进行的。这天的北京，闷热难当，听说这叫作"桑拿天儿"，此言不虚，这些年轻小伙子整个下午在大礼堂里就跟蒸了桑拿一样。一个山西的学员一边开着冰镇啤酒，一边抱怨："那么大的礼堂，只有两个空调，真是要热死人。"另一个锦州的学员操着满世界都不服的口音说："我长这么大，从来没蒸过桑拿，没想到来北京，赶上了。"还有两个宜昌的学员接过啤酒，鄙夷地讥笑他们："这算个么子哟？我们那儿天天都是免费桑拿……"这两位将要跟迟远他们坐明天早上的同一趟列车。

这时凑过来一个北京本地的学员，拿起一根羊肉串儿，咬了一口却烫了嘴，一边嘘着一边含混不清地说："嘿哟喂，烫死我了。我说你们可真是赶上了——是，北京每年这个时候都有桑拿天儿，可是今儿个不知怎么这么邪性。老实说啊，我打小就没见过这么热的天儿，哎哟我嘞个去！"

宜昌学员笑道："你们北京人有意思得很，嘞个说话的时候，好像嘴巴里面含着一根骚萝卜。"这话把大家都逗乐了。那北京学员不以为意，自嘲地说："嗨，我们呀就这德性。要说呢，我跟你们不一样……"他抹了抹嘴，掏出一包金健，给大伙儿散烟，"来，尝尝咱北京的烟。"

王猛已经灌下两瓶啤酒，接过他的烟，顺嘴问道："你跟我们怎么不一样？"

"你们都是刑警吧？"北京学员问道。众人点点头。

"我也是刑警，不过我这个刑警可跟你们不一样。你们都是警校出来的，我呢，高中毕业就上班了，先开始干的内勤，后来干片儿警，今年上半年才转的刑警。"

"哎不对呀，"锦州学员举着酒瓶插话说，"听说你们北京的刑警都是部队转业才能干的呀。"

"您说的，那都是老黄历了。"北京学员给周围的几个人都点上香烟，最后给自己点上，深吸了一口，吐出浓浓的烟雾，接着道："前几年缺人，缺得厉害。反正我也考不上大学，早早地就入了行，要说工龄呢，我可比你们大家都长几年吧。"

胡艺彬道："那还真是，警龄也比我们长。"

"哟，那你们上警校干吗呀？"北京学员显然并不是刚知道这件事，"哎，你们是不是全都警校毕业的？"

"那倒不是。"王猛道，不由自主瞥了一眼旁边的迟远。

迟远一直没说话，默默地吃着羊肉串儿，酒喝得也少。北京学员看着他笑道："我早就看出来了，这位老弟敢情是个童工哈哈。刚才我给你烟你也不要。"

"我不会吸烟。"迟远不得不说话了。整个短训班期间，迟远几乎没跟人说过什么话。

北京学员放下手中的啤酒瓶和羊肉串儿，眯着眼睛叼着自己的烟，伸手又抽出一支烟，递到迟远面前："来，凡事总有第一次，哥给您点上。"迟远无奈，接过香烟，就着北京学员伸过来的打火机点燃了香烟。

一阵猛烈的咳嗽，伴随一帮人的讥笑和鼓励，迟远不得不大口喝啤酒来遮掩自己的狼狈。迟远试着转回话题："那您为什么要转到刑警呢？"

"嗨，这不有个培训的机会吗？我花了点儿外汇券，找人儿通了通关系，奔着捞个资历呗。我不像你们，都有学历，我没有。"北京学员实话实说，透着心酸，"下一步，还得想办法转。"

"怎么，你不喜欢当刑警？"王猛斜着眼问道。

"下一步，我想当交警。"北京学员认真地说道，"这还是我弟弟点醒了我。他今天刚拿到北方交大的录取通知书，这会儿要跟同学们聚餐呢。我弟，那是个聪明孩子，他跟我说呀，照着咱北京目前的机动车增长趋势，未来交警这个职业大有前途。"这话说得一本正经，引得一圈儿人都严肃起来。

"今天高考发榜啊。"不知是谁跟了一句，于是这些年轻人的话题又转到了高考上面。纷纷忆苦思甜起来，互相打听别人高考考了多少分，复读了没复读……

一位来自湖南的学员加入了讨论，他说道："高考真是折磨人啊。我们那儿有个农村的，一连考了七年，都没考上，第八年终于考上了，人突然间疯掉了。"

"范进中举？"锦州学员问道。

"今天又不知道有多少人会疯掉。"湖南学员拿起酒瓶，冲北京学员举了举，"恭喜咱弟弟啦！"

大家一起喝了一口。那湖南学员又说："每年高考放榜的时候，都有那么一两个没考上而自杀的学生，不知道北京有没有这种事儿？"

北京学员惊讶道："那不能够！"

就在这时，闷热的空气中突然有了一丝凉意，瞬间，硕大的雨点就扔了下来。幸好摊主事先搭好了挡雨棚，不然这一群人都得挨浇。

雨下得很急，棚子外面的地面上先是腾起一阵土雾，很快就变成了泥汤，再然后汇成了一条一条小溪。迟远和一帮学员们一起，在香烟、啤酒和羊肉串儿的交响曲中，不知不觉把话题从天气到高考、从高考到女朋友、从女朋友到工资、从工资到破案率跳跃式地转移递进。时间不知不觉就过去了，等到这些人醉得七七八八的时候，才突然惊觉已经凌晨了。学员宿舍晚上十一点就熄灯锁门了。

北京学员趁着自己还清醒先走掉了，剩下的人发现宿舍已经回不去了，只能在这里耗到天亮，与昏昏欲睡的烧烤摊老板相伴。

迟远也醉得差不多了，但王猛和胡艺彬还很清醒。王猛的酒量很大，胡艺彬则很有自制力，喝得并不太多。其他没走的还有十几个人，多数都东倒西歪的，也有直接伏在凳子上睡过去的。雨势渐渐小了下来，三个人东一句西一句的胡乱扯着闲篇儿。王猛看着所剩无几的已经凉了的烤串儿，咂巴着嘴说："再过几个小时估计小吃街就开了，咱们呐先去喝一碗胡辣汤，再配几根油条，吃饱了再回去拿行李上火车站，怎么样？"迟远问："这儿也有胡辣汤？""有！老冯领我去过，就在真武庙小吃街，咱跑着就去了。""跑着"是西阳的方言说法，意思是普通话里的"走着"；王猛提到的老冯是一个转业军人，就在北京工作，日常跟西阳市刑警队的人有不少联系，迟远这次来京期间也见过一面，还互相留了呼机号。"那家胡辣汤啊，味儿正得很！"王猛说，"第一口下去你就得冒汗，第二口下去感冒就能好，那可真是，啧啧……"正说着，胡艺彬突然眼睛一亮，小声说道："你俩快看，河里好像有个东西。"

迟远猛地惊醒，与王猛一起随胡艺彬看过去，不远处护城河的水面上，的确有一团黑乎乎的东西。

胡艺彬眼尖，他站起身来，仔细地看了看，回头问王猛："老王你看，那会不会是个人？"

王猛也腾地站起身来，手搭凉棚仔细一看，惊叫一声："咦！真是个人！"

三人忙往外冲，慌乱中绊倒了凳子，惊醒了别的学员。那位湖南学员迷糊着眼睛，看了一会儿，惊讶地说："真是个人，快淹死了！"然后对着其他人推理道："肯定是高考落榜的！"

叁 拾 柒

迟远跟着王猛和胡艺彬冲进雨里，越过河堤路来到河边。河堤路与护城河只有低矮的水泥围挡做区隔，防止行驶的车辆冲入河里。胡艺彬跳上水泥垛子，伸长了脖子细看，确定地喊道："是个人，快!"眼见水流湍急，一团黑灰的影子正漂浮在河面上，随着河水往东拐弯而去。胡艺彬跳下水泥垛子，和王猛、迟远一起沿着河堤路顺流奔去。前面不远处就是学校大门，水流很快，他们直跑过大门才接近那团黑影。这时三人都已经湿透了，但谁也顾不上这些，哗哗的雨声和水流声催促着他们赶快救人。

河堤岸距离水面还很高，那团黑影离他们也有十来米远，不下水肯定是够不着的。护城河的水有多深，谁也不知道，三人站在水泥垛子上，踌躇了一瞬。胡艺彬往东看了看，喊道："不怕，前面有个挡水坝，我们可以去那儿等着。"前边不远处，有一座很窄的石桥，学员们平时出去买东西逛街，都要走这座小石桥过河。迟远急道："不行，那边危险……"话音未落，迟远就顺着河堤岸的斜坡出溜了下去。这道斜坡很陡，迟远出溜到水边，丝毫没有阻滞就滑入了水中。胡艺彬一边喊道："你小心点。"一边沿着河堤路往前跑，打算从那座桥边下到拦水坝那里阻截他们。王猛一看迟远下去了，嚷道："日冒啊，你又不会水!"他马上要下水，却看见迟远落水之后，扑腾了两下竟然站起来了，原来那个地方的水深刚及他的腰部以上。迟远挥着手示意没问题，让王猛找根棍子去。

王猛穿过河堤路，可巧捡着一根带杈的、刚刚被风刮断的树枝子，足有两米长。他就拿着树枝子沿河跟着迟远，等着迟远把落水的人拽到岸边来。

迟远抹了一把脸上的雨水，深一脚浅一脚地去追那团黑影。近了一看，果然是个人，裹在一件黑乎乎的雨衣里面，一动不动地漂在水面上。迟远走了过去，伸手把雨衣拽过来，发现一个脸色惨白的姑娘，凌乱的短发湿答答地贴在额头上，双目紧闭，嘴唇乌青。迟远犹豫了一下，似乎在判断自己能不能背得动她，然后决定托着她的头，往岸边拽。

八米，七米，六米……迟远的步伐很平稳，王猛举着树杈子看好了位置，慢慢地顺着斜坡出溜到水边，准备接应。

四米，三米……突然，迟远脚下被水草绊住了，他一使劲，整个人仰倒在了水里。王猛急得拿着树杈子直扒拉，然而就差一点点。就在这时，一股激流冲过来，带着摔倒的迟远和那位溺水的姑娘一起向东漂去。王猛扔掉树杈子，毫不犹豫一个箭步，冲进了水里，直扑过去抓住了迟远。

已经赶到拦水坝的胡艺彬眼看着这一幕，惊得大叫起来。好在王猛牢牢地抓住了迟远，迟远也紧抓着溺水姑娘不放，两个人跌跌撞撞地重新又站起身，向岸边靠去。

胡艺彬赶忙跑回来，帮忙把他们三个人拉上了河堤路。迟远喘着粗气，断断续续地对他解释："拦水坝那边……水肯定……特别深。"胡艺彬"哦"了一声，再看被救上来的那位姑娘，昏迷不醒，面无人色。胡艺彬说："赶快，我们把她抬到医务室去吧。"他指的是学校的医务室。迟远道："学校大门还锁着呢，怎么办？"王猛吼了一声："喊门呗，救人要紧！"说着跟胡艺彬一人抬头，一人搭脚，准备把姑娘抬起来。迟远急道："不要抬！老胡你跑去叫门。老王你把她扛起来，脸朝下扛起来！"两人瞬间明白了他的意思，胡艺彬转身就跑，王猛一努劲儿，把那姑娘扛上了肩，迟远在后边扶着，湿答答地往回跑。

这一招儿真管用，还没跑到学校门口，在王猛肩上颠荡着的姑娘就"哇"的一声开始吐水。跑到学校门口，等着门卫老张开门的空当，王猛还在原地踏步，直到那姑娘不再吐水为止。

五分钟之后，门卫室就被他们占领了。恰逢周六，医务室大夫不上班，值班护士要等到八点钟以后才会出现。所以他们只能先把那姑娘安置在这里，胡艺彬跑回宿舍叫开了门，拿来干净衣服给王猛和迟远披上，找来一条床单给那姑娘盖上。一起喝酒彻夜未归的还有十好几个学员，这会儿也都凑拢过来，堵在门卫室门口七嘴八舌，很快被老张轰走了。溺水苏醒之后，那姑娘还很虚弱，在老张的帮助下喝了几口热水，略微缓上点劲儿，半闭着眼睛斜靠在那里。迟远仔细打量着她，这是一个眉目很清秀的女孩儿，看起来不超过二十岁，眼睛很大，眼距略宽，圆圆的鼻头，脚上没有鞋，还粘着泥污。

"你叫什么名字？"王猛瓮声瓮气地问道。

姑娘闭嘴不言。

"你怎么掉到河里去了？"胡艺彬问道。

她仍然不说话。

"你家住在哪儿？"迟远也问道。

她还是不张嘴。但是嘴唇略动了动，眼泪已经下来了。

"真急人！"王猛有些生气了。门卫老张劝道："你们别着急，让人家缓缓再说。天快亮了，等一会儿我去食堂给她弄点粥来。"

一说天快亮了，提醒了三个人，他们要赶早上七点的火车。三个人一商量，留下迟远在这里和老张一起照顾她，胡艺彬回宿舍拿行李，王猛去早市买早点。

临走前，王猛借门卫室的电话打了一个传呼。

迟远和老张守着那姑娘，而她喝了几口热水之后，昏昏沉沉地睡了过去。等胡艺彬带齐了三个人的行李，回到门卫室时，王猛也回来了。王猛手里拿着几个饭盒，还有一个单独的塑料袋，打开一看，原来是四碗胡辣汤和一袋油条。王猛气喘吁吁地说："真没想到，赶上第一波了，得偿所愿啊哈哈。"

香气扑鼻，三个人迫不及待地准备开吃，胡艺彬递给老张一碗胡辣汤，老张推辞说："你们先吃，我一会儿去食堂打点儿饭，我又不赶火车。要不这一碗给这姑娘吃吧。"正说着，几人发现那姑娘睁开了眼睛，隐隐约约还听到她的肚子"咕噜"了一声。老张乐了："你瞧瞧，饿了不是？饿了就好，说明没啥大事儿。"

于是几个人都不着忙吃饭了，迟远把那碗胡辣汤递给姑娘。只见那姑娘坐正身子，接过塑料碗，贪婪地喝了起来，根本顾不上烫不烫。其实也不会烫，因为王猛拿回来这段路上已经凉了半天了。四个大男人看着姑娘喝胡辣汤的速度，被惊住了，不到一分钟，一碗汤见底了。

迟远忙又把另一碗递过去，说："再喝点，一会儿就暖和了。"姑娘感激地点点头，接过碗就喝，喝了两口抬起头说道："谢谢你们！"

老张和蔼地笑着说："你就吃吧，我们都是警察，这是应该的。"

"警察？"姑娘瞪大了眼睛："这是在哪儿？"

王猛道："你先别问在哪儿了，你是什么情况啊？你是不小心掉水里了还是自己想不开了？"

"是高考没考好吗？"胡艺彬也问道。

姑娘的眼泪又下来了："我，是我自己不想活了！"

迟远拿起一根油条，停在嘴边："是不是有人欺负你了？你说出来，我们帮你报警。"

"报警？你们不是警察吗？"

"哦，我们不是北京的警察，管不了你们这儿的事儿。"胡艺彬道，"我们都是这里的学生。"

老张看看时间，催促迟远他们："你们也快吃吧，再晚就赶不上火车了。这孩子的事儿，我慢慢问她，问清楚了该怎么处理就怎么处理好了。"

王猛和胡艺彬赶忙抓紧吃饭，那姑娘看迟远只吃油条，意识到自己多喝了一碗胡辣汤，不好意思地说："我喝了你的汤……"

"没事，没事，"迟远笑着道："我不喜欢喝胡辣汤，我就喜欢吃油条。"姑娘眼里泛出了笑意，她继续喝汤，三下五除二又喝完了手中的这碗。

老张接过她手里的空碗，借机又问："孩子，你遇上什么难事儿啦？"

这一问，又勾起了姑娘的眼泪。开始是不出声地落泪，断了线的水珠顺着眼角直往下滴，过一会儿她支撑不住了，身子歪斜下去，用被单捂住脸，放声大哭起来。直哭得撕心裂肺，悲声绕梁，把这几个人听得心肝直颤。

王猛喝完了汤，嘴里的油条嚼到一半，十分憋屈地往旁边一扔，站起身来吼道："别哭了！你倒是说，是不是被人欺负了？！"

这一吼把姑娘震住了，哭声立刻停住，可是她的身子还在被单下面不住地耸动。胡艺彬赶忙柔声道："老王你把人吓着了。妹妹别哭了啊，活着就好。不管是谁欺负了你，人民警察会给你做主！咱把坏人抓起来，判他个死罪，让他一家老小不得安宁！"这话说得有点过，可能把姑娘也吓住了，憋着不敢哭也不开口了。老张看暂时问不出个所以然，就催着这三个人赶火车去，留下姑娘由他照管。

王猛对老张嘱咐说："我刚才呼了一个朋友，一会儿回电话你帮忙接一下，可以把这姑娘交给他照应几天。"老张连连答应，送几人出门的时候说："放心吧，交给我了。等她平静下来，我把你们几个的名字告诉她，还得把这件事往保卫部报，你们几个好样儿的。快走吧别误了车！"

一行三人出门打了个面的，火急火燎地往北京站跑。

半小时之后，三人坐上了回家的火车。虽然都很疲倦，但是谁也睡不着，围坐在小桌板边上闲聊。胡艺彬说："着急忙慌的，连那女孩儿叫什么名字都不知道。"

迟远道："等回去给老张打个电话问问，不就知道了。"

王猛笑道："嗨，问啥问？不管她叫什么名字，该救你不是还得救？"

胡艺彬沉思了一会儿，对王猛和迟远说："你们说她要是失足落水，咱救了她，她一定会感激咱们。那万一要是自寻短见，她还会感激咱们吗？"

王猛不屑地皱皱眉，咕哝道："那也得救！不管她感激不感激。命不光是她自己的，也是她爹妈亲人的。你说呢，小迟？"

迟远笑了笑："当然得救。不过，如果是自杀，那得救在前面。预防自杀也是个大课题。"

油条 + 胡辣汤

主料：油条，牛肉片，木耳，粉条，面筋

辅料：花生米，海带，淀粉，黄花菜，香菜，豆腐皮

配料：高汤，牛肉汤，白胡椒粉，葱花，醋，香油，盐，鸡精，黑胡椒粉，辣椒粉，
姜，药料（八角，草果，麻椒，桂心，肉蔻，白蔻，白芝麻，香叶，良姜，
胡椒，陈皮，孜然，茴香，干姜，丁香等按一定比例打粉搅拌备用）

做法：黄花菜切段泡发，粉条切段，面筋切块，木耳泡发切碎，熟牛肉切片，生姜
切成末备用。

牛肉汤加入少许高汤，兑水烧开，放入姜末和药料，搅拌均匀。开锅后放牛
肉片、木耳段、面筋、煮沸后转小火熬制5分钟，加入花生米、海带、黄花
菜、豆腐皮等辅料，淀粉勾芡，拌匀煮开。加入粉条段，白胡椒粉、辣椒粉、
葱花、盐，开锅后适度熬制，加香油、适量醋及黑胡椒粉和鸡精。

出锅后配油条食用。

叁 拾 捌

"这件事给我留下了很深的印象，后来在报社上班，我还搜集了好多自杀案例，专题分析研究如何预防自杀。"迟远道，"虽然当时我们没问出来那位姑娘叫什么名字，在随后的表彰通报里也只写了化名，但是根据前后事件的时间关系，以及相貌描述，我肯定，那天那位姑娘应该就是妮妮。"他的眼睛始终注视着桌上的油条。

我不喜欢喝胡辣汤，我就喜欢吃油条。——我想起了这句话，但还是问道："后来你们没给老张打电话问吗？"

"没有，王老虎说得对，没必要知道。"

"不好意思，我有一个问题。"说话的是孙美心，"你刚才说救了楚楚的是你和王猛、胡艺彬三个人，那么今天为什么没让他们俩到场呢？"

迟远喟叹了一声，眼泛泪花："唉，他们俩来不了了。胡艺彬早在十年前就去世了，而王老虎三年前也因公殉职了。"

王男一直在认真听迟远讲故事，这时也听明白了："原来那天表姐跳河寻死，是你们把她救了。"他摘下眼镜，抹了抹眼泪。据我所知，七机部的宿舍楼距离护城河引水渠只有几十米远。

我们可以想象，王男目睹了不堪的一幕之后夺门而出，从此再也没有回去。而妮妮半夜醒来，跑出门去，投进了引水渠，顺水漂到了烧烤摊附近，正巧被迟远他们救了起来。遭受了亲人离世和长辈侵犯的重大打击之后，她没有返回学校，而是流落到真武庙小吃街打工。打工期间巧遇王光斗，被带回神仙居做服务员，再后来又不得不改名换姓重新生活……

"对了，"老邢大手一伸，盯着迟远问，"王猛那天早上打传呼找的那个人，是不是你提到的退伍军人老冯？跟刚才肖士朗提到的冯大哥，是不是同一个人？"

我在心里对老邢暗挑大拇哥。精明的商人跟能干的侦探一样，善于剔除芜杂的干扰信息，抓住关键点，进而穷追不舍。他这一问，捋清了一个关键的幕后人物——老冯，或者叫冯大哥。那么，妮妮在迟远三人走后，应该恰好接到了老冯给王猛回的电话，从此两人有了交集；后来当她面临绝路，神秘的冯大哥又出手相助，帮助她隐姓埋名，另寻出路……现在可以确定的是，当初的妮妮也就是后来的林巧玉，已经死于旧金山。那么……我有了一个大胆的假设。

"冯先生，出来吧！"我大喊了起来。其他人一惊，随即老邢、肖士朗他们都明白过来，我猜到了今天的幕后操纵者。那个提着线的人，把我们当作木偶，耍了一整晚！但是唯有迟远苦笑着摇摇头，无动于衷。

"叶总，你猜错了。"迟远道，"冯大哥还在坐牢，不可能出现，也不可能做这个局。"

"但是根据刚才肖士朗所说，那个冯大哥是有能力做局的。"我争辩道。

"好吧，那我就给大家介绍一下这位冯大哥的情况。"迟远道，"他叫冯天保，是我的老乡。90年代中，他从部队转业，在北京一家保安公司上班，后来自己创业开了一家律师事务所。可以推测的是，1999年夏天，王猛打了冯大哥的呼机，后来冯大哥回电话，就跟这位落水的姑娘有了联系。刚才肖士朗说到的冯大哥，应该就是我所认识的这一位。冯大哥有实力去帮助她，也有能力在背后操纵今天的饭局。但是，首先，他三年前因为肇事逃逸被判入狱，现在还在刑期内，不然的话我来北京一定要先找他了解情况的；其次，设身处地地想，作为冯大哥，即便他可以自由行动，我也想不出他把我们召集到一起吃这顿饭的动机……"说到这里，迟远顿住了，他的眼睛突然变得很迷茫。

我们等了半天，他的话也没有继续下去。

秦沛怡催促道："你快说，想起什么了？"

迟远目光闪烁，疑惑地微微摇头，轻叹道："不会吧……"然后他眼珠一转，又看向我，急切地说："叶总，麻烦你再说说，你们吃完湘菜的第二天，见到Chloe跳桥，是怎么个情形？"

我低下头，细细地把那天的所见回想了一遍——

"第二天一早，我和小龙退了房，先开车去了旧金山附近的最高峰——Twin Peaks，从山顶观景台俯瞰市区，远眺金门大桥。然后我们跟着导航，往金门大桥开。头一天我已经弄明白，之前借别人的佳明导航仪有问题，只保存了以前的路线，但是原始地图数据都被删掉了，所以我只好改用手机的谷歌地图导航。这一次就比较顺利，很快到了金门大桥南端的引桥处。

"我的计划是由南向北通过金门大桥，然后走十五号公路往东，去优胜美地。因为之前听说，走金门大桥由南往北是免费的，由北往南也就是进市区的方向是收费的，租来的车没有自动缴费装置，为免麻烦，我尽量不走收费的路线。

"那天天气很好，海面上大大小小的游艇、帆船、快艇都看得很清楚，西边很远的海平面逐渐隐藏在雾霭之中。桥面上几乎没有车，巨大的钢缆斜着被两端的钢塔牵拉，气势雄伟。我特意压着车速，慢慢地在桥面上行驶。小龙则兴奋地用相机拍个不停。快走到一半的时候，也就是到了钢索的最低处，后面来了一辆车，使劲按喇叭，还狂闪灯。我早就听说美国人开车比较快，但也听说他们开车很规矩，一般不会催前车。我从后视镜里看看，是一辆红色的野马，离我很近。这才发现原来我刚才走神了，骑着分道线在走呢。我就稍微提了下速，往右边让了让。谁知道后车刚好也往右打，想从我右边的车道超过去，我这一让，正好又把它堵上了。小龙也回头去看，那车又开始狂按喇叭。那我就往左让吧，结果对方又跟我想一块儿了，这一来相当于我故意变道，拦了那车两次。小龙说：'慢点嘿，小心把人逼急了拿枪打你。'我一听有点上火，心想我也不让了。于是我就加大油门，提速往前开。就在这时，小龙突然大叫起来：'那儿有人！'

"我一惊，就看见前面的钢塔上有个人影飘飘忽忽地往下掉。我下意识地往左带了把方向，沿着左边车道开，同时又怕后车撞上我，没敢减速。临近钢塔的地方，那个人'嘭'的一声，正好掉在前面不远的右边车道上。我带了脚刹车，越过那个人的位置，停了下来。后面那辆车一个急刹，正好停在掉下的那人跟前。

"我看得清清楚楚，那是个女人，一身红裙子，飘着就下来了。我甚至看见她的脸了，大模样不像是白人，但也不敢确定就不是白人。让我心有余悸的是，我看见她落地的那一瞬间，她的眼睛似乎还睁着，好像在看着我……"

说到这里，我倒吸一口凉气，似乎那袭红裙又飞舞在我眼前，她了无生气的眼睛仍然在盯着我。我强作镇定，拿起酒杯给自己灌了一大口。就在这时，窗外黑黢黢的湖面瞬间亮了起来，一个巨大的火球飞舞着，斜斜滑过，落入湖中，随即一声震天动地的炸雷，透过巨大的落地窗，摇撼着我们的杯盘。所有人都被吓了一跳。

之前的雷声都没有这么大，这一次特别清晰，极为响亮，就像在我们耳边爆炸一样。我向窗外看去，那里已经恢复了黑暗，但是雨点敲击玻璃的啪啪声，狂风呼啸而过的嘶鸣声，都清晰入耳。我甚至还能听到湖面上的小船船桨磕碰船身的声音，淋雨跑过的行人嗒嗒的脚步声，一阵一阵，一声一声，击打着我的耳膜。这让我头痛欲裂。非独我自己，游目四望，我发现在场的每一个人都面色苍白、惊魂不定。我以为，这是过量的酒精使人产生了幻觉。后来才知道，让我们头痛、不安、焦躁而恐惧的并非酒精，而是——药物。

叁 拾 玖

迟远环视了我们一圈，惊讶地问道："你们都怎么啦？"他发现了我们这些人状态有些异常。

我再环顾四周，发现那些影影绰绰如同鬼魅一般来回穿梭的女郎们都不见了身影。老邢惊道："她就在这儿！咱们得把她找出来！"我猜测老邢跟其他人一样，并不能从我的描述中确认我见到的那个跳桥女就是 Chloe，即便秦沛怡言之凿凿。无论从这些菜，和在背后操纵着迟远把我们这些人召集到一起的情形来看，那个人最有可能就是林巧玉。老邢说完，放下手中的酒杯，就要站起身来。

可是一向身手敏捷的老邢竟然没站起来。

他双手撑着桌子，本想要"腾"地拔起身形，却不料双手无力，双腿也好像不听使唤，屁股动了动，就是站不起来。其他人见状，也纷纷试着站起来，可是不管是银发苍苍的秦沛怡老太太，还是正值中年的上市公司老板孙美心，还是年轻力壮的王男、苏黎、肖士朗，即便我和王光斗，都没能把屁股从椅子上抬起来，只有迟远双手扶着桌子，摇摇晃晃地半站起身，努力了一番又扑通一下坐了回去。

浑身的无力感伴随剧烈的头痛，让我感到了莫名的恐惧。

大家的手还能动，但是只限于拿得起手边的筷子或者端得起酒杯。肖士朗试着把面前的空碗往远处扔，那碗只能扔出三寸远，趔趄摇晃了几下就躺下了。恐慌蔓延到了每个人的脸上。

苏黎惊恐地哭了起来："这是怎么了？"

银发老太秦沛怡略一沉思，一闭眼一张嘴，后悔不迭地叫道："琥珀胆碱！"

孙美心和王光斗不约而同地"啊"了一声，大张着嘴巴不敢置信的样子。我和老邢对视了一眼，不明所以。肖士朗颤声问道："琥珀胆碱是什么东西？"

秦沛怡痛苦地说："是一种毒药！"

孙美心绝望地说："是狗贩子用来毒狗的！"

我忽然想起来了，曾经在新闻上看过，偷狗的狗贩子们用毒针枪把狗放倒，然后装进麻袋成批拉到屠宰场，制成狗肉再卖给餐馆。他们用的毒药就是琥珀胆碱。所以做餐饮的孙美心和王光斗能够立即明白秦沛怡的意思。我也曾看到过报道，有些人也用琥珀胆碱的毒针毒杀仇人。据说这种毒药可以在几十秒之内瘫痪中毒者的肌肉神经，不论是人是狗，很快就会因为呼吸肌肉无力而窒息身亡。

听到这话，所有人再次尝试站起身来，这次我们发现，我们连挪动屁股的力气都没有了。只有迟远似乎中毒不深，他再次努力，用双手使劲撑着桌面摇摇晃晃地站了起来。

就在这时，冷不丁地传来一阵笑声："哈哈哈……"这声音清脆悦耳，穿透力极强，好像是从头顶传来的，又好像是从四面八方一起传来的，但在我听来，却是极其阴森可怖，令人毛骨悚然。随着笑声，迟远右后方的帷幕一动，走出一个人来。

这个人中等个头儿，身材瘦削，浑身裹着血红色的沙律，脚步轻盈，显见是个女人。她背着手，轻轻地从帷幕后面踱了出来，一头飘逸的黄发垂肩，脸上戴着面具。这个面具很精致，似人皮一样毫发毕现、严丝合缝地裹在她的脸上。面具也是一个女人形象，纤眉红唇、脸颊苍白、颧骨略高，一双空洞的大眼睛。

这个人一出现，我们全都傻了。只有迟远还说得出话："你？！"

看不到这个人的表情。她轻轻地绕过王光斗的座椅，来到秦沛怡背后，轻声说："如果是琥珀胆碱的话，你们还能喘气吗？还有力气说话吗？"

秦沛怡嘴唇动了动，没有说话。面具人说得有道理，如果我们中了琥珀胆碱的毒，不仅在数十秒之内就不能说话了，而且因为不能喘气会暴毙当场。

孙美心盯着那张面具，惊恐地喊道："你是谁？你到底给我们下了什么药？"

那女人继续踱着步，经过王男走到老邢的身后，不搭理孙美心，却面对着大玻璃窗，像是在自言自语地："你们大家都过得不错吧？"我们没人说话，傻傻地看着她，随着她的移动齐刷刷地摆动脑袋。我突然发现，老邢和孙美心背后的大玻璃窗完全黑了，一点都看不到窗外的景色，反而幽幽地倒映出我们这一桌人。这一桌木偶，被这个裹着红沙律的女人提着线，像傻子一样又吃又喝又哭又笑。她继续踱到肖士朗和孙美心身后中间，回头看着我们，一直放在背后的手拿了出来。那是一双纤白小巧的手，其中一只手里拿着一个遥控器。

迟远还撑着桌子站着，这时努力地把头往背后转，尽可能大声地喊道："小朱，小朱！"

那女人晃动着手里的遥控器，继续踱步，到了我的背后。我觉得后脖颈阵阵发凉，耳听得身后说话："小朱暂时不会听你的。"明显是说给迟远听的。迟远无奈地转回头，双手一泄劲儿，重新坐回了自己的椅子。我听到他重重地叹了一口气，无奈地说：

"我知道你是谁了。不管你要做什么，都赶快停下来！"

我们把注意力和目光从那女子身上一齐转回到迟远身上：她到底是谁？

王光斗试探着问了一句："你是小楚吗？"

"她不是！"肖士朗明确地替她作了回答。

那女子慢慢走到了迟远的身后，弯下腰，对着迟远的耳朵轻声说："还不到时候。"声音很轻，但是我听得到。她说完那句话，重又站直了身子，一手扶着迟远的椅背，另一只手在遥控器上，轻轻地按下一个按钮。

头顶上传来一阵轻微的马达声，随即我们发现四周的帷幔一起动了起来，慢慢向上升起。十秒钟之后，周围的帷幔全部升到了半空中。原来，我们这一桌酒席置身于一个颇为高大空旷的室内，四壁远处朦朦胧胧像是看不见顶的高墙，而老邢和孙美心身后的大落地玻璃窗，这时也露出真容——那竟然是一幅巨大的屏幕，看上去像一张光滑密致的纱布。以我的专业经验来看，那个屏幕的材质并非 LED，而是一种半透膜。早前日本和美国的户外广告业开发使用过一种半透膜投影材质，我看到过样品，但由于造价过于昂贵而没有在国内推广开来。

更使我惊奇的是，老邢以左、孙美心以右，每两个人之间的身后，原本被帷幕遮挡的地方，都有一个小巧的摄像头。我看到在老邢和王男中间身后两米处，就有一个摄像头正对着我，指示灯还在一明一暗地闪烁着。原来这些摄像头隐藏在帷幕的空隙中，正对着每个人一直在拍摄。

　　有摄影器材就有监视器。在我长期的广告生涯里，常常坐在监视器后面监督、审视广告拍摄，用挑剔的眼光仔细观察那些演员、道具和表演是否符合创意要求。没想到，今天我毫无察觉地成了一个被监视的人。

　　我恼怒地喊了起来："你到底要干什么？！"

　　她转向我，声音激动起来："我要真相！"然后她用遥控器一个一个指着我们的鼻子，从我到苏黎到孙美心……一直到王光斗——除了迟远，声嘶力竭地喊了起来："你们，一个个的，都是骗子，骗子！"

肆 拾

她说我们都是骗子，难道就要把我们置于死地吗？

秦沛怡又回到她最关心的问题："你到底给我们下了什么药？"

她冷笑一声，道："放心吧，暂时还死不了。我给你们喝的红酒里放了点儿料。"

似乎是要给秦沛怡一个更明确的答案，她又说："异丙嗪，加上氯丙嗪，只是让你们暂时不能把我怎么样而已。"

我没听过这个药名。如她所说，只是让我们失去行动能力，不能把她怎么样。但这样一来，她只要拿出一把刀，就能随随便便把我们怎么样了。我们九个人包括迟远在内都动弹不得，只有任人宰割的份儿。幸好大家的意识都还清醒，眼睛能看，耳朵能听，嘴也能说话。我暗自想道：如今我们只能靠嘴巴自救了。

我试着避开锋芒，转移一下话题："你一直在看监视器吗？为什么要录像？"

"哼，我不只是看监视器。"她的声音略微平静了一些，"我一直在看你们的面部表情分析数据。"我想起盖瑞介绍过的 AI 新技术，通过摄像头捕捉人的面部表情，可以分析判断他当下的情绪，是高兴还是沮丧，是注意力集中还是走神，在说话的时候有没有停顿、思索，瞳孔有没有变化，从而能够实现测谎。她想要真相！

什么真相？

迟远又艰难地开口了："婷婷，快收手吧。你爸爸也不会允许你这样的。"

婷婷！

原来他果然猜到了她的身份，并且从称呼来看，还是他熟悉的人。

那女子并没有像我预料的那样惊慌失措，似乎她早就知道瞒不过迟远。她慢慢揭下自己的面具。那张软面具慢慢撕开，被她随手一抛。露出真容的是一张年轻的面孔，明亮的额头，精巧的鼻子镶嵌在白嫩的面庞上，是个小家碧玉型的美女，年纪二十六七岁。我吃惊地叫了一声："Cindy？"这不就是旧金山那位领班嘛！

迟远看了我一眼，费劲地歪着头问她道："你的英文名字叫Cindy？"

被她唤作婷婷的女孩儿不置可否，却对我说道："叶总，菜好吃吗？"

我的脸一阵发热。菜当然好吃，不仅好吃，而且使人终生难忘。我惭愧的是，那道让我久久不能忘怀的锅仔黄鸭叫，当我在旧金山再一次吃到的时候，竟然没有把它跟十八年前的那次记忆联系起来。不仅菜好吃，酒也好喝，可是自从婷婷承认在酒里做了手脚之后，在座的每一个人谁也不敢再端起酒杯了。

迟远问道："婷婷，为什么我的症状比他们轻一些？"

婷婷笑了："迟远哥哥，因为你不喜欢喝胡辣汤啊。"语气中竟带出一丝俏皮。

我的心又一阵发凉，天啊，我们一定被下了双料毒。只听婷婷继续道："异丙嗪会让你们觉得口渴，所以红酒就越喝越多，而酒精又会加快药物的吸收。但同时也有一个好处，就是在你们完全失去知觉之前会保持清醒和兴奋。但它不是致命的，放心吧。"

秦沛怡微微点头，在我们这些人里面，她一定是最懂得药理的。她问道："在胡辣汤里，你又放了什么药？"

婷婷又笑了，这次显得更加俏皮："秦阿姨知道妙纳吧？"

秦沛怡脸色一变："妙纳，一种轻度的口服肌松药？这几种药混在一起，后果你知道吗？！"

"后果？"婷婷反问道，"我当然知道！我要问你，你对自己做的每一件事的后果都知道吗？你都能坦然面对吗？"

她话里有话。秦沛怡闭了嘴。

婷婷长舒了一口气，好像在努力克制自己的情绪。然后，她淡淡地说："我用的是类似于妙纳功效的一种新药，剂量把握得很好，完全可以让你们多清醒一会儿。"

老邢有气无力地说："姑娘，我们无冤无仇，你为什么要这么做，能解释一下吗？"他背后的屏幕我已经习惯了，想到过去的几个小时那里播放出来的雷电和暴雨，以及影影绰绰的湖面景色，简直太逼真了。我突然意识到，时间究竟过去了多久，我一点儿概念都没有。

从我左边传出一个声音，沉默许久的苏黎出声了："这位妹妹，你说你想要真相，而且说我们都撒谎了，那你能具体说一说吗？"她显然是想尽量缓和对立情绪，避免激怒婷婷，所以称呼她"这位妹妹"。

婷婷轻轻一笑，回道："我会说的。"然后弯下腰，轻声对迟远说："迟远哥哥，对不起啦！"迟远无奈地摇摇头，紧紧闭起眼睛。说完这句话，婷婷重又站起身来，拖着长长的沙律，绕着我们背后踱起步来："按照时间顺序，我先问问你。"她来到王男身后，"你发现你的表姐跟你父亲在一张床上的时候，你为什么没有救她，而是自己转身走掉了？"

王男低下了头，嗫嚅道："当时我也不知道怎么办，只想赶快离开。但我没有撒谎。"

"不，你撒谎了。"婷婷的声音严厉起来，"你没有马上离开，而是悄悄地回自己房间收拾行李，然后拿了你父亲的钱，才走掉的。"

"我……"王男说不出话来了，我瞥见迟远在微微点头。

"你收拾完行李，发现你父亲去洗手间洗澡了，你就进去他的房间。"婷婷继续说，"在你翻找你父亲的钱的时候，你表姐清醒过来了，对不对？"

"……"王男的头更低了。

"你表姐跟你说什么了？"婷婷厉声质问。

王男的嘴抿得很紧，肩膀耸动起来。从他黑框眼镜的上方，我看到他又一次泪流满面。王男抽噎了几下，慢慢张开了嘴："表姐说她动不了，让我帮她穿衣服，带她去报警。"

"你帮她了吗？"问话的是老邢。

"我没有。"王男哭喊起来，"我没有，行了吧——"哭了几声，他又说道："我不敢，我不能！我不想面对，好了吧——她背叛了我，我一心想着去她的家乡读书，好多了解她，一心想拉近跟她的距离，可是就一个晚上，我……"他说不下去了。

婷婷忿忿地道："你表姐当天家破人亡，只有你们父子俩可以依靠。可是你们爷儿俩呢，一个乘人之危，玷污了她，一个见死不救，一走了之！你们这一对儿禽兽父子！"

"还有你！"婷婷一转身，用手一指王光斗，"你明明可以承认那道菜是你做的，无非也就是父子相认，皆大欢喜。你为什么要把小楚说出来，你知道你那亲爹是什么人吗？"

矛头转得太快，王光斗一时有点恍惚："我？我，我没有撒谎啊。"

"你没有撒谎？"婷婷脸色有些涨红，"你私下里教楚楚做菜，还把一个家传秘笈赠送给小楚了，是不是这样？"

王光斗的脸一阵红，一阵白，吞吞吐吐说不出话来。

"你爹的阵势把你吓怕了，你就谎称小楚偷你的东西，偷学了那道菜。你拿了钱，成了神仙居的股东，你就对被你连累到人间蒸发的她不闻不问了？"婷婷喘了几口粗气，"亏她一直感激你，带她到神仙居谋了个差事！亏你还追她，花言巧语地说要自己开饭店，让她当老板娘之类的。我就呸！"

王光斗的脸不再发白，而是涨得通红，他惊恐地问道："你怎么知道的？"

"我自然知道。我还知道，你不仅自己会做这道菜，你还手把手地教了她做这道菜。"婷婷的手指向桌子上的宫保鸡丁，那盘菜已经只剩个盘子底儿了。"你就撒谎吧。"婷婷手一挥，又指向了肖士朗。

"你……"婷婷指着肖士朗，稍微停滞了一下，语气变得不那么咄咄逼人了，"你，枉她那么信任你，什么都告诉你，以为你会接受她的一切，从此改头换面，能过上安稳的日子。你是怎么做的？骗她说出去找工作，却整天开着车去盯梢，跟踪别人！她怀孕了你知不知道？她只想放下过去重新开始，你知不知道？"

肖士朗面色如灰："我不知道她怀孕了。"

"你就是个傻瓜！"婷婷突然破口大骂，情绪又激动起来，"你自作聪明，擅作主张，还顾头不顾尾，结果呢，结果怎么样？"

　　"我没想到会是那样。"肖士朗辩解道，"再说即便我出了事，我想冯大哥会照顾她……"话没说完就被婷婷打断了："冯大哥，冯大哥是你爹还是她爹？你一出事就消失了，难道你让她挺着大肚子去找冯大哥吗？人家冯大哥没有老婆孩子吗？"

　　肖士朗语塞了，迟疑了一下又说道："我那不算是骗她。"

　　"对，"婷婷苦笑道："你不算是骗了她，可你骗了谁，你自己心里清楚。"

　　那边已经停止哭泣的王男警觉地抬起头来，他瞪着肖士朗，沉声喝道："肖士朗，你说实话，你是不是跟踪我爸，故意撞死他的？"吼完这句他不等回应，伸手抓起面前的醒酒器，用尽力气朝肖士朗掷了过去。

肆拾壹

可是那只醒酒器并没有飞出去，而是歪歪斜斜地从王男的手中掉落在桌面上，砰的一声摔碎了，暗红色的液体流淌出来。王男使足了力气，想要站起来扑过去，可是刚才那一下已经耗尽了他仅有的力气。只见他身子一软，歪靠在椅背上，只能用眼睛狠狠地盯着肖士朗。

我心里骇然。

肖士朗一定是得知了楚楚的遭遇，图谋替她报仇，从而买了车悄悄跟踪王洪运，借着天降大雪的良机蓄意制造交通事故。可天不遂人愿，那天雪下得太大，路面太滑，结果他紧张之际撞向了北海大桥的栏杆。可是，这事儿肖士朗不说，婷婷是怎么知道的呢？真的是从面部表情分析中发现了肖士朗在说谎吗？我转头去看看迟远，发现迟远又微微点了点头。看来迟远早有类似的猜测。

再看肖士朗，他平静了许多，无声而苦涩地笑了笑，低头不语。

婷婷又转移了目标："秦阿姨，你说过，遇上谁不是自己能选择的，但离开谁却是可以选择的。我同意你的观点。但是，留不留下肚里的孩子，是不是也应该自己做选择？"

秦沛怡眼神里一片茫然："我没有撒谎，我没有逼她打掉孩子。而且，她也同意了。"

"你没有逼她？"婷婷一阵冷笑，"你是没有逼她，她也没有不同意。可是她答应你的是，放一放再说，对不对？对不对？！"

秦沛怡低下了头。

"说，你是不是偷偷给她下药了？"婷婷厉声问道，她的眼泪毫无征兆地淌了下来，"你给她倒了一杯水！你知不知道，她肚子里的孩子已经三个月了？！你知不知道，那次小产给她造成了多大的伤害，你！"她声色俱厉地喊道，"你就是个杀人犯！"

秦沛怡的头更低了，嘴唇哆嗦着："我对不起，对不起……"

"对不起？"婷婷带着泪的脸上居然泛出了笑意，那是令人不寒而栗的狞笑，"你对不起自己的儿子？还是对不起自己的孙子？你跟林巧玉说对不起了吗？你说了吗？"

我的心直往下沉，眼皮有些沉重起来。

"还有你！"这回婷婷的矛头指向了苏黎，"你攀上高枝儿了，卖个人情把林巧玉弄到李岩身边，你知道李岩是个什么人吗？"

"我……"苏黎面红耳赤地争辩道，"我是为她好。最后她不也得着便宜了吗？"

"便宜个屁！"婷婷再次吐了粗口，"李岩把她耍了一个溜够！害得她跑到国外去，给人刷盘子洗碗打黑工，费了多大的力气才站稳脚跟啊！"

老邢疑惑地问道："怎么，她没拿到转让股权的钱吗？我后来明明听说那份股权转到了一个海外公司的名下了啊。"

苏黎"哦"了一声道："我明白了。李岩那个家伙，是典型的吃肉不吐骨头，损人不利己的事儿他都能干得出来，能赖账的时候绝对不会含糊。他私下里跟赵总说，他出钱把林巧玉的股权买下来，让林巧玉拿着钱移民了。"

婷婷冷笑一声:"哼,没你说得那么简单。这份股权成了个鸡肋,看得见拿不着,正好被李岩钻了空子。"说着她一回头,瞪着老邢,"这都拜邢总所赐。你睁着眼睛说瞎话,把自己说得很无奈是吧,你上赶着凑凯思文化上市的热闹,你敢承认是图什么吗?"

老邢刚才已经说了,是不得不花钱消灾,为了帮他表舅甩掉小尾巴啊!我心里想着,现在不知道该信谁的了。婷婷接着说:"你为了搭上上层关系,主动垫资,三番五次让你表舅给你活动,结果跟李岩臭味相投、不谋而合,一起做了这个局,对不对?"

老邢张了张嘴,愣住了。"我相信这件事,李岩是不会骗林巧玉的。"婷婷接着说,"李岩得到了林巧玉的信任,知道了她身份的秘密,然后狐假虎威,哄她说有人还会找她的麻烦,让她远远地逃到国外,他却一分钱都没给她!这个老王八蛋,四面做好人,独独坑了林巧玉。"

我听得有点糊涂,想来这李岩是不是本应出现在今天的饭局上呢。还有,婷婷似乎没有严格按照时间顺序,把害得林巧玉怀着孕失业丢家的孙美心给跳过去了。正迷糊着,婷婷找上了我:"叶总,你为什么要撒谎?"

她的话把我猛地惊醒。是啊,我为什么要撒谎?

不等我有任何反应,婷婷又接着说:

"你开车路过市场街的时候?是谁打开窗户大喊'变态'?"

是我。我心里默默回答,不敢看她的眼睛。

"是谁冲着一对儿东方的女孩儿比中指?"

是我。那两个女孩儿并没有对我们比中指,而是我对她们比了中指。

"是谁在 Chloe 湘滋味吃饭的时候，指指点点地对拉拉品头论足？"

也是我。

我故意隐瞒了部分事实，还把我说的话做的事栽赃到小龙的头上，只是因为小龙今天不在场。自己做的不光彩的事情，哪怕是很小的事情，都不愿意当众承认，而且还试图掩盖，甚至美化自己。

任何时候，都不要听信一面之词。婷婷说得对，我是个骗子。我无话可说。让我稍稍有点欣慰的是，相比前面几位而言，我的罪过应当算轻的。

但是婷婷并没有善罢甘休，她继续逼问道："你在 Chloe 湘滋味吃饭的时候，是谁给你送的锅仔黄鸭叫？"

"是 Cindy。"我忙道，"啊不，是 Chloe。"我也不知道该说哪个名字好了。

"是 Cindy！她亲手给你做的，亲自端上去送给你的，对不对？"

对不对？我有点糊涂。那道锅仔黄鸭叫不是眼前的婷婷端上来的，而是另一个，Chloe——那个死去的 Chloe。

"慢着。"对面的老邢叫停，一脸不解地问道："我有点糊涂，到底是 Cindy 还是 Chloe 啊？"大家被我俩一个"Cindy"一个"Chloe"的弄得都有点蒙。

婷婷这时又踱到了迟远的背后，她伸手扶住迟远的椅背，欠下身，紧紧地盯着我，一字一句地说："我才是 Chloe。"

我听到高低不同的好几声惊叹。

"我才是 Chloe，"婷婷重复道，"死的那个是 Cindy。叶总你们在旧金山吃饭时，给你们做锅仔黄鸭叫的，就是 Cindy，她的中文名字叫作——林巧玉。"她顿了一下，"你没有认出她，她可是认出你来了，所以才给你送了那道专为你做的菜。"

王光斗问道："这么说，你才是那家湘菜馆的老板？"

"对，Cindy 是我们的主厨，也是我的……我的恋人。"

秦沛怡说道："可是报上登的，死者姓名就叫 Chloe 啊。"

婷婷不屑地抢白道："她的证件上只有中文姓名，英文名自然是我说叫什么就是什么了。那些记者才不会较真儿呢。本来我俩也经常换着胸牌戴，她就是我，我就是她。"

"等等……"迟远忽然说道，"我有两个问题。先问叶总，您和小龙所看到，给那父女俩送菜的是 Cindy 还是 Chloe，哦，是现在站在我背后的婷婷，还是死去的林巧玉？"

"是我。"婷婷替我回答了。

"那么，第二个问题就要问你了——"迟远又道，"你送给丁森父女的宫保鸡丁，是谁做的手脚？"

迟远这句话做了至少三点假设：一是那天同在 Chloe 湘滋味吃饭的父女俩就是丁森父女；二是确定那天她送给丁森父女的菜就是宫保鸡丁，而且很可能是采用丁氏传统做法的宫保鸡丁；三是迟远暗示了，这道菜被做了手脚。他越过这三点假定，直接询问是谁做的手脚。事后我回忆起这个细节，对迟远的缜密心思直呼佩服。

"是我。"婷婷回答得很干脆。

我记得清清楚楚，刚才老邢和秦沛怡都说，丁森是死于食物中毒。我惊呼起来："你知道你在说什么吗？你刚才指责秦阿姨是杀人犯，肖士朗是杀人犯，难道你在承认，你自己也是杀人犯？！"

　　王光斗也喊了起来，声音嘶哑，有气无力："你真的给他下了毒？"

　　婷婷忽然笑了，她微微摇了摇头，表示否认："那道菜不是 Cindy 做的，是我做的。我在那道菜里做了手脚，但是没有下毒。那道菜是干干净净的、正宗的丁氏传统做法宫保鸡丁，就跟你们今天吃到的一样。新闻报道有时是不可信的，这件事警察局做过调查，丁森最终确认的死因是心脏病发作。"

　　说到这里我才回过味儿来，敢情今天这些菜都是出自这位叫作婷婷的姑娘之手啊。她才是真正的 Chloe，我不无歉意地想。但是丁森的死与她所说的"做了手脚"有没有直接关系呢？不容我细想，婷婷又说话了：

　　"说到杀人犯，今天我们这里还有一位真正的杀人犯。而她想要谋杀的对象，就是林巧玉。"婷婷的声音冰冷刺骨。

肆拾贰

我们不约而同看向孙美心。

刚才她讲述的故事里，关于美心小馆起火的原因本就说得语焉不详，非常可疑。况且婷婷按照时间顺序一个一个质问我们的时候，偏偏把孙美心漏过去了。

"可惜，人算不如天算。"婷婷冷笑道，"林巧玉出门看急诊，忘了带手机，想回去拿时意外地发现了你。她不但躲过一劫，还亲眼看见了你放火！"

孙美心一只手撑着眉头，双目紧闭，垂头不语。俄顷，她气急败坏地双手一拍桌子，摇头晃脑地叫道："是我干的，是我干的！那又怎么样？我亲手把自己的老公害死了，把自己的家毁了，这报应还不够吗？还不够吗，啊?！"她的头发杂乱地飞舞，理直气壮地疯狂。这一声狂喊，把我们都惊醒了几分。我发现不仅是我，其他人都有点睡眼惺忪的感觉。

婷婷反而不说话了，似乎被孙美心破罐儿破摔的气势给震住了。我略微清醒一点，意识到一件事情，担心睡着后就没机会再问了，于是赶紧开口："我想到一件事。他们几位大都跟林巧玉直接认识，或多或少相处过，老邢的名字林巧玉可以从李岩那里知道，唯独我跟她只有过两面之缘，从来没有正式认识过。你是怎么找到我的？"

迟远仔细听完我的话，也用疑问的眼神看向婷婷。婷婷说："叶总虽然没有跟林巧玉相处过，也没有正式通报过姓名，但是林巧玉对叶总印象非常深。可以说，林巧玉就是小时候第一次见到叶总受了震动，才对厨艺产生了特别大的兴趣。"我脑海中浮现出十八年前那个乡间小姑娘，吃惊地看着我流泪的样子。婷婷接着说："叶总的样子，她一直没忘，所以在旧金山，她一眼就把你认出来了。"我心里想，是在哪里，在吃饭的饭馆里还是在游行的街头呢？婷婷又说："但是一直到死，林巧玉都不知道叶总的姓名。"

"那么……"我的话还没有说完，突然想到，她可以向盖瑞夫妇打听啊。但婷婷不是这么说的，她问道："叶总还记得金门大桥上，你后面那辆车吗？"

"那辆野马，红色的野马？"

"不错，那是我的车。"婷婷道，"当天早上我已经去了学校，但是看到丁森死掉的消息，我担心 Cindy 情绪有波动，就回家去找她。结果只发现她留给我的字条，于是我开着车往金门大桥上追……我看到了前面开车的你们，就记下了你们的车牌号，过后到租车公司去查……"原来是这样，租车公司的车不贴膜，所以她认得出我们，而我看不清楚那辆野马的司机是男还是女。

"所以我拿到的名单里面有叶总的名字。"迟远道。

婷婷对迟远说："迟远哥哥，再次跟您说声对不起！我匿名联系您，利用了您来完成这件事。名单上有十个人，今天到了九个，太谢谢您了。"

迟远无奈地苦笑着说："你应该叫叔叔！我知道，还差一个李岩，联系上了但是他没有回应，也没有出现。你也别谢我，你就告诉我，你打算把我们怎么办？小朱呢？"他又试图高声喊道："小朱——"

"小朱。"婷婷轻声呼唤道。

"到。"一声响亮的回应，又把我吓了一个激灵。从王光斗身后黑暗处蓦地走出一个人影来，紧接着又走出一个，又一个……陆陆续续站出来七八个人影。迟远看向他们，辨认着："小朱，黑子？"

婷婷俏皮地一笑，悄声对迟远说："我知道你一旦接受了我的神秘指令，一定会动用他们的，所以我就提前跟小朱和黑子他们商量好了。"

迟远使劲闭了闭眼睛，无可奈何地对第一个站出来的人说："你们真胡闹。"第一个人不答话。他又对第二人说："黑子，你也跟着胡闹。你们这么做，冯大哥能答应吗？"那人也不答话。

我想起了从八达岭秘密安全屋里解救楚楚的神秘人，莫非就有眼前的这些人？

肖士朗试探着发问："婷婷，冯大哥是你的？"

"我爹！"婷婷干脆利落地回答。

刚才清醒的时候，我曾经猜测到今晚的幕后组局人是冯天保。现在知道了，虽然不是冯天保，却是他女儿做的局。这一家人可真是够有意思的。

一阵倦意袭来，我眼前出现了重影。我使劲晃晃脑袋，努力保持清醒。

隐隐约约中，看见婷婷飘忽的身影转到了我的背后，径直飘向孙美心。孙美心刚才发了一阵狂，精疲力竭地伏在桌上昏昏欲睡。

婷婷走到她的身后，伸手敲了敲桌面。"梆梆梆——"

孙美心猛然惊醒，瞪大了眼睛，眼里充满了恐惧。

婷婷的声音像从水底传来的一样："孙总，如果我趁你睡着了，也在这里放上一把火，你觉得怎么样？"

又一阵倦意袭来。黑暗就像一个巨大的锤子，遮天蔽日迎面扑来，把我砸进了深深的睡梦里。

……

肆拾叁

大脑意识到了身体的存在。

我慢慢睁开眼睛，只觉得强光刺眼，头痛欲裂。我只好重新闭上眼睛，试图回到深不见底的睡梦中去。

突然，手机铃声响了起来。

我用一只手摸索了半天，才从床头柜上找到了手机，一拿，还被充电线扯住了。我伸出另一只手，拔掉充电线，把手机放到了耳边："喂。"

"叶总，您怎么还不来啊？这儿都等着您开会呢！"听筒里传来公司前台嗲嗲的声音。我拿着手机发了一会儿呆：今天星期六，开什么会？

我再一次想了想，然后把这个疑问说了出来。听筒里沉默了一小会儿，前台小心翼翼地问道："叶总，您没事儿吧？今天是周一啊，现在已经十点半了，大伙儿都等着您来开会呢。"

就像被一盆冷水浇头，我忽然掉进了现实的冰桶里，身体和头脑清醒之后残存的刺痛隐隐犹在。我明白了：这一觉睡了整整一个周末，周六、周日，就这样睡过去了。

我赶紧告诉前台，通知大家今天的周一例会暂时取消，同时告诉她，我今天身体不舒服，不去上班了。

　　愣了一会儿，我再次拿起手机，发现有十几个未接电话，都是同一个人——邢祝安。我拨了回去。

　　"哎呀哎呀，你果然活着呢！"老邢的声音很兴奋，"我到你楼下了，马上上来。"我迅速起床穿衣，草草洗了一把脸，把门打开，老邢刚好站在门口。

　　他手里提溜着两个塑料袋，开开心心地闯了进来："饿坏了吧，我给你买了吃的。"他把塑料袋往桌上一放，开始往外拿。我认真地端详着老邢，仍然是一副饱经沧桑但又积极乐观的模样，脸色红润，眼里带着狡黠的笑。他停下手里的动作，笑眯眯地问道："怎么，不认识我了？"

　　"原来你也活着呢！"我完全清醒过来了，这是现实，不是梦境。

　　"来，先吃点东西。"老邢把吃的摆好，"我有一大堆问题要问你呢。"

　　问我？我还有一大堆疑问呢。我看看老邢带来的早餐，两个圆筒饭盒，五六根油条，还有点小咸菜。"这是什么？"我打开圆筒饭盒，里面满满当当的黏稠液体，裹挟着零零散散的肉片、豆筋和花生米，胡辣汤？

　　"我去，又是胡辣汤，你还敢喝呀？"我皱起了眉。

　　老邢乐了："哈哈，你还记得！放心吧，只管吃，出了问题我送你上医院。"

　　实在是饿瘪了，我把心一横，不管三七二十一先填饱肚子再说吧。

　　老邢跟我一样，风卷残云、大开大合，不到五分钟，我们俩就把两碗胡辣汤、六根油条消灭干净了。

　　"你睡了多久？"我抹了抹嘴，这才顾得上问他。

　　"比你早不了多少，我一醒就给你打电话，打了十几个你也不接，我就直接打车往你这儿来了。买早餐的时候我还想着，你呀要活着就陪我一起吃，你要死了我给你供上。"吃饱了肚子，老邢说话的底气也足了。

"到底发生了什么？是谁把你和我送回家的？"我又问道。

老邢一摆手："你别问我，我还想问你呢。我只记得有人说要放火，然后就什么都不知道了，醒来一看，在自家床上躺着呢，整整睡了两天！你说也怪了，是不是后来出现的那些人把咱们送回来了？他们怎么知道咱家住哪儿呢？还挺细心，把手机都给我充上电了。"

我醒来的时候，手机也插着充电器。

"那我们找谁去问问？"

"我说啊，你还记不记得前天，啊不，大前天晚上咱们去的那个地方？咱去那儿看看吧。"老邢说。

我想了想，当然记得。老邢指路，我开车，我们俩应该能找到那个院子。

我顾不上刷牙刮胡子，拿起车钥匙就跟老邢下了楼。到楼下一看，我的车完好无损地停放在车位里面，这是前几年一个小兄弟送给我的越野车。那个小兄弟是我公司里的一个年轻同事，开我的车在高速上撞报废了，所以买了台新车送我。

周一早高峰已过，接近中午的时段不大堵车，我开得飞快。老邢坐在副驾驶，一路上跟我一起把周五晚上参加饭局的人员捋了一下：一共九个人，老邢和我；眼镜男叫王男；银发老太好像姓秦；一个胖厨师叫什么丁丁；一个开沃尔沃的深沉的小伙子，是什么"肖十一郎"；还有一个长发美女，叫什么黎；还有美心集团的董事长孙总；还有一个文弱书生模样的，是个记者，叫……迟远！

　　"我们一共吃了九道菜，每个菜讲一个故事，所有的故事都围绕着一个人。"老邢补充道，"那是个女人，她给我做过一碗牛肉米粉，我后来阴差阳错地给了她一些股份……"我扭头看看老邢，接口道："林巧玉！"

　　"对对对，林巧玉。后来，那个 Cindy 出现了，她给我们下了药……"老邢接着回忆。

　　我更正道："药是下在红酒里面的，还有胡辣汤。那个姑娘不叫 Cindy，她叫婷婷！"

　　老邢突然说："有了，我收到过短信，短信里跟我说的饭局之约，所以我才能带你去的。"他说着拿出手机，找到那条短信，按照号码拨了回去。他听了一下，打开免提把手机递到我耳边："对不起，您所拨打的号码是空号……"

　　我想了想，提醒他说："参加饭局的孙总，是美心集团的老板，还有那个迟远，我记得好像是西阳日报的记者，还有那个谁，胖子，矮矮的那个，是神仙居的主厨。都是有名有姓的，我们可以找到他们，问个清楚！"一时间，我好像在迷雾中发现了路标，激动起来。

　　"这就查！"老邢开始百度这几个单位的电话号码。

　　此时我们走到了东单路口，前面堵车了，我往右一拐，打算从东单北大街穿到平安大街。老旧的银街过街桥还在那儿，不过看样子也快该拆了，协和医院附近还是有点堵。我想到这条路就是当年老邢被追杀时仓皇逃窜的路线，就在协和医院附近，他上了肖士朗的车才逃脱追捕。过了协和医院，前面是金宝街的路口。我忽然灵机一动，问老邢："你查到美心集团的地址了吗？"

　　老邢道："查到了，在金宝街，电话是 010……"不等老邢念完，我急打轮，又一个右转，上了金宝街。

老邢明白了我的意图，赶紧把美心集团的准确地址报了出来。

电梯门一开，迎面是这家公司的前台。背板上写着一大堆公司名字：美心集团、美心餐饮管理有限公司、美心食品有限公司、美心豆制品有限公司、美心时尚传媒有限公司……旁边还有一个英文简写的股票代码，貌似是纳斯达克的交易代码。两名身着职业套装戴着胸牌的前台小姐对我们笑脸相迎。老邢说我们是来找孙总的。

其中一个姑娘礼貌地问道："两位先生有预约吗？"我们摇摇头，她面露难色，再问道："两位先生是哪个单位的？"

我刚要开口说话，老邢用眼色制止了我，他堂而皇之地说："我们是富可视投资管理公司的，上周五跟你们孙总一起吃过饭。"投资公司是老邢的行当，而我要报出自己的广告公司名头，可能会吃个闭门羹。

谁知那位前台姑娘听完老邢的话，显得很惊讶，她低声跟另外一个姑娘确认了一下，板起脸来认真地对我们说："对不起先生，我们之间没有业务往来。还是请您跟孙总或者董秘直接预约一下吧。"

我有点着急了，脱口而出："我们前两天还一起吃饭呢！"

另一位前台姑娘冷冰冰地回应道："那你们应该当面约好。或者你们打电话给孙总预约。"

我为难道："可是我没有……我没存孙总的手机号啊。"两个姑娘都不答话了。我还想再努力一下，头前那位姑娘冷冷地说了一句："孙总半个月前就去了香港，一直没回来上班。"我刚想说"怎么可能"，却被老邢轻轻地一拽，拉着我往电梯间走。

走到电梯门前，按下了按钮。老邢又返身回到了前台，我听到他说："请问一下，你们旗下的饭馆里是不是有一道菜，叫'醪糟豆腐'？"其中一个姑娘回答道："对的，应该叫'美心醪糟豆腐'，您可以在我们的官网上看到详细介绍。"

电梯门开了，老邢走回来，拉着我进了电梯。

"老叶，你注意到没有？这两个姑娘的胸牌，一个名字叫 Cindy，另一个叫 Chloe。"

我吃了一惊，这也太巧了吧。

二十分钟后，车过了恭王府，右转向东，左转，右转，左转，再右转，一直往前开，看到了湖面。经过一家门脸很小的寿司店，在这条胡同的尽头，靠近湖岸的地方，那里应该就是大前天晚上的饭局所在地。然而我和老邢开到近前一看，却傻了眼——我们见过的那个院子被警戒线圈了起来，门口的小红铁牌赫然写着"浅井胡同 50 号"，里面的两栋房子却没了，站在院门口就可以直接望到后海湖面。残壁断垣顶多也不过一人高，横七竖八的乱木多半是焦糊状态，院子里积了一些水——这里果然是个火灾现场。

肆拾肆

老邢和我呆呆地站在浅井胡同 50 号门前，互相看着，仿佛是以彼此的存在互相提醒，这不是个梦。

"看啥呢？"背后传来一个声音。我们回头一看，一位老大爷背着手打量着我们。

我赶忙问："大爷，这里什么时候着的火？"

大爷溜达近前，惋惜地说："上礼拜五晚上着的。"

老邢问道："死人了没有？"

大爷警觉地审视了他一眼，不慌不忙地答道："死啦！是个女的。"说完问道："怎么了，你们认识？"

我俩对视一眼，老邢道："我们……可能认识。大爷，您知道她是谁吗？"

大爷的目光柔和起来，同情地叹了口气："嗨，我哪儿知道啊。你说也怪了，这破房子荒了好几年，谁也不来，偏偏不知打哪儿来那么一位，跑这儿来烧纸。五更半夜的，这就着了。您说这不是自己作的嘛！"

"什么？您说这房子荒了好几年了？"

"可不嘛。对面原来是个中学，这儿早前是个祠堂，叫'四忠亭'，有人在这儿开了个小卖店，人来人往的都是学生。后来学校拆迁了，小卖店搬走了，这房子就荒着了。"

"这寸土寸金的地方，怎么会荒着呢，房主不收拾吗？"

"没跟您说吗，祠堂，哪儿有房主啊？"大爷反问道，"您瞧瞧，那不还有字儿呢吗？"

我们顺着老人手指的方向，发现在那半倒不倒、斜靠在一起的半截白墙上，的确有模模糊糊的字迹，像是个"中"，下面的"心"不见了。

看这情形，我和老邢万万不能跟老头儿说我们那天晚上就是在这里吃的饭。老邢对我一使眼色，我立即会意。我们俩一起跨过了警戒线。踏着半露出坑洼水面的砖头，走进了废墟中。也许，我们在这里能找到那天的一些痕迹，比如吃饭的桌椅、餐具，再比如那些摄像头和大屏幕，哪怕一些残羹剩菜也好。那老头儿也不阻拦，反倒双手一抱肩，饶有兴趣地看着我们。

十分钟之后，我俩一无所获。除了倒塌的墙壁、烧焦掉落的椽木和门窗，这里什么都没有！

"你们找啥呢？"老头儿说话了，"这是空房子，啥都没有！"语气中略带着不耐烦。

我拍着手走出警戒线，堆起了笑容，问出我刚刚想到的一个问题："大爷，上周五晚上那么大的雨，这火怎么还着得起来呢？"

他惊讶地瞪大了眼睛，嘴半张着，像看怪物一样地对我相面："小伙子，您没发烧吧？说什么胡话呢？我可没糊涂！上礼拜五是吧，傍晚儿是下了一阵儿雨，不过很快就停了，一点儿热气儿都没消。"

老邢也从废墟里走了出来，听到大爷的话，跟我一样吃惊不小。他看了看我，又问大爷："对了大爷，您说为什么会有人跑来烧纸呢？"

大爷乐了："您问她为什么跑这儿烧纸来，我可不知道。您要问为什么烧纸，我倒问问您，知道上礼拜五是什么日子吗？"

我想了想："上周五，是 8 月 28 号。"

"对，今儿个是 31 号，上礼拜五是 28 号。您知道阴历是多少号吗？"

我俩不约而同掏出手机，打开日历——上周五，2015 年 8 月 28 日，农历七月十五，中元节！

中元节，中国人的鬼节。怪不得那天在来的路上，看到有人在马路边烧纸呢。

还能给谁打电话问问到底发生了什么呢，我想着，但是手机没有信号。

我和老邢一脸茫然，同时看到了不远处那家寿司店。刚走到寿司店门前，我俩的手机都响起了提示音。老邢看了一眼，马上把手机递到我面前。

那是一条推送新闻：上市公司主席疑因安眠药过量逝于香港寓所。

这家寿司店只有一个吧台，两张仅能容四人的小桌子。我俩走了进去，靠窗坐下，仔细看那条新闻：

在纳斯达克上市的内地餐饮企业美心集团董事局主席孙美心，上周末在香港寓所，怀疑因菲佣 Chloe 人为疏忽，造成安眠药服用过量而身亡。关于该事件更多细节以及对市场的影响，公司尚未做出官方回应云云。

"又出来一个 Chloe！"老邢无奈地叫道。

我把玩着手机，翻过来掉过去，脑子里一团糨糊。这时服务员走到我们面前，我抬头一看，这位服务员身穿红色小马甲，白色的纱衬衣衣领翻成一朵花，垂在胸前一晃一晃的。在晃动的纱衣下面，我看到了她的胸牌：Cindy。

我一拍桌子，有所醒悟地说："Chloe 只是个代号。"我用手一指服务员的胸牌，"Cindy 也是个代号。"

老邢眨巴眨巴眼睛，慢慢点头道："孙美心也不过是个代号！"

服务员被我俩吓了一跳，横了我们一眼，把手里的菜单往桌上一放，说了句："微信扫码可以点餐。"转身匆匆走开。

每个代号背后都有一个活生生的人，有血有肉、有悲有喜，但每个人不仅仅拥有一个代号，今天是 A，明天可能就是 B，面对你是甲，一转身就变成了乙。我认识的丑丑和 Cindy，是懵懂无知的乡村少女，是异国他乡的同性恋厨师；在老邢眼里是一个好心肠的餐馆服务员和一个有一手好厨艺的幸运白领；在肖士朗眼里是孤苦无依有着血海深仇的弱者；在王光斗眼里是个单纯上进的小姑娘；在孙美心眼里成了一个恬不知耻的小三儿；在苏黎眼里是深不可测的心机婊；在秦沛怡眼里既是可怜无知的年轻人，又是配不上自己家庭的包袱；在王男那里呢，表姐是他情窦初开的对象，是他迫切想要了解和接近的女神，也是他无法面对、不可接受、必须逃离的耻辱，他不会原谅自己的父亲，可也不会为了表姐伤害父亲。

那么在林巧玉眼里呢，我们这些人分别又是什么角色？是她的仰慕者？是她的恩人？还是她的仇人？她的爱人？或者是她的情敌、同事、朋友、姐妹、上司？也许我们都只不过是她生命中的食客，既自私无情，又脆弱多情，既刻薄无耻，又心存良知，贪婪而又愧疚地消费着她的人生，同时又你一拳我一掌残忍地把她不断推向未知的漩涡。这艘命运的小舟，从湘楚之地的一个防洪垸，飘飘摇摇，最终跌落在金门大桥上。对于已经谢幕的她来说，无论什么代号都不再具有意义，留给我们的只有难忘的味道和传奇的故事。那么对于她来说，我们这些人是死是活，是好是坏，是悲是喜，还值得关心吗？

我解锁自己的手机，蓦然想起了一件事。

我的手机里有录音。

这时我的手机响了起来，是个陌生的号码。

"叶总，我是迟远。"听筒里传来一个波澜不惊的声音，我呆住了，"我猜您应该回到浅井胡同了。我和婷婷在湖边等您，请过来一起吃个便当吧。"

我正要找你呢！

肆拾伍

我挂了电话，拉起老邢冲出寿司店，一路小跑着来到了湖边。

中午的大太阳把胡同里的地面炙烤得呼呼冒油，可后海沿岸微风送爽，轻轻地摇曳着杨柳枝。我和老邢跑了一头汗，远远看到一只带篷的小木船停靠在岸边，船篷下有一张小桌子、两条长板凳。船上有两个人，篷外站着的是迟远，身穿浅灰色 T 恤、牛仔裤，脚蹬一双休闲鞋，篷里坐着的是位年轻姑娘，身材不高、瘦削，上穿白色抹胸外罩浅绿针织短袖，下穿浅紫色百褶裙，一双白色细高跟系带皮鞋，精致素雅——如果不是事先知道她就是冯婷婷的话，我完全没办法把眼前的姑娘跟那天晚上的红沙律女郎联系到一起。

可这里不是码头，湖面距离岸堤还有将近两米高，我和老邢不知道该怎么下去。这时身后突然出现两个人，飞快地贴着湖岸向船上伸出一架梯子，那是一架可伸缩的铝合金梯子。我和老邢在那两个人的帮助下，顺着梯子爬下去上了船。

"行了，小朱、黑子你们去停车场等吧。"迟远冲他们吩咐道，然后转过身来，面向我们微笑不语。

我看着迟远那一副无辜的表情，一时之间竟不知从何说起。老邢则气哼哼地一屁股坐下，把手一指冯婷婷，质问道："Cindy，啊不，Chloe——嗨，就你，你，你差点把我们害死知道吗？"老邢语无伦次，气急败坏。害我们昏睡或者说是昏迷了两天两夜，也难怪老邢来气。我接着老邢的话说："人家秦医生都说了，异丙嗪和妙纳混着用不知道会产生什么后果。你那么用药会不会给我们留下什么后遗症啊？"

冯婷婷一脸歉意地站起身来，扶着船篷架子，向我们鞠了一躬，说道："邢总，叶总，我给二位叔叔道歉了。对不起！"她一低头，我发现她的黄色及肩长发不见了，变成了乌黑的齐耳短发。我诧异道："你的头发……"

她下意识地拢一拢头发，解释道："哦，我和 Cindy 一样是短发，不过有时我喜欢戴个长的假发套。"我想起来了，在 Chloe 湘滋味见到的她，的确是齐耳短发，而在街头游行队伍中见到的她，是黄色长发造型！原来如此。

我扶着老邢的肩膀坐了下来，迟远也挨着冯婷婷，坐在我们对面，微笑着说："我猜的没错，两位果然回来这里了。"

"那是必须的。"我生气地说，"我得回来现场看看，掐掐自己，搞清楚到底是不是做梦！"

迟远和冯婷婷两个人都笑了起来。冯婷婷认真地说："这不是做梦，这是真的！Cindy 真的已经死了。"

老邢问道："那个院子里的房子是不是被你烧掉了？那个死人是怎么回事，她到底是不是孙美心？"

迟远哈哈大笑起来，笑声中有些无奈，他说道："我们也没有想到，在我们撤离之后会有人到这儿烧纸，真的引发了火灾。不过我们没有纵火，也没有杀人。这一点请你们放心！"

我摇了摇头："我不敢相信你们。"老邢看着我点了点头，我们俩都被弄傻了，不知道该信什么。

"这样吧，"迟远道，"我们吃点东西，我和婷婷尽可能向你们解释清楚。"他弯下腰，从小方桌下面拿出一个保温袋，放到桌上打开。

里面是寿司拼盘。

"我这次来北京，是被婷婷匿名骗过来的。"迟远先拿了一块寿司，示意我们自己动手，边吃边说，"我的养父母在 1993 年双双去世，死在宁夏那次空难事故中。婷婷用匿名联系我，说有我亲生父母的线索，但是要我做一件事情来进行交换。"

"就是让你来组织这顿'鸿门宴'？"我问道。

冯婷婷涨红了脸，委屈地说："迟远哥哥，我没骗你，我真的是有关于你身世的线索啊。"迟远"哼"了一声，不予理会。冯婷婷接着说："叶总，邢总，我根据 Cindy 的日记，找出了对她一生影响最大的十个人，拜托迟远哥哥帮我召集这十个人凑一顿饭局，我针对每个人做一道菜，让你们能回忆起她，其实……其实是想以这个形式纪念一下 Cindy，也想印证一些事情。通过面部表情分析，对比 Cindy 的日记，我确认了孙美心的确是要杀害 Cindy 的。还有一个李岩没有出现——他很可能就是迟远哥哥……"

"叫叔叔！"迟远打断了冯婷婷的话。

我感慨道："你组的这个饭局，其实是一堂道德批判，一场忏悔仪式……"

"还是个审讯仪式。"迟远补充说。

冯婷婷摇了摇头，神情落寞："不如说，这是对巧玉的一场祭奠。"

"要杀她的，还有丁森吧。"老邢提醒道。

"并没有确切证据说明丁森真的要杀她。"迟远道，"就像我们没有证据说明孙美心真的死在了香港。上周五晚上我们也把她完好无损地送回了家。"

我猜他们也是从新闻里得知孙美心死讯的。我的直觉告诉我，面前的这两个人不是能杀人的人。在这个世界上，有能力杀人后全身而退的必须具备两个条件：权力和金钱。想到丁部长，但我自己从来没有听说过一个叫丁森的什么部长。我问道："老邢你说丁森到底是谁的化名？"

"不是化名，是真名。"老邢道，"但他真不是什么部长，连个副部长都不是，只是个部长助理而已，十几年前就退休了。现在场面上，做生意的见面都是叫这个'总'那个'总'，体制内不是叫'局长'就是叫'部长'，可哪儿来那么多部长啊，无非是半开玩笑的互相恭维，听的人心里舒服罢了。"

迟远表示赞同，我却将信将疑："那怎么会有能力动用特勤人员呢？"冯婷婷笑了，回答我说："有能力有影响的人，借助关系网搞一些互相帮助，也都是利益交换。十四年前那件事，其实是狐假虎威，那些受他差遣的人，真要下手杀人，也得好好掂量掂量。呵呵，这都是听我爸说的。"

"那么，你在给他做的宫保鸡丁里到底做了什么手脚？他究竟是食物中毒死的，还是心脏病突发死的？"我把大前天晚上关于丁森之死的话都想起来了。

婷婷没说话，迟远示意我们接着吃，对她说道："婷婷，我看你应该说得再详细一些，你和 Cindy 的关系，丁森是怎么死的，等等，我想叶总和邢总都很想知道。"

婷婷的脸红了起来，她把头转向船舱外面。正午的阳光洒在湖面上，一个个光点在微波中跳跃集聚，再跳跃着传递，乘着湖面轻盈的风，吹动了婷婷耳边的乱发。她盯着粼粼的波光，沉默着，我看到她的眼角晶莹了起来。

　　"四年前，我去了旧金山的加州大学医学院留学深造，学的是
Chemistry and Chemical Biology。第一次出国，第一年过得很辛苦。
不光是饮食方面不适应，而且由于我在同学当中年纪最小，跟别人玩
儿不到一块儿去，所以特别孤单。好在我爸给的钱够多，不需要去打
工挣生活费。

　　"2011年的圣诞假我没有回北京，接着的春节也没回，春节期间，
我去一家叫作'湘滋味'的湖南菜馆吃饭，认识了Cindy，也就是林
巧玉。

　　"那时候，Cindy在湘滋味打工。我吃饭的时候跟我爸打QQ视
频，正巧被她看见了。她主动找我搭讪认识的。后来，我俩在一起之
后，我才慢慢知道，原来她认识我爸冯天保。谁知道第二年夏天，就
是北京暴雨那次的第二天，我爸自首去坐牢了。他过几天就该出来了，
我这次会在国内多待一阵子。

　　"到了第三年，我有幸拿到了一个制药公司的offer，进入实验室
做助理。这样我就能接触到最新的新药研发资讯，这在国内是接触不
到的。我和Cindy在一起，相处得特别好，但是我一直没敢告诉我爸
妈Cindy的事。我背着他们，又借贷了一部分，入股湘滋味，帮助
Cindy做了主厨。湘滋味就改名叫'Chloe湘滋味'，日常经营主要是
我俩管着。我们一起租了房子，Cindy在饭馆也留了房间，经常要住
在那里。

　　"Cindy对我毫无保留，完全信任，把她的经历全都告诉了我，并
且教会了我做菜。丁森父女俩一年前开始来我们饭馆吃饭，来了几次，
Cindy认出他来了，告诉我这就是她的仇人。巧的是，两个月前，叶
总您和丁森父女同时出现在Chloe湘滋味。

"Cindy 认出你了，还想起前一天在伦巴底街附近好像看见过你开着车路过。又见到你，Cindy 特别感慨。她对我说过，她的兴趣爱好完全是受了你的激发，才喜欢做菜，认真用心做菜，慢慢慢慢走到了今天。我问她，你的经历这么复杂、这么多波折，你到底是应该感激这个人还是抱怨这个人？她说，选择都是自己做的，不该抱怨别人。但是她说难得在这么多年以后还能遇上你，她想送你一道菜。对，就是锅仔黄鸭叫，叶总曾经吃过她爸爸的手艺。

"我那天看 Cindy 挺感慨的，也很激动，就有点突发奇想，或者说发了神经吧，不顾 Cindy 之前的劝阻，趁着她给你们送菜的时候，偷偷下厨做了一道'宫保鸡丁'——是她教过我的特殊做法，'丁氏'传统做法。我就是想出口气，想通过这个方式让丁森知道知道，有人认识他，有人知道他做过些什么事！"

"你在那道菜里究竟做了什么手脚？"老邢问道，"丁森是不是吃了那道菜死的？"

冯婷婷无奈地笑了笑："那天晚上我已经说过了，丁森不是死于食物中毒。他女儿肖媛报过警，说是吃了我们的菜宫保鸡丁中毒身亡，但是警方和医院都证实，他其实是死于心脏病突发。我并没有在菜里下毒，我所说的做了手脚，其实是在保温盒内层里面附了一张小纸条，写了几个字。我想，我是间接地杀死了他，但我没有犯罪。"

"你写了什么字？"我听到自己的声音略有些干涩，仿佛亲身介入了一个惊心动魄的场景。

"呵呵，我就写了六个字：丁氏宫保鸡丁——这道菜的菜名，仅此而已。"冯婷婷的声音很淡定、从容。

我想象着，老眼昏花的丁森打开保温盒，看到那几个字的时候，不啻一个炸雷在眼前咆哮：有人认识你，有人知道你做过什么事！

杀死他的不是毒药，不是冯婷婷，也不算是心脏病，而是他自己。

"这件事，我不认为过火。但是，不管怎么说，是我导致了丁森的死亡，也导致了 Cindy 最终决定离开我，并且离开这个世界。"冯婷婷声音颤抖起来，她再次转过脸去看远处的湖面。有两只我叫不出名字的水鸟正啾啾鸣叫着掠过浮波，互相追逐着、缠绕着，忽上忽下，翩翩起舞，给烈日炎炎下的后海增添了几分生气。

我们都沉默了一会儿。老邢用虎口摩挲着自己的胡子茬，幽幽道："哎呀，她是对你感到失望了！"

"是的。"冯婷婷没有回头，回答得简洁干脆。"对了，我忘了说，有件事请你们放心。我那天给你们用的药不会有后遗症。我现在参与的新药研发，就是肌松类麻醉药，所以对异丙嗪和妙纳一类的配伍及用量控制很有把握。"

迟远静静地听了半天，不自觉地轻轻捻着响指。他皱起眉头，感叹道："林巧玉这一生，几乎每一个跟她最亲近的人都令她失望了。每一个她信任过的人最终都失去了她。"

"是的！"冯婷婷哭了出来。

"我没有想到，丁森那么脆弱。"冯婷婷哭了一会儿，平静下来说，"我更没有想到，Cindy 的伤疤，不只是不能触碰，甚至连安慰都承受不了。"

"你还年轻！"迟远道，"人生其实有很多痛苦，没办法弥补，只能尽可能远离、忘却。林巧玉一定是宁愿忘记妮妮、楚楚这些过去的存在，而作为 Cindy，她也可能宁愿抛掉林巧玉这个名字。"

我点头道："不过对厨艺的精通和喜爱，却是她骨子里的东西，扔不开、忘不掉。哎对了，婷婷，她给你留的字条上写的什么？"

　　此时的婷婷，已经擦干了眼泪。她扶着船篷架站起来，离开条凳，慢慢走到船头去，迎着烈日和风，一字一句地说：

　　"人生一世，吃喝二字；有人吃菜，有人吃人！"

尾　声

以上，是我把手机里的录音转换成文字，又花了两天两夜删改整理出来的。录入完成之后，已经是星期四凌晨两点半了。手机上蹦出一条新闻推送：今天是抗战胜利 70 周年，纪念中国人民抗日战争暨世界反法西斯战争胜利 70 周年大会将在北京天安门广场隆重举行。

黑夜紧紧地包裹着我，但我却毫无睡意。合上电脑，我给自己点了一支烟，在袅袅旋升的烟雾中，一张张面孔逐渐浮现出来：王男、王光斗、肖士朗、老邢、秦沛怡、苏黎、迟远、婷婷……还有那个在名单上但是没有出现的李岩，还有孙美心——她到底是真的死了还是仅仅逃离了这个代号？

Whatever！

在林巧玉的一生中，我们都是过客，是食客。只不过，有人吃的是菜，有人吃的是人。

看着这些面孔，想到我给"宴遇"创作的广告语——每个人的味觉记忆中，都有一种味道，能让自己泪流满面。太肤浅了！

到现在我才算明白——真正能让人落泪的，根本不是什么味道，而是记忆中抹不去的伤痕。

后　记

　　这个故事构思于 2015 年，当年写了三四万字，由于我工作繁忙而搁置了两年之久。2018 年底我把底稿找出来进一步构思，对人物设置和故事脉络做了比较完整的规划，但没多久就遇到了瓶颈，一个字也写不出，只好再次扔下。2019 年国庆节之后，我长途奔波十来天，游览了庐山、马鞍山和青州，爬了三清山和黄山，回京后理顺了逻辑，突破了瓶颈，也加快了进度，终于形成了完整的结构。

　　人物和故事既已成型，其中的逻辑和细节，必须认真对待。于是我请相关的朋友和专业人士帮我审查书稿，从各自不同的角度提了很多意见和建议。在长达四年多的间断写作中，还有很多人给予了我非常大的鼓励、支持和帮助，我要郑重致谢。

　　我的恩师、中国传媒大学资深教授黄升民先生多次鼓励和督促我的跨界创作，也给了我很大的动力去克服自身惰性及不足，在此致以深切谢意！

　　中山大学附属第七医院的吴顺杰博士、生物医药领域专家靳宝锋博士和中央广播电视总台主持人、演播艺术家、美食专家、乐评人张东先生百忙之中不吝赐教，分别从药理和饮食文化的层面为我提供了很关键的专业意见。美术家、中国传媒大学教授肖虎先生，中国传媒大学副教授张鹂博士（她也是我非常敬佩的哲学思辨作家）和著名作家、北京外国语大学教授何辉先生都给了我很大的鼓励和帮助，美女作家、诗人王琛女士对我的创作也给予了许多有益的指点。本书的出版，离不开团结出版社的梁社长、副总编辑张阳女士的关心支持和责任编辑时晓莉女士扎实、辛苦的工作。另外，在写作和出版过程中还得到了一些同学、朋友的鼓励或帮助。在此一并对上述人士表达感激之情！

特别感谢著名京味儿作家刘一达先生拨冗赐教，并为本书撰写推荐语。

当代题材比较难把握。跨界而来的我懵懵懂懂、无知无畏，在创作阶段完全没有自我设限，不管不顾地大胆创意，尽情发挥想象力，力求最大限度地表达，至于能否面世，能否得到认同，反而考虑得不多。任性而自我，大概也算是虚构文学创作的优点之一吧。

采用第一人称叙事虽属刻意为之，但其局限性和多视角变换对语言驾驭能力的考验，颇令人头疼。囿于自身水平，最终呈现的效果并不能让我自己满意。加上写作过程断断续续，心态和情绪也有起伏，一定会有不少错讹及不合理之处。虽然我尽力修补，也难免挂一漏万、顾此失彼。不足之处，只好汗颜以对，留待未来学习提高。

既然成书面世，还要对所有读者表示感谢！不论您是喜欢还是厌恶，是赞赏还是批评，都是足以让我欣喜的回报。

叶晓

2020 年 5 月 24 日